21世纪文学之星丛书 2021年卷

中短篇小说集

微风吹起黑色帷幕

舒 吾⊙著

作家出版社

作者简介：

舒吾，女，95后，山西文学院签约作家，中国人民大学创造性写作研究生在读。有小说若干散见于刊物。小说集《微风吹起黑色帷幕》入选"21世纪文学之星丛书"。曾任黄河杂志社小说编辑、高校创意写作教师。

目录

总　序

袁　鹰

　　中国现代文学发轫于本世纪初叶，同我们多灾多难的民族共命运，在内忧外患，雷电风霜，刀兵血火中写下完全不同于过去的崭新篇章。现代文学继承了具有五千年文明的民族悠长丰厚的文学遗产，顺乎 20 世纪的历史潮流和时代需要，以全新的生命，全新的内涵和全新的文体（无论是小说、散文、诗歌、剧本以至评论）建立起全新的文学。将近一百年来，经由几代作家挥洒心血，胼手胝足，前赴后继，披荆斩棘，以艰难的实践辛勤浇灌、耕耘、开拓、奉献，文学的万里苍穹中繁星熠熠，云蒸霞蔚，名家辈出，佳作如潮，构成前所未有的世纪辉煌，并且跻身于世界文学之林。80 年代以来，以改革开放为主要标志的历史新时期，推动文学又一次春潮汹涌，骏马奔腾。一大批中青年作家以自己色彩斑斓的新作，为 20 世纪的中国文学画廊最后增添了浓笔重彩的画卷。当此即将告别本世纪跨入新世纪之时，回首百年，不免五味杂陈，万感交集，却也从内心涌起一阵阵欣喜和自豪。我们的文学事业在历经风雨坎坷之后，终于进入呈露无限生机、无穷希望的天地，尽管它的前途未必全是铺满鲜花的康庄大道。

　　绿茵茵的新苗破土而出，带着满身朝露的新人崭露头角，自然是我们希冀而且高兴的景象。然而，我们也看到，由于种种未曾预料而且主要并非来自作者本身的因由，还有为数不少的年轻作者不一定都有顺利地脱颖而出的机缘。其中一个重要的原因，乃是为出书艰难所阻滞。出版渠道不顺，文化市场不善，使他们失去许多机遇。尽管他们发表过引人注目的作品，有的还获了奖，显示了自己的文学才能和创作潜力，却仍然无缘出第一本书。也许这是市场经济发展和体制转换期中不可避免的暂时缺陷，却也不能不对文学事业的健康发展产生一定程度的消极影响，因而也不能不使许多关怀文学的有志之士为之扼腕叹息，焦虑不安。固然，出第一本书时间的迟早，对一位青年作家的成长不会也不应该成为关键的或决定性的一步，大器晚成的现象也屡见不鲜，但是我们为什么不在力所能及的范围内尽力及早地跨过这一步呢？

于是，遂有这套"21世纪文学之星丛书"的设想和举措。

中华文学基金会有志于发展文学事业、为青年作者服务，已有多时。如今幸有热心人士赞助，得以圆了这个梦。瞻望21世纪，漫漫长途，上下求索，路还得一步一步地走。"21世纪文学之星丛书"，也许可以看作是文学上的"希望工程"。但它与教育方面的"希望工程"有所不同，它不是扶贫济困，也并非照顾"老少边穷"地区，而是着眼于为取得优异成绩的青年文学作者搭桥铺路，有助于他们顺利前行，在未来的岁月中写出更多的好作品。我们想起本世纪20年代和30年代期间，鲁迅先生先后编印《未名丛刊》和"奴隶丛书"，扶携一些青年小说家和翻译家登上文坛；巴金先生主持的《文学丛刊》，更是不间断地连续出了一百余本，其中相当一部分是当时青年作家的处女作，而他们在其后数十年中都成为文学大军中的中坚人物；茅盾、叶圣陶等先生，都曾为青年作者的出现和成长花费心血，不遗余力。前辈们关怀培育文坛新人为促进现代文学的繁荣所作出的业绩，是永远不能抹煞的。当年得到过他们雨露恩泽的后辈作家，直到鬓发苍苍，还深深铭记着难忘的隆情厚谊。六十年后，我们今天依然以他们为光辉的楷模，努力遵循他们的脚印往前走去。

开始为丛书定名的时候，我们再三斟酌过。我们明确地认识到这项文学事业的"希望工程"是属于未来世纪的。它也许还显稚嫩，却是前程无限。但是不是称之为"文学之星"，且是"21世纪文学之星"？不免有些踌躇。近些年来，明星太多太滥，影星、歌星、舞星、球星、棋星……无一不可称星。星光闪烁，五彩缤纷，变幻莫测，目不暇接。星空中自然不乏真星，任凭风翻云卷，光芒依旧；但也有为时不久，便黯然失色，一闪即逝，或许原本就不是星，硬是被捧起来、炒出来的。在人们心目中，明星渐渐跌价，以至成为嘲讽调侃的对象。我们这项严肃认真的事业是否还要挤进繁杂的星空去占一席之地？或者，这一批青年作家，他们真能成为名副其实的星吗？

当我们陆续读完一大批由各地作协及其他方面推荐的新人作品，反复阅读、酝酿、评议、争论，最后从中慎重遴选出丛书入选作品之后，忐忑的心终于为欣喜慰藉之情所取代，油然浮起轻快愉悦之感。"他们真能成为名副其实的星吗？"能的！我们可以肯定地、并不夸张地回答：这些作者，尽管有的目前还处在走向成熟的阶段，但他们完全可以接受文学之星的称号而无愧色。他们有的来自市井，有的来自乡村，有的来自边陲山野，有的来自城市底层。他们的笔下，荡漾着多姿多彩、云谲波诡的现实浪潮，涌动着新时期芸芸众生的喜怒哀伤，也流淌着作者自己的心灵悸动、幻梦、烦恼和憧憬。他们都不曾出过书，但是他们的生活底蕴、文学才华和写作功力，可以媲美当年"奴隶丛书"的年轻小说家和《文学丛刊》的不少青年作者，更未必在当今某些已经出书成名甚至出了不止一本两本的作者以下。

是的，他们是文学之星。这一批青年作家，同当代不少杰出的青年作家一样，都可能成为21世纪文学的启明星，升起在世纪之初。启明星，也就是金星，黎明之前在东方天空出现时，人们称它为启明星，黄昏时候在西方天空出现时，人们称它为长庚星。两者都是好名字。世人对遥远的天体赋予美好的传说，寄托绮思遐想，但对现实中的星，却是完全可以预期洞见的。本丛书将一年一套地出下去，十年二十年三十年五十年之后，一批又一批、一代又一代作家如长江潮涌，奔流不息。其中出现赶上并且超过前人的文学巨星，不也是必然的吗？

岁月悠悠，银河灿灿。仰望星空，心绪难平！

1994 年初秋

镜子的魔法

——序舒吾小说集《微风吹起黑色帷幕》

梁鸿鹰

　　舒吾的小说我是第一次集中阅读，这个集子里的《微风吹起黑色帷幕》《永远正确的人》《斑鸠之死》，以及《流放地》《飞鸟出现的时间》，一篇篇仿佛展开了一个个让人颇感新鲜的世界，吸引着人们去认识世间不同的生活样态，而且这些小说像是站立成一面面镜子，折射出人物的内心，让人从中看到生活的某些真相。

　　由舒吾的小说，我们照例可以找到几个关键词，从而与一些作家建立起一定的印证关系。比如小城或小镇经验。作为一个在小城长大的人，舒吾如同不少写作者那样，大多情况下面对的人生经验超不出小城的范围。小城或者小镇始终像是一个幽灵，不断在文学之中出现，就像现代文学中的乡土，莫言、贾平凹和阎连科笔下的乡土一样。让我们回忆一下，且说正在进行中的当代文学，多少后来出了大名的作家不是小城长大的呢？比如余华，当他十八岁离开小城的时候，他可能根本没有意识到小城会成为自己文学创作的重要资源，而更多的作家十八岁由自己生长的小城出发进入大学校园，恐怕更不会想到文学与小城的深刻联系。文学的世界本来就是由诸多想不到构成的，意外、出格或突如其来，往往是成就文学不可或缺的要素。舒吾的创作虽尚属起步阶段，仍然可以从中看到小城的深刻影响。小城可能会是人间的万花筒，只不过这个万花筒在不同人的眼中是有着不同的材质、不同的结构、不同的色差。

我们眼前的舒吾，在小城度过了独属于自己的童年、少年。小城这个"万花筒"里蕴藏着各种源泉，其中一个源泉便是不完整性。她认为，那些被人们损坏或废弃的东西才是真的好玩，家里的小布头、核桃壳，或是一小片打碎的镜子，放在一起重新拼接起来，恰恰会成为一种新的形象。这种不完整，预示着与平凡生活的距离感或者间离性。它们被忽视、被抛弃，已经成为生活的常态。或许这些只是早年生活的零碎印象，不料，她长大之后才发现，生活中真正完整的东西原来是如此之少，"我们所能看见的几乎每一面镜子都是破碎的，这样破碎的东西常常让我觉得心痛，但它俯拾皆是。这些碎片后来成为了我写作之中不可或缺的东西，换言之，它还有另外一个不太确切的名字，叫做经验"。

这就触及了文学的本质性问题——经验乃人生之体验，没有体验就没有经验，对于舒吾这样一个涉世未深的女孩来讲，完整、总体、全面，一定是要有待于将来的，她在不断建构着自己，正如现实不断自我建构着由零碎到完整的世界一样。对于当下的写作者而言，舒吾有理由尽可能利用儿时少时的记忆，即早年生活的零碎印象来进行，"将这些碎片以一种颇有用意的方式组合起来，渴求它变成我所期望的、能打动别人的形状"。可见，她同样在纸上也重建了一个人间万花筒，诸般联系起来，便是松弛的、流畅的、有意味的，既体现了作者对文字法度的敬畏，又带有初出茅庐者的些许锐气。这种气度，一部分得自天性，一部分来自领悟力。而天赋与悟性，则正是成为一个致力于创作的年轻人的必备素质。对处于这个年龄段的写作者而言，观察力、经验和文字感觉，似乎缺一不可。

舒吾这一代人已经是互联网的原住民了，即时通信工具，人们的互动方式，与他人的关系，都在发生着巨大的变化，直接影响着创作，她创作《斑驳的眼》便得自互联网引发的一些事件，这反映了舒吾的敏锐观察。当科技的后果让人警觉，人被迫与现实疏离，我们还能建构什么样的故事呢，我们的建构还会有深刻的意义吗？舒吾的小说对此提出了自己的疑问。而生活本身也在教育着人们，完善着写作者的纸上建构。

生活中的细节所具有的启发意义，有时候可能远超出完整的虚构故事。比如《你不应如此颤抖》这篇小说中，文学描写互证着现实，生活支离破碎，完整需要文学重建，但完整又是不可靠的，片段也好，细节也罢，有待小说艺术加以自洽："一面完整的镜子不能称之为艺术作品，同样，随意排列的镜子碎片也是一样。"文学就是要知不可为而为之，试图重建人生的价值和意义。

自我是舒吾小说的另外一个关键词，现实中的我，他人眼中的我，镜子里的我，哪个是真实的，哪个是被纠正、定型或刻板化的？她发现："镜中的形象也许会在某种程度上被美化，抑或被扭曲，但大致的形象是真实的。但大多数情况之下，我们只能在镜中看到自己的形象。"由此，舒吾将小说理解为一种纸上的装置艺术，是幻象，是再造的我们内心，不止是我们自己，我更想理解为拼接之后对现实的升华。

未知也可以构成对舒吾的概括。我们的所知诚然是有限的，"这个世界上存在着各种各样的未知"，每一次设想都通向未知，导致不同的历险，不同的历险则开拓着不同的可能。比如《酸鱼》这个小说中的米米、张磊和"我"，原来"在彼此眼里都是不可探寻的未知，他们无法从对方的行为判断对方的想法。事实上，每个人都在私下过着秘密的生活，怀揣着隐秘的思想，这些东西永远都不会呈现在其他人的面前，换句话来讲，我们永远也无法体察一个人真正的幸福与悲哀，我们最真实的喜悦与痛苦永远也不能被他人得知。"

好在探索未知正是文学的使命，有幸成为写作者，就是要用文学这种方式，去探索、去发现，去发问、去质疑，有时候未知不但能将人与人用一种奇妙的方式连接起来，同时，未知也像是一个试金石，检验我们作家到底有怎样的发现能力，并且能够经由怎样的方式，去铺就通往社会或自然界未知事物的路径。

现在文学越来越受科学技术进步的影响，但文学的使命，在于以自己的方式揭开未知的谜底，舒吾所说的人心之间永远横亘着的那一条"无法逾越的陌生河流"，正是文学探险的领地。文学也好、艺术也罢，处理的最终都是人的精神层面的问题，信仰、情感、意志、价值坚守以及生命力。比如，亲情在与爱情的试金石面前，不同时代、不同地域的人们，会交出考问的不同答卷，但肯定不会有标准答案，或者"真正答案"。文学的工作永远只是一种试探，或者，永远只是一种找寻。人之为人在于有情感，有"人性"，有卑微与高尚、魅力与杂色，文学的使命和危险其实是同在的，使命便是探寻人性的丰富性和复杂性，如舒吾所说，这是宇宙中深不可测的，且永远流转着的未知。但文学也具有一种极端的危险性，那就是不自觉地将文学书写沦为目的，沦为工具，而忽略了在探索未知过程中所感悟到的一切，对于丰富内心、完善自我，成长为一个更加全面发展的"人"其实大有裨益。我想以这些感想，作为对自己的一种要求，也是对舒吾的希望，因为，文学的希望，毕竟是寄托在舒吾他们的身上的。

微风吹起黑色帷幕

　　我总会时不时控制不住自己泛滥的欲望。我将这原因归结于与生俱来的缺陷。

　　五岁的那个夏天我迎来了记事以来欲望的第一次失控，可能此前这种失控在我的父母看来早已稀松平常。例如在购买放满瓜子仁的糖糕被拒绝之后的号啕大哭啦，想揪住二姑脑后那股黑发而被无视时的歇斯底里啦，但是这些事情无法在我当时尚且稚嫩的脑仁上留下任何蛛丝马迹——还是回到五岁的那个夏天，那时的我已经渐渐开始从小孩子的中性中走脱，显现出一个女孩儿的可爱神色来。口说无凭，这是有事实依据的：我开始由对于食物浓厚的兴趣转变为对琳琅满目五颜六色发饰的热爱。其中，最吸引我的是一对装着弹簧翅膀和彩色塑料珠子的蝴蝶发夹，它的神奇之处在于轻轻晃动或者用手指触碰，它的翅膀便会优美而又饱含节奏感地上下颤动，彩色的珠子在这颤动中发出摄人心魄的迷幻色彩。我无数次想象着它落在我头顶上的情形，左右的小辫子上一边一只，只要我轻轻晃动小脑袋，就会羽化登仙，飞上云霄。在我向母亲表达了我对蝴蝶发夹的热切渴望之后，母亲果然把我带到了杂货店里，但她最后满意地付完钱并郑重其事地夹在我头上的却是两片粉色的树叶。之后的几天我一直在猜想母亲没有买下那对蝴蝶发夹的原因。我想原因应该是这样的，其一，蝴

微风吹起黑色帷幕　　　　　　　　　　　　　　　　　　　　1

蝶发夹的弹簧是裸露在外面的，很容易和我细致脆弱的发丝缠绕在一起，可能会伤到我幼嫩的头皮，这个担心母亲很明确地在杂货店里向店员表达过；其二是我自己主观臆断的，但并非没有事实依据。想想，蝴蝶发夹五块钱，而树叶发夹却只需要五毛钱，两个五毛是一块，五个一块才是五块，天哪，这个价格对于刚刚学会算术不久的我来说简直是个天文数字，我的零花钱一周才有五毛钱，如果我坚持一周不买糖豆和话梅吃，那么攒够这笔钱需要多少周呢，我的脑瓜高速运转起来。

最终我还是放弃了这个太过复杂的算术问题，它让我感到沮丧和绝望。我的目光开始在房间里漫无目的地搜寻起来，越过整洁的床铺，一尘不染的地板，方头方脑的电视机和掉漆严重的电视柜，最终停留在了沙发上一个黑色的物体上，好像一开始就是在搜寻它，别的只是欲盖弥彰的掩饰。为了化解这尴尬的氛围，我使劲咳嗽了一声，但实际上房间里除了我再也没有别的人了。那个黑色的物体，静静地躺在那里，仿佛已经等候多时。

那是个黑色的皮包，侧面有一点轻微的掉皮，好像从我记事那天母亲就一直用着它了。老旧的款式，显得有点庄严肃穆，不苟言笑的样子。我看着它，感觉它同样也在看着我。我伸出一只手拉开了它的拉链，"吱"的一声尖锐的声音，像是谁在尖着嗓子笑，我确信它是在嘲笑我了。但我毫不在意，孤注一掷地打开了伊甸园的大门，悄然无息地看着那张粉紫色的纸片从一大堆纸片中轻轻滑到了我的指尖，又从我的手心中翻滚着躺进了那条绿色呢绒裤的口袋。

那张粉色的纸片在后来不单单换来了那对翅膀晃悠的蝴蝶发夹，还有理所当然的一顿毒打。母亲在外面对人一向和和气气，但关起门来教育我时就像是一只被火柴烫到了脚的野猫。她用科室里的止血带缠成一股，奋力地在我的身上抽打着，看起来快乐又凶狠，但不出一会儿，她自己又哭了起来，嘤嘤的，还像是一只猫。

母亲的极端式教育并未奏效，并不是说她打得不够狠未能威慑到我，而是欲望的力量太过于强大，有时候完全掩盖住了恐惧，那种一瞬间的快感似真似幻，总是那么容易地蛊惑住我，让我沉沦。

母亲是一个极其正直，三观极其正确的女人。她在一家妇科医院上班，医院的主业是为来堕胎的女人们做无痛人流，副业从做妇科检查到切除乳房的癌变部位无一不全。母亲的主要工作是为那些因为各种各样不同原因即将杀死亲生孩子的女人打麻醉，以使她们免受身体和心理的双重痛苦。如果让一个思想比较守旧的人来看，这无非是一个没有节操的职业，甚至可以说是杀人凶手的帮凶。但是在我看来却是无比高尚的，一个女人无论出于何种原因抛弃孩子总归是无可奈何又痛苦万分的，心理上的痛苦既然无法免除，那消除身体上的痛苦总归是可以办到的吧。我所知道的母亲是不会对病人冷嘲热讽，说一些刻薄话的，无论对方是不谙世事的未成年少女还是已有儿女的少妇，她的态度和言语永远是温柔的，安慰的，善良的。这在我多年以后第一次做妇科检查的时候更加深有感触，那个面相丑陋的女医生粗暴凶狠地对着姿态尴尬的我吼道："怕什么，我又不会把你怎么着！""年纪这么小，处女膜都破成这样""爽的时候怎么不想想现在呢"，极尽冷嘲热讽，甚至欺骗恐吓我得了宫外孕。这时候我忍不住想到了我的母亲，她是那么地温柔，高雅，浑身充满了职业道德和操守。而她却不过是一个中专学校毕业县城小医院里的一名最普通的医生，而我面前的那位鼻孔朝天颐指气使的女人胸牌上却写着军医大学毕业省级二甲医院门诊教授。

甚至在和父亲闹离婚的那一段时间，她依然恪守着本分和道德，绝不会像别的母亲那样为了示威和显示愤怒而拒绝做饭和做家务，让孩子和丈夫饿着肚子蓬头垢面地出门。母亲表达愤怒的方式就是冷漠，抑或是冷嘲热讽。她在家里的性格是工作时的对立面，威严，专制，有时候甚至有点不近人情。她不允许我和父亲爆任何一句粗口，不允许我们在背后诋毁或是议论任何人，也不许我们说任何带有低俗性质的笑话，搞得家里的气氛总是像"文化大革命"时期那样紧张兮兮的。在他们闹离婚那段时间里，她拒绝倾听和回应父亲的任何言语，将冷暴力发挥到了极致。终于有一天，父亲在试图和坐在床上看书的母亲沟通无果之后，终于爆发了，他一把抢过母亲手里的书，横几下纵几下撕得粉碎，摔门而去。我坐在背对灯光的黑暗角落里，看着母亲怔怔地在床上呆坐了好一会儿，从床上跳下来艰难地去捡地上的碎纸片，从抽屉里拿出白色胶条一页一页补齐，对正，粘贴，动作虔诚，仿佛在完成一项神圣庄严的仪式，黄色的灯光穿过她头发的缝隙，轻轻地打在她脸上纵横交错水源丰富的河流上，远远望去，闪光一片……

　　时至今日我对于他们闹离婚的原因依旧不得而知，它毫无征兆地开始，又无声无息地结束了。后来我从别人嘴里听到一个名词——七年之痒。突然想起那年似乎也正值我六七岁之时，况且"痒"这个词让我对发明这个名词的人又无端多了几分敬佩。是痒，痒有时候就是没有原因的，而且更多的时候是越搔越痒，一旦把它抛之脑后，这痒也就兀自消去了。而当父母的"痒"消去之时，我和父亲的"痒"却又开始了。我不再愿意和父亲说话，甚至见到他也躲着走了，这并非我想对父亲那日的暴虐进行报复，更不是因为我想作妖使怪，而是我一见到他，那件事情，那个问题就不由自主地涌上喉头，这让我尴尬，更让我害怕。

　　那是父母吵架以来，父亲第一次带我去逛超市。那天我从货架上拿走了很多零食，父亲很反常地默许了，要知道在平常我从来都是被告知"只能拿一样，别的全都放下"。走过一排货架的时候，父亲突然递给我一只白色的小勺子，他一句解释也没有，只是面无表情地对我说道："给，装在你衣兜里。"我疑惑地望着父亲，没有伸手去接，那是一把极其普通且廉价的塑料勺子，单薄的勺柄正对着父亲宽大的手心，显得更加粗制滥造。

"装着，这对你有好处。"父亲不由分说甚至有点粗暴地把它塞到了我上衣的兜子里。

我还记得那个瞬间我抬起头来看着这个刚刚晋升为全县有史以来最年轻教育局副局长的男人，一位德高望重声誉颇佳的父亲。时至今日我已经忘记了他当时脸上的表情，可能依旧不动声色，可能假装望向别的地方。结账之前我把勺子从衣兜里拿出来，悄悄地放在了一旁的货架上，父亲看见了，但是他没有说什么。

回到家，还没来得及换鞋，我就急不可耐地告诉了母亲刚刚在超市发生的事情，我并不是想要告状，我只是感到疑惑和不安。这难道不是偷窃吗？这难道不是吗？这……到底是不是……母亲在我偷钱后的震怒，这难道不是偷吗？何况我对那个丑陋的小勺子没有丝毫的兴趣和欲望，至少在那一刻，我拥有绝对的清醒和理智。

我以为母亲会震惊或是暴怒，但她只是从书中抬起头来轻描淡写地说道："你又犯了胡说的毛病了。"

一旁的父亲竟然也应声附和道："你可真是越来越会胡说了，我怎么会要让你去偷个不值钱的破勺子呢。"

我注意到他用了"偷"这个字眼，果然是偷，他竟知道这是偷。我没有再辩解，我知道这个问题纠结下去没有任何意义，到头来仍旧是个胡编乱造喜欢说谎话的孩子的臆想和无端诋毁，我的手心发烫，仿佛紧握着那个偷来的无辜勺子，滚烫的问题和秘密。

为什么要教导我去偷东西？

为什么要撒谎，为什么污蔑我？

这两个问题像幽灵一样在我的脑海中挥之不去，它们在我的腹中积郁着，每当看到父亲，就忍不住要跳出喉头，撬开牙齿，撕扯着我的两片嘴唇，声音嘶哑尖厉。

为什么！

很多年后当我想起这件事情依然是胆战心惊，经过多年与父亲的相处，这件事情愈发在我的脑海中变得突兀，我宁可它是一场滑稽无聊的梦，或是我在心中对父亲形象的无端诋毁和践踏。但它确实是真实发生过的，这让我更加地不安和疑惑，那两个问题再也无法问出，或许父亲早就将它遗忘了吧，就算没有遗忘，一想起那个答案从父亲嘴里飘出的场景就让我瑟瑟发抖，喝令自己马上从这场可怕的想象中转移出去。于是我不得不在心里给自己做了一个解释：一定是母亲当时对父亲的态度燃起了他内心里极大的愤怒和怨恨，让他忍不住产生了想要毁灭什么的冲动，所谓毁灭一个人一生最好的方法就是毁了他的下一代，于是父亲在报复欲的驱使之下丧失了理智，竟然忘记了我也是他的女儿，只是一味想着要将仇人的孩子教育成一个偷儿，一个畏畏缩缩的三只手，让她的母亲无力回天，痛不欲生。

这是我能给出的最安全最令我舒服的解释了，想到这里我也觉得似乎理解了当时的父亲。本来嘛，欲望的力量那么强大，我们都是普通人，总会有洪水决堤的时候嘛。后来父亲也不是尽了最大的努力去补偿我吗？

相比之下，母亲可就高尚多了。她的毕生都在追求最高的道德，弗洛伊德所说的"超我"，这种追求在工作上更是展现无余。众所周知，妇科医院可是一个八卦的发源地，绯事丑闻的聚宝盆。据说有不少社会新闻上关于失足少女偷情少妇的报道都是一些无聊记者在妇科医院踩的点，更别说每天接手治疗的妇科医生了。病人的私事早已成了茶余饭后话题的热点，更有甚者将此类事件整成段子，发在互联网上，听说人气也高得很，现在都能拉广告赚钱了。

母亲在这方面可谓是行业模范，她从来不在我们面前讲述病人的任何私事。只是有时候会痛心地叹息，"为什么现在这么小的孩子都来做流产，一个人孤零零的也没有父母陪着，唉……"。除了一次，也仅仅那么一次，她差点丢失了她的职业道德，那次多么地险啊……

那天她下班回家，几次在饭桌上欲言又止，脸色看起来很奇怪，好像吞了一颗胶囊却卡在嗓子眼里一样。在洗碗的时候她终于忍不住对我说："……今天遇见你的小学同学了……"

"在哪？"

她沉默，但我已经知道了答案。

"是谁？"

她洗碗的手迟疑了一下，最终还是说道："不能告诉你。"

所幸，那天母亲还是保住了她的职业道德。我也想起了那个人的名字并且完美地和她的脸对应在了一起，毕竟，我的小学只有一个朋友，唯一的同学。

彻紫是我小学时期的同桌兼舍友。那段时间母亲在外地进修，父亲也忙得抽不开身，只好把我送到了附近的一所寄宿学校。学校设在一个村庄的旁边，实行全封闭式管理。也就是说除了每周固定的休息日以外，我们是禁止走出校门的。星期日的时候，校门大开，父亲就会骑着自行车来接我回家，顺便把这周换下来的脏衣服带回去洗。来接彻紫的不是她父母中的任何一位，而是她的男朋友。我在校门口见过他几次，身材极其瘦弱，面黄肌瘦，就像一根蔫掉的水芹菜，眼睛却大得出奇，总是喜欢直愣愣地盯着人看，搞得我总是很不舒服。彻紫一见到他就大惊小怪地大叫一声"哈尼！"，一把甩开我，羚羊似的跑过去，手脚并用爬上那辆脏兮兮的摩托车后座，猛地揽住那位"哈尼"先生的"柳腰"。"哈尼"先生很酷地一踩油门，摩托车便突突突喷出一大片黑烟绝尘而去。彻紫这才想起来扭过头和我挥挥手，"斯塔，叔叔，再见"！我扭过头去，看见父亲的脸色，比那摩托车喷出的黑烟还要黑。

有时候父亲的工作实在太忙，没有时间过来接我，只能托人把洗干净的衣服装在兜子里带给我，我用脏衣服把它换出来，再把兜子还给来人，请他回去捎给我的父亲。换洗衣服里总会有一件的贴身口袋装着十块钱，他不来接我的时候就给我十块钱买零食吃，以表达不能陪伴女儿的愧疚。于是这一天便会成为我这个月来最幸福的一天，既没有恼人的功课，也没有人来管教，宿舍里也只有我一个人，可以想怎么玩就怎么玩，还有这笔"巨款"可以随心所欲买那么多好吃的东西。

那天当我把一兜脏衣服换成干净衣服拿回来的时候，惊讶地发现彻紫竟然坐在她的小床上，头深深地埋在膝盖之间，听见有人进来才慢慢地抬起头来，眼睛里的光芒闪闪烁烁。她栗色的头发蓬松凌乱地垂在肩上，挂在她那美丽的小脸蛋上，浓密卷曲的睫毛微微湿润，看上去那么地楚楚可怜。

看到是我，她似乎有点失望，重新把头埋在了两腿之间，幽怨地说道："斯塔，哈尼今天不来接我回去了，他的奶奶过世了，他得回去陪着他们。"

我感觉得到彻紫的悲伤，但是却不知道该如何安慰她，赶忙把刚刚买来的草莓和山楂糕递在她手里，"彻紫你吃，吃完就不会不开心了"。

彻紫吃了几颗草莓，一块山楂糕，脸色果然好了不少。她把一颗草莓拿在手里把玩着，那颗小草莓颜色鲜红，在她雪白的手心里更显得娇艳欲滴。

　　彻紫把草莓贴着她那微微有点发红的圆形小鼻子上，鼻翼轻轻扇动着，像一只生机勃勃的小兔子。她突然扭过头来，神秘地低声说道："斯塔，你知道避孕套也有草莓味的吗？"

　　那个时候我们早已经知道避孕套是什么东西了，虽然没有开过生理课，但却有男生将它带到学校来公然在教室里吹起来，像个气球，表面却滑滑腻腻的。几个男生在教室里竞相追逐着去拍打它，女生们则在一旁红着脸窃窃地笑，最终这"气球"在哄抢中"砰"的一声爆掉了，只留下几片白色的塑料片在地上。在这次闹剧中，几个思想超前的男生为全班同学上了一堂免费的生理课，然而我仍旧不知道它是怎么用的，戴在哪里，更不知道它竟然有草莓味。

　　"是和草莓一样的味道吗？"我问道。

　　"真的是和草莓的味道一模一样，而且也是这种颜色，粉粉的。"彻紫摊开手指着那颗小小的小草莓，但我的注意力却不在那里，对她所说的草莓味的避孕套也没有丝毫兴趣，谁知道那是干什么用的，我的目光完全被那根白色的带子所吸引。

　　那根松松地挂在彻紫白嫩修长的脖颈上的丝带，优美地在脖子后面打了一个蝴蝶结，衬托着彻紫那修长优美的锁骨，显得那么高贵优雅，又有着秘密一般的吸引力。

　　"你在看这个吗？"她用手指轻轻弹了弹那根白色的带子，几绺棕色的长发从胸前滑到了脖子后面，她神秘地眨了眨眼睛，"你想看看吗？"

　　我点点头。

　　她伸出两根汉白玉似的修长白皙的手指，提着那根白色带子的底端，轻轻松松一拉，"轰"的幕布就掉了下来。我不禁在心底发出了赞叹，这是多好的一架钢琴啊，流畅的白键和沉稳可爱的黑键黑白分明，发出神秘而幽暗的光芒，那凸起的和下凹的完美地接合在一起，牛奶般的河流，棕色的生机勃勃的森林，我感到一阵眩晕，那种感觉再一次击倒了我……

我忍不住伸出手去，指尖接触的一瞬间，阳光突然炸开，天地之间只剩下一个生疏的乐手和这架完美的钢琴，当我弹奏白键的时候她"叮咚"作响，当我触摸黑键的时候她战栗颤抖，风从每一个琴键的缝隙中吹来，一遍又一遍。

我不停地抚摸着彻萦柔滑的躯体，沉浸在无尽的赞叹和快乐之中，那每一次接触带来的伸展、颤抖和收缩，以一百万倍的回应撞击着我的脑膜。我把双手插进彻萦那玉米须般浓密柔软的褐色头发之中，想象着这是一团绿油油的水草，无数的小鱼从我的指尖游过。彻萦静静地躺在那张逼仄窄小的小床上，睁着茶色的美丽眼睛，微笑地看着我，她说："斯塔，把你的手给我好吗？"

我乖乖地伸出双手递给她，任她低下头细细地观察挑选，任她用肥皂轻柔地搓洗着，任她用那把我常常用来裁纸的剪刀耐心地修剪着……

彻萦仰着她那美丽的脸蛋，长长的睫毛在脸上投下一片深不可测的阴影，她的嘴微微张开，好像在呼唤着什么，又好像是在唱歌，我想她可能是在唱那首她最喜欢的粤语歌。

"偏偏知道，爱令我没明天……"

毕业之后，我就再也没有见到过彻萦，我不知道她是继续升上了中学，还是和她的"哈尼"远走高飞了（她的确跟我说过这个想法），反正就是消失了。我给她打过一次电话，接电话的是她患有严重支气管炎的爷爷。他上气不接下气地告诉我，他自己也已经有好几周没有见到过彻萦了，让我有她的消息就告诉他。后来我也没有再刻意去找过她，接着我就升上了初中。

在初中我依旧没有几个朋友，由于个头矮小，我常年坐在紧靠讲桌的位置。老宋讲课时喜欢吸一口长气，"噗"地吹掉落在讲桌上的一层粉笔灰，我的脸便总是白一块灰一块的。班里的同学看见了也不会提醒我，只是几个脑袋一下子聚在一起，随后便爆发出一阵狂热的笑声。几个脑袋还不时地回过头来看我，好像怕我不知道是在议论我似的。在这个时候我就会特别地想念彻萦，要是她在一定会用那双汉白玉一般的柔软而冰凉的手掌轻轻为我拂去脸上的灰尘，对着我微笑。

在上下午课的时候我又特别容易打瞌睡，手撑着脑袋，口水滴滴答答从嘴角流下来。老宋看不下去，就会过来敲敲我的桌子，板着脸低声说道："李斯塔，醒醒，醒醒。"我就会猛地睁开那双翻着白眼的眼睛，像安了弹簧一样"嗖"的一下从座位上弹起来，全班哄堂大笑。老宋并不批评我，只是黑着脸无奈地摆摆手，"坐下，坐下"。

老宋是我们的历史老师兼班主任，他对这份工作有着无与伦比的热情。生活中他为人是非常沉稳内敛的，但一走上讲台就像换了个人似的，口若悬河滔滔不绝，兴奋起来手舞足蹈，一堂课下来背后的衣服总会湿一大片。他最喜欢讲的就是老祖宗的那套规章制度，伦理道德，三纲五常，每节课都要重复一遍。但他却是个家喻户晓的"气管炎"，学校里每个人都知道老宋曾经被老婆拿着擀面杖追着满街跑，原因只不过是下班了回家忘记买菜。

他常常拧着眉头在课堂上叹息："唉，乾坤逆转啊。"

"唉，世事不祥。"

"唉，乱世啊，乱世。"

其实老宋并不是那种畏畏缩缩，手无缚鸡之力的小男人。相反，他身材高大健硕，肌肉紧实地贴着骨骼，头发乌黑浓密，皮肤被阳光晒成不深不浅的小麦色，身上总是散发出一股成熟谷物的味道，长相也算得上俊美。在学校里他总是不苟言笑，从不会对女同事说出半句轻浮的话来，尽管坊间流传说他的夫人长着龅牙，奇丑无比，脾气古怪，可他却是全校教师中唯一一个没有任何绯闻的。

在百家诸子之中，老宋不好孔子却偏偏喜爱荀子，他总是在课堂上朗读《性恶》里的开篇名句："人之性恶，其善者伪也。""恶是人的天性，生下来就是这样，喜欢嫉妒啊，争夺啊，享乐啊，要改变这种现状呢，就要用礼义进行教化，礼义是什么呢？礼义就是三纲五常嘛！注意一下这里的'伪'可不是虚伪的意思，是人为的意思，人为地做什么呢？人为地进行教育啊，人经受了教育，素质提高了，性恶自然就会变成性善了。"

"圣人化性而起伪，……故圣人之所以同于众，其不异于众者，性也……"

下午上自习的时候，老宋就坐在讲桌前批改作业，我不想写作业就抬起头盯着老宋看，老宋一点也不老还很年轻呢，怎么会娶一个龅牙的女人当老婆呢，这让我百思不得其解。我盯着老宋的脸目不转睛地看，希望能够找出点线索来，老宋却只是一个劲地低下头批改作业，一点也没有注意到我窥探的目光。有一次他差点发现我，之前他让我们每个人给作业本上绑一根毛线，我在家里翻了个底朝天也没有找出一根毛线，母亲压根不会织毛衣，我只好把彻萦送给我的那根白丝带，就是她曾经系在内衣上的那根，系在作业本上。那天，老宋刚好批改到我的作业本，他拎起那根白丝带时，突然抬起头看了我一眼，我慌忙心虚地低下了头，用高高的书本挡住了我的脸，却用余光在缝隙中看着他，幸好他什么也没有说，只是批改完把它若无其事地放在了一边，拿起了另一本。

家却又一次开战了，只不过这次的方式从冷战换到了热战。在他们的争吵中我断断续续地拼凑出了事情的来龙去脉：一切的根源来自母亲医院里的一次职称选评，母亲和另外一个女人同时竞争一个职位，母亲在医院里一向医术高明，为人谦和，自然是无可挑剔。那个女人不说别的，仅在竞争期间就肆无忌惮地造谣生事，说我母亲在外养有情夫小白脸二三，拿着医院的医疗器械私底下卖给黑市，甚至公然地把母亲的工作服塞进垃圾桶里。而母亲则一直本着"清者自清，旁观者明"的理念默默地隐忍着。没想到结果却是那个女人上了位。本来这事情和我父亲没有丝毫的关系，只因他看不惯自己的女人在外被人欺负，去院长办公室里大闹了一场，把墙上的锦旗都一张张地揪掉了。没想到母亲回来非但不感动还大发雷霆，说父亲在同事和领导面前拂了她的面子丢了她的素质。

母亲大吼道："今后我的事不用你管。"

父亲摔门而去。

在这件事上我完全是站在父亲的那一边的，甚至觉得母亲有点不可理喻，为了那可笑的高尚，素质和面子，那看不见摸不着的虚空。但是我长大了，已经知道如何不动声色地掩饰自己的立场，这时候我站在谁那一边对这个家都没有任何的好处，最好的方法就是逃避，于是我撒谎说老宋在放学后要给我开小灶，直到天黑才磨磨蹭蹭地回家。这个时候父亲和母亲已经洗漱完毕准备睡下了，我只是象征性地打个招呼，便"嗖"地躲进自己的房间。

那天下午放学之后，我一个人在空荡荡的教室里慢吞吞地抄着历史课本，这是老宋罚我的，因为我再一次在历史课上打了瞌睡。这次比较严重的是，老宋在我的课桌上敲了好几下我都无动于衷，直到旁边的同学在我的大腿上捏了一把我才从座位上"噢"的一声跳了起来,全班人笑得前仰后合,桌子都倒了好几个。老宋气得脸都绿了,随即下令罚我把那天课堂的内容抄三遍。

我一个人在教室里默默地抄写着,夕阳从教师一侧的窗户斜斜地射过来,被窗户割成一块,其中的一块刚好落在我的作业本上,明晃晃地照着上面的字,"中华人民共和国建立于 1949 年 10 月 1 日……"我伸出一只手指放进那个金黄的不规则图形里,手指立刻变成了金黄色,金灿灿的,好像传说中的金手指。我眯起眼睛望向窗外,一小片阳光从楼房的顶端横七竖八地伸出来,张牙舞爪地跑嚷着,然后树叶变得透明,云变得透明,鸟变成黑色,眼睛似乎消失了。

这是 2002 年最普通的一个下午。

抄完了三遍课文,我用手臂夹着那个系着白丝带的本子慢吞吞地向办公室走去,老宋果然还没走。他坐在办公桌前正背对着我在批改作业,卡其色的衬衫紧紧地贴着后背,勾勒出他健美的轮廓来。窗户大开着,有几片树叶的影子斑斑驳驳地投进来,几只麻雀在窗外的树梢上叽叽喳喳,风从树叶中间夹着鸟叫声吹过来,桌上的作业本"啪嗒啪嗒"向上忽闪起来。

"报告。"我说。

老宋头也不抬地说:"进来。"

我磨磨蹭蹭地走了进去,脚在地上画着圈儿。我把作业本放在老宋的手边,规规矩矩地垂着手站在旁边。

"李斯塔?你怎么还没回家?"老宋抬起头来看到是我,惊讶地问道。

"我不想回家。"我回答道。

"为什么?"

"不为什么。"

"李斯塔，你什么时候才能不这么任性啊。"老宋叹息着翻开了作业本，我突然注意到他的手长得也很好看，上课的时候总是沾着五颜六色的粉笔末，现在洗干净了，又文气又结实，关节有点大，但是却一点儿也不突兀。他用两根手指轻轻松松地拎起那根白丝带，这个动作让我感到有点熟悉，似曾相识，他低下头似乎很认真地翻看着。

"李斯塔，你过来，你看看你总是这么粗心，又写错别字了。"老宋皱着眉头有点责怪地说道。

我只好扭着脚脖子蹭到他的跟前，低下头看我作业本上的错字。当我刚刚靠近他的一瞬间，一股好闻的谷物味儿扑面而来，又像酒，又不像，我却真像喝了酒似的，有点发醉了。

"'双百方针'又写成'双白方针'了，这怎么能行呢……"我盯着老宋半开的衬衫领口，里面似乎有一坛尚未酿制成功的美酒，沁人心脾的味道从里面源源不断地散发出来，两条锁骨像是浮在这酒水里的两艘小船，摇曳着，游荡着……

"时间也写错了，1976不是1967……"他的手指干干净净，指甲平整，里面没有丝毫污垢，随着说话的声音轻轻地一张一合，就像是他的另一张嘴一样，宽厚，温暖，有力……

"抄写也会抄写错啊，真是的，标题怎么忘了……"尚未退去热度的阳光打在他左边的脸颊上，眼镜腿反射出尖锐而强烈的光芒来，他脸上细细的绒毛也被染成金色，就像是春天杨树刚刚长出的毛胡胡。

"李斯塔，你在看什么。"老宋终于注意到了我目光的游弋，他居高临下地望着我，样子看起来有点担忧。他的眼睛里总是有一种忧郁的光芒，不管望向谁，总是一副担忧的神情，但是这一刻我觉得他是真的在担忧我。

"老师，老师。"我情不自禁低声呢喃起来，目光变得迷离，像一只被阳光晒热了的猫。

我失去了理智，一把抱住了他。

老宋迟疑着，凭着他的力气他完全可以一把推开我。我再一次发出了请求，"老师，老师"。

一双温热宽厚的手掌终于轻轻拂住了我的肩头，渐渐变得紧实有力。我几乎要眩晕了，倒在那片充满着谷物香味的麦场上，太阳把那片谷物晒得暖烘烘的，蒸腾出一股热气来。我的手变成了一只稚嫩的小鸡，孜孜不倦地啄食着麦场上散落的谷粒，一颗，一颗，又一颗。直到那边炙热滚烫的黄土地完全露出来，农夫的铁锹，钉耙，白色的种子。

耕地呦，耕地呦。

人之性恶，其善者伪……

伪者，文理隆盛也……

三纲五常……

三纲五常……

第二天早上，老宋给了我一片粉红色的小药片，只有绿豆那么大。我知道它是做什么用的，但是我就是不愿意吃它。它的颜色没有让我觉得温馨，反而一阵干呕。为什么和这类事情扯上关系的都要设置为暧昧的粉色，妇科医院的窗帘，床单，痛经颗粒的外包装，就连卫生棉也是，好像在传递着什么隐秘的信息。我把那个小药片丢进文具盒里，上老宋的课时我就把它拿出来端详，我喜欢看老宋惊慌失措的样子。放学之后他有点恼怒地把我堵在教室里，低声责问我为什么不吃掉它。

"我不愿意啊。"我抬起头来一脸无辜地说。

"李斯塔，你这是想害死我吗？"老宋咬牙切齿地说，眼睛里却依然含着担忧。

我觉得很有趣，变本加厉地觍着脸说道："老师，我们再做一次那件事情吗？"

老宋转过身，头也不回地夺门而去。

"难道你不喜欢吗？"我大声喊道。

事实证明老宋的担忧是不无道理的，接下来的一个月，我的月经没有来，又过了一个月，我殷切地等待着，但还是没有来。我把这件事告诉了老宋，他果然被吓坏了，他奋力地揽住我的肩膀，低声下气地哀求道："斯塔，求求你了，你去医院检查吧。"

我说："不。"

晚上我躺在床上，在黑暗里睁开眼睛，两只手不断地摩挲着我的腹部，好像那里面真的有一个活蹦乱跳的小婴儿似的，这给了我一种近乎真实的错觉——我的腹部变大了。

的确是，它在月光下微微隆起，从前平滑流畅的盆骨此刻变得有点愚蠢，我在床上翻来覆去无法入睡，一边摩挲着腹部，一边胡思乱想。

要是母亲知道我怀孕了她会怎么办呢？

把我毒打一顿，然后逼迫我把孩子流掉？就算是这样，母亲也不会带我去他们的医院做吧。她是那么地爱护面子，德高望重，怎么会允许家里出现这样的丑事呢？我想象着我跪在地板上，母亲呵斥我的样子，虽然母亲平常总是教育我，但是这个场景和她还是多少有点对不上号。

心疼地抱住我，温柔而又轻声细语地安慰我，让我不要害怕，一切都会按照我的意愿去做？也不是没有可能，母亲对那些素不相识的病人们都关爱有加，更何况是自己的亲生女儿呢。那我会怎么选择呢？把她或是他生下来？不行不行，一个十七岁的单身妈妈多少听起来是有点凄凉的。

逼问我这个不负责任丧心病狂的男人是谁？然后把我带到老

宋家里大闹一通，逼老宋和妻子离婚然后娶我？这个情况是断然不可能发生的，就凭我对母亲的了解。不过我还是试着想了想一个场景，老宋站在母亲的面前耷拉着脑袋一脸惶恐，嘴里还不停地低声狡辩着什么，想着想着，我不由自主地笑出声来。

但我料想的这些情况最终一个也没有发生。几天后的一个早上，我在内裤上发现了硬币大的一块血迹。我舒了一口气，不知道该感到庆幸还是失望。不过它终究是来了，这却是省去了不少不必要的麻烦。我从抽屉里拿出一片搁置了两个月的卫生棉，笑嘻嘻地跟它说道："老哥们，你终于又有用武之地啦。"

第二天，卫生棉上还是只有一块硬币大小的血迹，与之前不同的是这块硬币颜色发黑，在洁白的卫生棉上显得很别扭，就像是白布上染上了一块斑驳的铁锈。不止这样，我的小腹像灌了铅一般沉甸甸的，里面好像有松针在扎着，刺刺的疼痛。我吞了一片黄色的止痛胶囊，揉着肚子想道，再等等吧，再等几天就好吧。

第三天第四天，依旧如此，并且前前后后持续了有一周之久。我终于有点害怕了。我向老宋告了假，老宋关切地问我需不需要他陪着一起去。我知道这并不是出于他本意，他巴不得我一个人走得远远的谁也找不到。老宋其实也挺可怜的，于是我知趣地拒绝了他。

本市的医院是断然不能去的，同行之间或多或少总会有一点联系。更何况这个世界是那么那么地小，人又是那么地多，况且每个人都长着一张鲜红的总是合不拢的嘴巴。我不害怕，我从来都不害怕。但是母亲害怕，母亲是多么地弱小啊，我不禁在心里感叹了起来。

我坐在去往邻市的公交车上。车上的人少极了，一个穿着丝绸褂子的老婆婆不时地扭过头来好奇地打量着我。这个小姑娘为什么独身一人，她不用上学吗？她的脸庞圆润可爱，就像清晨刚刚从枝头上采摘下来带着露水的鸭梨，却似乎带着苦涩的忧戚。这么年轻，有什么可忧伤的呢？

我把头靠在冰凉的玻璃窗上，透过布满水渍的玻璃向外望去。一簇一簇金灿灿的迎春花在道旁绽放着，花朵小小的却密密麻麻地排着，千朵万朵压枝低，她们多骄傲呀，根本不需要绿叶的陪衬。美得那么急切，自私，招摇，酣畅淋漓。放眼望去，只有那一片又一片晃眼的金黄色，不见浓黑墨绿的冬青，不见羞羞怯怯的柳芽，不见小心翼翼的河流。

迎春花真的是在迎接春天吗？

在医院的那站我下了车，老婆婆依旧睁着她那浑浊的眼睛望向我，望着我脚上系着红色带子的尖头鞋，等待着它要载着这个不上学的姑娘去往何处。我只好在车站逗留了一下，目送着那车尾排出黑色尾气的黄色眼睛远去。

在妇科医院大同小异的粉红色科室里，我向相貌丑陋的女医生忧心忡忡地描述了我的病痛。其间她不停地打断我，毫不客气地询问着我的私事，携带着一股浓郁的口臭。她把一沓单子扔给我，龇着丑恶的门牙说道："去，先去缴费，一楼验血，二楼做 B超，三楼领一次性器械回来做妇科检查。"

末了不忘再加上一句，"有可能是宫外孕喔，你先去验血……"

我吓得魂飞魄散，夺门而逃。

我拿着单子跌跌撞撞地去门诊部交钱，幸好临走前老宋给了我不少钱，费用方面完全不需要担心。我在一楼抽了血，突然觉得轻松了几分，以前听人说定期献血会对人的身体有好处。陈旧的血液被抽出，新鲜清澈的血液在体内高速生产着。污秽、陈腐被源源不断的干净清澈所替代，整个身体焕然一新……

我在胡思乱想中慢吞吞地向二楼走去。前面有个穿着粉红色工作服的小护士，头上戴着一顶粉色的护士帽，轻轻盖着脑后的马尾辫。马尾辫很调皮，随着她上楼梯的节奏一跳一跳的，像一尾黑色的鱼，护士帽也被掀得一颤一颤的。合体的护士服勾勒着她纤细柔美的腰身，瘦削的肩膀和紧实的小臂。我第一次看到有人把护士服穿得这么好看，竟鬼使神差地尾随着她走进了护士办公室。当我回过神来意识到自己在做什么的时候，她已经转过身来惊讶地望着我。

"斯塔！"她惊喜地喊道。

正准备灰溜溜逃走的我像是被闪电猛然击中，怔怔地呆立在了那里，草莓，白色丝带，肥皂，钢琴在脑海中一闪而过，天地快速地旋转起来……

我盯着那张陌生的脸和略带熟悉的五官，一点一点地辨认着。依旧浓密纤长的黑色睫毛，像一把蒲扇，曾经顾盼生姿无端含泪的眼珠却被一大片黑色塑料覆盖住了，呆滞蠢笨地望着我。那微红可爱的圆形鼻子的确是那个轻微扇动嗅着红色草莓的那只了。嘴唇像初放的桃花一样微微张开着，饱满的脸颊泛着绯色的光芒，昭示着终于从那个早开的花苞长成了娇艳欲滴的果实。

我终于从不可思议中回过神来，对她报以滋味悠久的笑容，我又变成了一个孜孜不倦的学生，有无数的问题等待着她的回答。

你去哪了？你为什么不找我？那个骑着破旧摩托车的"哈尼"先生呢？

我想告诉她，告诉她我父母无聊的争吵，告诉她我和老宋在那个午后的所有细枝末节，告诉她老宋惊慌失措的样子有多么的好笑。

我想问，你到底有没有……

有没有……

这些问题憋红了我的脸，它们在同一时间以浩浩荡荡不可阻挡之势涌出，却一同搁浅在了一望无际的白色沙滩上，倒地不起。最终我只结结巴巴地哽出一句："你现在在当护士吗？"

她羞涩地点点头："是啊，今年刚刚从卫校毕业，之前也有去市里找过，但是医院都招满了，只好来到这边，虽然工资低了点，不过也是够用的。"

我想起了母亲的话，幸好，幸好。

我断断续续地向她诉说上了中学后的所有，课堂上总是会比在床上更加疲倦。同学们的拉帮结派，操场上破了一个洞的国旗，说了很多很多，但终究还是没有说到老宋。

她微笑着耐心地听着，时不时地点点头，左侧的耳旁飘着两绺棕色的发丝，没有风却固执地向左边飞着，好像那边有什么摄人心魄的东西在吸引着它……

我停下来等待着彻萦的提问，等待着她用那雨滴般清亮的声音，那柳絮般绵软的嗓音，温柔地，问。

她问："所以，你在这里做什么呢？"

父亲检查出胃癌的时候已经是晚期了。看到医院的通知单，我们这才知道这些年他隐忍着多少的痛苦。我回想起无数次夜晚起身看见他坐在黑暗的沙发上，佝偻着身体发出粗重的喘息声，就像一台工作多年的发动机。我以为他只是失眠，无端的失眠。就像我一样。我和母亲都深知他有多年的胃病，但是却没有想到已经积郁到了如此地步。他的车里总是放着各种各样琳琅满目的彩色药片，有时候他开着车，两只手正扶着方向盘，豆大的汗珠就从头顶上滑下来，噼啪打在显示屏上。我和母亲在后座担忧地看着后视镜里的他，他总是安慰似的摆摆手，把车稳稳地停在马路边，往嘴里一股脑地塞上一大把药片，用凉水急急地送下去。接着像骆驼一样长长地吐出一大口气，回头对我们笑笑，我和母亲仍旧担忧地望着他。

除了这些时候，我见到的父亲永远是意气风发，浑身有着用不完的精力。而且他看起来还是那么地年轻，他也的确是很年轻的啊。至少对于离开来说总归不是一个合适的年龄。

为了方便照顾他，我和母亲都搬到了医院的病房里住，为了节省开支，我和母亲挤在一张床上睡觉。夜里我常常听见母亲在痛苦和自责中辗转反侧，"后悔啊，后悔啊"。她后悔什么呢，是没有珍视以前的岁月和父亲好好过日子？还是因为忙着工作从不回家做饭，以至于让父亲颠三倒四地在外面吃着不干不净的饭菜而导致了今天这样的局面？我默默地看着母亲在黑夜中默然流着眼泪，那躯体不停在呼喊，"后悔啊，后悔啊"。

在父亲住院期间来看望的人很多。领导，同事，多年的朋友，甚至还有受恩于父亲的学生家长。他们捧着浸满悲伤的鲜花和哀婉叹息的果篮，在床边一遍又一遍地赞叹着父亲的温良谦和，才高行厚。那个学生家长眼泪汪汪，一遍又一遍不厌其烦地讲着她为了让儿子进县里的中学如何在教育局门前苦苦等候，父亲在倾听了她的诉说之后如何毫不犹豫地替她办成了这件事。不仅如此，还和蔼地抚摸她儿子稚嫩而又渴望的脑门，柔声细语地鼓励他用功读书，以后一定前途似锦。整个房间里的人无不流露出崇敬钦佩的神色来，望着形容枯槁的父亲扼腕叹息。

父亲身上仅剩无几的脂肪开始一天天消逝着，他再也不能进食任何东西，仅仅依靠着从头顶的玻璃瓶流入静脉的液体维持生命。我想起了那次我得了急性肠胃炎的情形，父亲丢下工作急忙赶到学校来接我，那天一向节俭的他破天荒地叫了出租车。在医院里他没日没夜地在病床边上守着我，又嫌弃医院的饭菜不干净，蹬着自行车回家去只是为了给我做一碗蔬菜白面粥。我只记得那个时候我在昏昏沉沉之中，身体没有任何痛感，只是感觉胃里炙烤般尖锐的饿，只是饿。父亲把粥送到我的嘴边，我甚至来不及咂咂嘴就迫不及待地吞进胃里去，那种食物的温暖抚慰的感觉，历久弥新。

我问父亲，"痛吗？"

他吃力地摇摇头。

我又问，"饿吗？"

他似乎迟疑了一下，还是摇摇头。

我的心就像被什么尖锐的物体刺中，生疼生疼。

我坐在病床边，想起了父亲无数的好。每周来接我回家，替我洗干净换下的衣服，总是做一大桌我最爱吃的菜，陪我放风筝，甚至到了高中还依旧会给我辅导作业。可是越是想到这些，那两个梦魇般的影子又鬼使神差地浮了出来。我闭上眼睛，我打扫病房，我叫来护士换药，我倾听客人对父亲发出的惋惜。那两个影子总是不厌其烦地跟着我，怎么甩也甩不掉。

为什么为什么为什么……

我把客人送来的果篮都送给了别的房间的病人。怕父亲看着它难受。每天早上一醒来，我就坐在床前给父亲念杂志，青春文学，男孩喜欢女孩或者女孩喜欢男孩，文章都写得很烂。我觉得父亲可能不爱听，但是他总是张着眼睛认真地望着我，露出鼓励的神色来，父亲总是会这样。于是我又拿起杂志轻轻地朗读起来，那个女孩暗恋着那个男孩……

那天早上，我读完了一整本杂志。父亲的药打完了，母亲去办公室里叫护士换药，病房里就剩下了我和父亲。我依旧坐在床边的那个位置上，安静地看着父亲。他那天看上去有点不一样，但我却说不出来。他的身体的每一寸皮肤下再也没有一粒多余的脂肪。眼窝深深地陷下去，凸出了两片骇人的颧骨，嘴唇又干又皱，像是一团揉皱了的灰色纸片，鼻梁倒是愈发地坚挺了，像一艘死海上的威猛战舰。灰黄色的皮肤松松垮垮地挂在脸上，指甲泛着幽冷的白光。

父亲张了张嘴，好像想要说些什么。

我把耳朵凑了过去，却只听到了微弱的呼吸声。

"您说什么？"

我意识到不好的事情将要发生了。我有点害怕，想跑出去叫母亲回来。可就在这么一瞬间，那两只幽灵又一次重重地慑住了我，我意识到这是最后一次机会，错过了这次机会，以后再也不会有了，我的嘴唇鲜红滚烫，咽喉一阵发紧。

我使劲凑到父亲的面前，叫道："爸爸，爸爸，你还记得……为什么为什么……"

父亲的眼睛睁得圆鼓鼓的，眼白几乎都要流了出来。他的嘴角突然牵起了一丝古怪的笑，接着他发出了这一生的最后一次呐喊。

"噢……"

我最终并没有怀孕，当然也没有宫外孕。医生说我只是饮食不规律而引起的内分泌失调。老宋知道之后，重重地松了一口气。升入高中之后虽然他不再给我们代课了，却依然是我们的班主任。我有时候觉得老宋可能爱我，因为他总是在查班的时候不由自主地先望向我。虽然极力掩饰，但是他的眼睛却总是出卖他。有时候我却觉得他一点也不喜欢我，每当我迟到的时候他总会罚我站在教室外面，走廊上过往的老师和同学都拿眼睛斜着看我。我羞愧极了，心里恨透了老宋，后悔当时没有给他生个烫乎乎的孩子吓死他。

在父亲过世之后母亲开始变得沉默寡言。她不再潜心于工作，推掉了所有的加班。她开始变着花样给我做饭，每天三餐一顿不落，在餐桌上我们对着一大堆菜肴坐着，相顾无言。有时候她会突然为了一件小事对我大发雷霆，过了几分钟之后又突然抱住我，滚烫的眼泪弄湿了我新洗的睡衣。她一遍又一遍问我恨不恨她，我回答说不恨，可她只是嘤嘤地哭，眼泪又一次弄湿了我的睡衣。

有一天晚上回到家，我惊讶地发现母亲不在家。但是桌子上却留着未动过的饭菜，母亲在一旁留了字条，叮嘱我吃过饭快点去写作业，却只字未提自己的行踪。

可我不想吃饭，我把自己重重扔进沙发里，整个身体深深地陷入海绵垫子之中。房间里没有开灯，只有钟表映着窗外的城市散发出幽冷的光芒，我怔怔地坐在沙发上，一动不动。

不知道什么时候，我的左手不受控制自顾自伸了出来，它缓慢地举着，举到了和我的脸同齐的地方，我看着它，不知道这只手想要做什么。它突然猛地给了我一个巴掌。

这个猝不及防的巴掌把我打蒙了。

右手也接到感召似的跳起来又给了我的右脸一个耳光。

眼泪如同开了闸的洪水一样倾泻而出，噼里啪啦掉在沙发的海绵垫子上，很快被吸收了。我忍不住张着嘴号啕大哭起来，这是我人生第一次哭得这么认真，对周围的一切毫不在意，只想这么酣畅淋漓地大哭。我用刚刚打过我耳光的两只手使劲抹着眼泪，在哭声中渐渐失去了力量。

我做了一个梦，虽然这场景真实，但我清楚地知道这是梦。我看见老宋站在讲台上，穿着那件卡其色的衬衫，滔滔不绝地说着，台下坐着满脸粉笔灰的我。

老宋讲道，"人之性恶，其善者伪也……"

"性就是本性。"

"伪不是虚伪的意思，伪是经受礼义，接受教育。"

我看见讲台下的我抬起头来，睁着白生生的眼睛，直勾勾地盯着老宋，问道：

　　"是吗？"

永远正确的人

　　警察也爱莫能助，没有她的任何线索。她在人们的视线中消失了。她对待所有事情都游刃有余的态度和她永远挂在脸上的得体微笑，很难将她本人与任何极端行为联系在一起。首先最悲伤的是她的顶头上司，他对她的无端消失表示了极大的惋惜，她的缺席让学术冰山永远地少了一角。其次就是比她年轻十二岁的情人，他还在读书，但并不是她的学生，她从不会违反学校的规章制度。据他的意思，她曾向他承诺毕业之后他们决意结婚，但现在斯人已"逝"，对于他来说最好的事情就是不用再等了。

　　最初是几个女学生，她们声称她生前鼓吹死亡的好处，但人们普遍不这么认为。她最珍爱的秋海棠刚开了花，就连办公室桌上小小的铜钱草还生气勃勃，她这样爱花之人，绝不会将它们弃之不顾。也许因为她曾经在学生中间介绍和鼓吹日本当代文学，其中包括业已自尽的太宰治、谷崎润一郎、川端康成、三岛由纪夫和芥川龙之介，虽然他们自尽的背景并不相似。她还当众朗读石川啄木的俳句，她写的诗歌也有模仿海子的痕迹，尽管这并不在课业范围之内。几个伤心欲绝的女生一边诵读她的诗一边啼哭，称她做的是对的。人世是荒诞的，世界充斥着荒谬，生活已经失去了意义。但因此人们终于表示了理解，并且称她一如既往地正确。

她没上过大学，但在中学时期她就组建了第一支乐队，前期以翻唱黑色安息日等类似风格乐队的歌曲为主，并且受到了正当红的摇滚歌手马万的赏识。发的第一张单曲就获得了年度民谣金曲榜的第十名，前九位都是出道至少超过八年的前辈。这也造成了她对于大学教育的不以为然，当年她在民谣圈子之中小有名气，这导致了当时的一小批追随者在高中之后就结束了教育生涯，现在他们近况如何尚且不得而知。在同年当时最大的唱片公司将她和她的乐队签约旗下，但在此之后她再未发行过原创歌曲，在发布了几张翻唱专辑之后，销售惨淡，随即乐队解散。据她的友人回忆，她在博客上宣称"民谣已死"，只有几个人回应，点击量不高。后来她又发布了一篇文章，标题为《真正的民谣在民间》，这时她刚开始学习扬琴和唢呐，配图正是她在敲击扬琴的照片。接着她去了甘肃、陕北和内蒙古等地采集民歌，并且只用扬琴和琵琶配乐，用方言变调的方式演唱了四首，另外三首是纯音乐。但也因为长时间没有抛头露脸，热度已退，而没有引起什么大的反响。她的词条之中仍旧显示她为当代方言民谣的第一人，许多人称她"低调"，她的卧室至今还存放着当年和野孩子乐队等人的合影。

　　她曾有过三次婚姻，有研究称这是最完美的婚姻次数。她的第一任丈夫是一位名不见经传的导演，他为她拍了一部纪录片，几乎用尽毕生之力，里面讲述了她组建乐队的前后研究，她对乐队成员以及音乐本身的看法，其中不乏一些长篇大论。甚至弃艺术效果不顾，加入了一段她为时三分钟的独舞，尽管拍摄、剪辑以及配乐都精美绝伦，但仍旧挽救不了这部支离破碎的赞歌。在这部长达一个小时十二分钟的片子制作完成之后，她与他正式离婚。她声称他是个江湖骗子，一个满嘴谎话的伪君子。而他对此缄口不言。几个月后，这个名字也难以让人留下印象的小导演李明在一场小酒局上提到他们分开的原因，她希望他能够在片子当中虚构一段于她有利的经历，而他一口回绝。当天晚上她就将离婚协议书扔在了他正在进行剪辑的电脑键盘上，这一动作不知触发了什么机关，他的电脑彻底死机，一部分重要文件永久性地遗失了。一气之下他立刻签署了离婚协议。他的言论在某种程度上反证了她的话，谁能相信一台货真价实的国产电脑能那么轻易就会死机。半年后他的再婚再次证明了这一点，对方是个配音员，相貌平平。他们后来幸福地生活了八年，直到妻子得了乳腺癌去世。但在此之前李明在长达多年的时间之内受到前妻的控诉，除了他的现任妻子，没人愿意相信他。作为前妻的她无畏地揭露了李明在婚内的暴力行径，以及他在她身上使用的手法和武器。但因为时间太过久远，大部分证据已遗失，使得施暴者逃脱了法律的制裁。在她的长篇檄文之中，她无情地批判了不平等的婚姻制度和女性权益的缺失，以及职场上的女性歧视。有一定迹象表明，她的言论对于后来新婚姻法的修订造成了影响。自此她开始完全投身于女性主义事业，并发表了《裙子和镰刀》《香水心理学》《政治语境之中的性别》等多篇文章，在新实报上开了专栏，但仅仅过去一个月因公开支持某女演员而迅速被撤。有传言说她们俩私交甚好，甚至她在狱中服刑期间她替她掌管房中钥匙并定期雇人去打扫。李明后来淡出了导演圈，回到老家以拍证件照为生。在家暴事件不久后，他的店因生意惨淡关闭。之后与他的妻子在同一家新媒体公司工作，然而讽刺的是，他的妻子之后因曝光上司性骚扰被开除。在妻子去世之后，导演李明也销声匿迹。

她和女演员交往过密也带来了各种各样的遐想和传闻。她定期去狱中探望，带着自己亲手制作的食物。也有人认为这两人不过只是利益互换。就在各种捕风捉影的消息闪现之时，她对外承认了她的第二桩婚姻。对方是她老家的牙医，他们认识不过四个月，还没等他拔光她的四颗蛀牙，他们就结了婚。这位年轻的医生帅气得令人惊讶，他的身材使他俯在病人脸孔上方时的姿态实在令人心碎。但这并不妨碍他的忠诚和虔诚的姿态。凡是和他见过面的人都表示他是个完美丈夫，和他结婚是绝对的正确之举。"爱情是无价的，没有爱情的生活是悲哀的。"她在社交媒体上这样说。

婚后她回到了老家，重新操持起音乐创作，但一无所获。幸而她丈夫的收入还不错，她陆续购入了一台昂贵的德国中古钢琴、一架古董谱架和德语琴谱，并请了私人教师讲授德语，每周两次，分别在周二和周五。在她拔完最后一颗蛀牙后的两个月，她再次离婚。她对他憎恶至极，称他是个十足的享乐者，一个绣花枕头，一个精神世界全然枯竭的行尸走肉。这是理所当然的，灵魂之泉哪怕取之不尽用之不竭，生长在沙漠边上也是会被耗尽的。像她这样的潺涓细流是如此的珍贵，理应生长润泽在绿洲边缘。可怜的医生，他徒有其表。随后她在社交媒体上披露了牙医的硕士论文造假的事实，在调查之中显示中间有几段果然是来源于不同几篇学术文章，医生的医师资格证随即被吊销。此举后来引发了小范围内的学术肃清。据说牙医在离开医院之后开了一家牙科诊所，收入只增不减，但直到她离世他都一直没有再婚过。

在第二次不幸的婚姻之后，她开始频繁地穿梭在颂诗会、笔友会和艺术展中间，据说她有时一天之内参加过六个宴会，认识八十多个新朋友。在谈话之中她称自己是凌叔华的孙女，细细分辨，她的眼唇和凌叔华确有几分相似，但事实如何，尚无人考证。自此之后，她抛弃了原来的姓名，借了祖母的姓，改名叫作凌安，并一直沿用。在开始了广泛的社交之后，她不断地在各种场合开始讲述与以往不同的观点。她宣称"艺术在于生活"，"潜入日常生活之中是一种高于创作的表达"，或许也是此观点预示了她的创作生涯的最终走向。

有句流传已久的话，"艺术来源于生活但高于生活"，这句遭到了她严正的批驳。她谈到艺术不应当是虚浮缥缈，高高在上的。日常生活是最基本的，它也正是艺术本身。"先锋是一种虚假的姿态，是一声暗哑的号角"，她在一次座谈会上这样说道。

在此之后她开始比过去更加肆无忌惮地购入高档的家具，奇异昂贵的花木疏于照顾枯死在花园里，很快又被换上一批新的。遗憾的是她的神经衰弱，于是购置雪貂和金刚鹦鹉的计划暂时搁置。还有新的三角钢琴和架子鼓。每周末坐飞机远赴苏州学习昆曲，再转车到成都学习功夫茶表演。人们猜测她欠下的账单或许比包法利夫人还要多，而这一切并不是因为头脑发热的爱情。其间有几个男人追求过她，但她早已宣布"爱情已死"，并通通拒之门外。

"生活之力应当投注在自己身上，而不是别人。""我相信爱情，但并不代表它真的存在。""现实世界的爱情是可笑的。"大家都替她惋惜，看来她为情所伤，对于她这样深情的女人这样的事情在所难免，这也许也印证了她长时间的消失。但当她再次出现在人们视野之中的时候，她似乎发生了巨大的变化。

对于各种猜测和分析，她一开始缄默不言。但一年之后，她发布了一篇像是谋划已久的短文，承认自己做了双眼皮修复和隆胸手术。"美是一种追求，美是至高无上的。谁能说立在石窟之中，经由千刀万刻的佛像不是美的。过去的人对于整容有一种误解，觉得它是自卑，是欺骗，是一种心理的扭曲。实际不然，对美的追求是一种人性的本能，就连鹦鹉也会捡拾彩纸装饰自己的羽毛。对美的追求是一种勇敢。"在末尾处，她还附上了自己的已经基本恢复的照片。照片上她戴着华贵的凤冠和缀着彩色丝穗的云肩，但没有上妆。她后来在私下说，她最大的目的是昆曲表演时更加符合角色形象。她把最初的欧式双眼皮改成了狭窄精致的扇形，眼睛在不上妆时就呈现出上挑的状态，富有古典美的韵味。

她立刻四处联系昔日的友人，在当地的一个小酒馆里举行了一场颇为隆重的昆曲表演。为了表演的效果，她甚至自费为小酒馆装上了两盏大灯。临到表演的那天，大家看到她站在舞台上，身着华彩的行头。然而遗憾的是，当她一开嗓，台下的朋友们脸上露出了尴尬的神色。有人形容为"缺水的夜猫"。但她坚持唱完了整场，才卸下了头上沉甸甸的凤冠。当晚回去，她颇为骄傲地将自己的照片发布在了网络上，配上一大段文字，略带着严肃地介绍了昆曲的历史和自己学习的经历。读完这一段文字大家突然意识到，作为业余学习者的她实际上表现还不错，随即迟到的掌声蜂拥而至。第二天就有媒体登门拜访，采访稿在临去之前已拟好了标题——《中国传统艺术伟大的宣传者》。

据传言她已债台高筑，但当她宣告第三段婚姻的开始，谣言不攻自破。不用说，嫁给那样一位富翁，除非是买下夏威夷群岛，才能有机会把家什抵押给别人。想到她此前的大肆挥霍，一切仿佛已不言自明。但她在一次小型沙龙中谈到，那日的演出才是他们的初识。富豪当然不会是因为喜欢昆曲而出现在那个场合，那天他们的相识纯属偶然。他正巧在小酒馆方便完，好奇地站在洗手池面前一边洗着手一边往舞台方向看去，这时的演出业已结束，他看见人群之中簇拥着披着华彩的女人，这时一个相识的人远远望见了他，向他挥起了手，她第一次看见了他。后来她有一段文字形容这次初识，他热切地走了过去，看见她之后，他把两只手使劲地在裤子两侧抹了抹，才握住了她的手。这个动作打动了她，她感受到了一种被维护的纯净之感，以及消解了对于有资产者曾经在她脑海里模糊而隔膜的形象。

他们在一年之后结婚，婚礼举行得低调且简单，几乎没有置办什么家当，除了在苏州的一所别墅。但这所别墅并未变成他们新婚的爱巢，而是变成了新的聚会和沙龙的场所。她被围坐在人群的中间，感觉自己就好像盖尔芒特夫人。每次沙龙的布置都会提前围绕主题而特地重新装潢，在谈到拉美文学时，他们坐在巨大的圆形木质座椅上，脚下是早晨刚刚空运到的苔藓草皮和蕨类植物，墙上布满了鲜绿的滴着水珠的藤蔓，每一支都插在专用的保鲜瓶里。天花板覆盖着茅草、阔叶和细小的灯光模拟出密林之中透露的阳光，接着是几根垂悬的横梁，上面蹲满了摇摇晃晃的大嘴鸟和带有麝香味道的金刚鹦鹉（据说这给他们惹了不少麻烦），不远处的灰色水池里，安顺地卧着一只美洲貘，看上去仅有几个月大。而在奇石观赏聚会上，来客发现他们随意拿起的一块美丽石头，价值远远超过一套普通的商品房。

但人们发现盖尔芒特夫人像是围炉之中的烛火那样，慢慢地黯淡下去了。她在沙龙之中长时间地沉默着，来客在激烈的讨论之中不时突然停下来，用探寻和不安的眼神望着斜靠在椅子上的她，而后者一再用眼神示意他们继续之时，他们才继续地小声交谈起来。富豪倒是很热情，他不断地举杯致辞，带领来宾参观他的珍奇异兽。他在人群的簇拥之中看到她虚弱地靠在椅子上，没有上妆，睡袍的带子松松地系在腰间。他大声地呼唤她走到人群之中来，但她只是抬了抬下巴，露出了厌倦的微笑。

这桩不相称的婚姻一直不被看好，有人猜测不出三个月他们一定会离婚，但半年过去了，没有任何显著的迹象证实这一猜想。但沙龙和聚会渐渐被搁置了。靠湖的别墅变得凄清和寒冷，她的行踪也变得神秘而不可捉摸。一年之后，他们终于宣告离婚，几乎是两日之内，富豪再次喜结良缘。对方是沙龙上经常出现的活跃人物，比她年长十二岁，丰腴且谄媚，笑起来伴随着浓浓的笑纹。而她在年轻律师的协助之下分到了一笔数额不小的财产。

"被金钱侵蚀是空虚而可怕的，它让你觉得什么都有了，但却一无所有。"她再次在沉寂多时的社交平台上发声，"陷阱无处不在，而现在真正的信仰就是没有信仰。"没有人知道在这段婚姻之中她到底经历了什么，她也鲜有提及。

在此之后她只身远渡大西洋，在一个名叫洛佩兹的小岛上过着与世隔绝的生活，甚至使用最原始的照明设备。在初期她依旧身着盛装，参加岛上每年一度的狂欢节庆典，头戴用鹂鹆毛染色制成的头饰，以东方女神的装扮出现。但此后她完全销声匿迹，有传言称她在为共济会服务。六年后她再度回国之时，孤独已将她的神经侵蚀得如丝缕般轻轻附着在她的皮囊之上，然而她的面容却比从前更加年轻，谈话之间频频热泪盈眶。她在岛上染上夜盲症，回国之后花费半年时间治疗，才使她稍微摆脱对黑夜的恐惧。

在这六年之间她写就了三本小书，《在黑夜与白昼之间》是一本关于爱情、死亡、宗教和政治的漫谈，除了大段不证自明的观点外，的确有一小部分奇崛新鲜的看法和判断，然而用来佐证的事实部分却几乎完全来自雷蒙·鲁塞尔和阿尔贝·加缪的小说。这本古怪的小书出于某些原因被出版社永久地搁置了。另一本小说《无尽的人生》很快被出版，且在第一个月就销售了两万多本，令出版商惊喜不已。这本介于中篇与长篇之间的小说以一种古朴的、废名式的语言讲述了一个缓慢恣倦的家族故事，充斥着世俗的喧嚣和机警的哲思。令人过目不忘的是，她通过弥漫在字里行间的神奇意境，让人折服于她潜在的见解。人们恍然大悟：整部小说是对于她自己的生活的委婉的辩解。然而，它却是通过一个个貌似无关、细腻磨人的小说情景，使每一个读者因为不知不觉感同身受，而敬服她在现实中的种种作为。读者轻易地就认识到：她是一个奇特的人，完全不能与芸芸众生同日而语。《雷声轰轰》这一本则几乎完全和她本人的生活相关，前半部分操持着美文式的语调介绍了洛佩兹岛的风景和当地的风俗，值得注意的是岛上有四分之一的人口都是偷渡客，但并不常住。后半部分的内容呼应着封面上的标语"艺术的反面是经验，创作必然要远离尘嚣"。

回国之后她搁置创作，几乎将全部精力投掷于教育事业和精神治疗。在开设了课程"声音文字与英美文学"之后，发生了此前从未有过的事情。她的创作成就再创新高，在短短五个月的时间里，她在杂志《石墨》上开设专栏，主编是当时尚未退休鼎鼎有名的先锋派作家桑金。发表了三个中篇小说，两个短篇小说，其中《鲤鱼少年》这一篇轻松地夺走了文学季最佳短篇小说的桂冠。在这个短小的故事之中，诞生了新的文学时间。然而三个月之后，一桩令人难以置信的丑闻暴露在公众的视野之中，四位男学生披露了作为她"艺术智囊团"的事实：她在回国之后，仅存的创作之源已然枯竭，她的艺术创作在任何方面都难以为继。"智囊团"原本只是酒桌上的一个玩笑，一开始只是她有了故事前文之后，男生们提供后文情节点的想象，或是细节。然而随着事态的发展，学生们的创作部分越来越多，到后来，她所做的事情只变成了完稿后的润色。而那篇让她名声斐然的《鲤鱼少年》实则是四人之中年纪最小的李纯一人所作，他还披露了他们之间的性交易。官司在打了六个月之后，以证据不足收尾。学校也自然不能够将她开除，只是《鲤鱼少年》戏剧性地变成了二人合著，而她此后绝口不提此事。

此后她又开了一门新课程"哲学空间"，被一位校报学生记者撰文驳斥，称其哲学观点张冠李戴，漏洞百出，将海德格尔几乎塑造成一位成功学人士，"在死亡之前我们仍有诸多可能"这一观点从未在海德格尔的著作之中出现。这篇毫不引人瞩目的小文章前所未有地使她勃然大怒，她不仅找到校报令其收回并销毁了一百二十八份报纸（剩下的二十二份不知所终），并且在课堂上（并未完全道明地）指出当下大部分的写作，无论是小说、散文、诗歌还是批评杂文，都毫无意义，除了对前人观点的重复，就是对所有人都可见的现实的演绎。她煞有介事地宣布自己将就此封笔，作为《巴托比症候群》的拥趸，她和那些业已停笔多年的作家一样相信，真正的思想和力量是一种永恒的沉默。说完这番话之后她顿时失控痛哭，任凭学生们怎么安慰都无法停止。

三个月后，受米兔运动的影响，通识部前中心主任被停职，因此她后来者居上。她迅速整改了整个部门的教学方式和教学资料，以她本人为第一标准，顿时怨声载道，但她充耳不闻。幸而不久之后从领导高层调入一名新的中心主任，而她退居二线。此人行为不端，在学术上尚有三分真才实学，但显然志不在此，管理极其松散。他们出人意料地坠入爱河，被柔情蜜意裹挟着，尽管他和她任何一任丈夫都无法相提并论。然而实际上，所谓的柔情蜜意早就是一种条件反射，仅仅二十天之后，他就再次流连于笔会和联谊会之间，甚至公然将应召女郎带回家里，但她对这一切仿佛视而不见，将自己所拥有的一切和盘托出。五个月零二十天之后，从未写作文学作品的他令人惊讶地发表了短篇小说《双面人》，语言细腻但没有多大艺术价值。随后散文《摇摇欲坠的桨》近乎残酷地剖析了她不为人知的一面：

"除了侍弄花草，她有一整个院子收留流浪的猫狗，一推开院门，动物们像女王一样把她簇拥起来。她蹲坐在地上，猫狗们从她的身躯之间钻来钻去，这是她疗愈的方法，她从没有像爱这些牲畜般爱人。从清晨起来她就流泪，眼泪从她的眼里涌出来，就像热带雨林的树上割开了一道伤疤，从里面总是流淌着树汁出来。安几乎过着苦行僧般的生活，作息严格甚至精确到秒。精神好的时候她充满激情，夸夸其谈，目空一切。在这个时候，她习惯于夸耀自己的聪明，像乌鸦那样把自己收集的亮晶晶的东西一样一样衔出来，说到兴头上，她已聪明绝顶，无人可及。我多么喜爱她这个时候。然而转瞬之间她又狂怒起来，把桌上的茶杯、书和盘盏全部扔到墙上摔碎。她咒骂自己，她又变成了世界上最愚笨的人，是傻×，永远触及不到那个（不知道是什么东西），她仇恨自己，她怀疑一切。这时候就不是默默流泪了而变成了号啕大哭，一直到嗓子嘶哑发不出任何声音来。我不知所措，完全没办法让她停止，除了恐惧，我的心里再也没有别的任何情感。有一天我们订了比萨，外卖员敲开门时，我怎么也拦不住，她硬是把折叠刀和一卷纸币（也许有三千或是四千）塞给外卖员，让他用力扎在她的胸口。那个年轻人吓得把比萨盒扔在地上夺门而逃……"

当别人谈及这篇文章的时候，她哈哈大笑，轻描淡写地说，"原来他真的骗过了你们，真是一群天真到愚蠢的读者"。虽然大家脸上仍旧带着狐疑的神情，但紧张和刺激人心的氛围慢慢淡去了。在此之后他不再写作，也不再把眼光投注在她的身上。当他回到他们的公寓，将自己的东西一件件打包时，她扣押住皮箱，禁止他从大门中间穿过。他无奈地留了下来，但当晚并没有在她那里过夜，而是驱车二十公里，接应一名女实习编辑从聚会中脱身，后者只有十九岁。

对他的指责源源不断地飞进她的脑子，但她愈发深深陷入爱河的淤泥之中。就连他本人也对此疑惑不解，当然也是因为急于脱身，他甚至在公开场合以半开玩笑的方式说道："像我这样的人能得到安这样的欣赏真是受宠若惊，我自己都搞不清楚原因。"

她回答说，"因为你值得，你聪明，温和，有才华，幽默又不低俗"。实际这些特点他本人都毫不具备，她自己也知道。

《鲤鱼少年》余波未尽。李纯再次将她告上了法庭，重新理清了时间线并提交了新的证据，但仍旧因为证据不充分而败诉。但这件事终于让不少人把矛头指向了她行为的正义性上，事已至此，事实是怎样早已不证自明，只是没有给予法律上的合法性而已。但她绝不松口："有多少人改写过《圣经》，有多少人把莎士比亚的人物直接照搬到自己的作品里，有多少名家是提供想法，让别人实施，要打官司那全世界的法律学院早就得开得像咖啡馆一样多了。"但所有人都明白，她说的这些与这件事南辕北辙。

这是她最后一次和李纯相见，她虽赢了官司，但面对李纯她仍旧露出悲悯甚至慈爱的眼神："老师不怪你，总有一天你会放下这一切，明白作为老师的苦心，这件事结果怎样其实不重要，对吗？"

后者脸上写满了惊诧，随即转变成厌恶："是，你说得对，你是真理，你就是永远正确的人。"

李纯随口说出的这句话震动了她，她沉默了一阵，转身离开，在这之后的半个月她一句话也不曾从嘴里倾吐。之后，她不可察觉地发生了变化，她对人的态度突然之间不再高高在上，变得如同春风一般和善。她开始强调一种虚无主义调子的相对论。在她眼里，什么都是对的，同时，又没有什么是真正不对的。

一切风波终会尘埃落定，一切都会再次汇入历史的长河之中，被人们所遗忘。如今，她对外界的声音置若罔闻，重新投入到了教育事业之中。她重新开设了"声音文字与英美文学"课程，第一年选课人数只有四人，第二年五十八人，第三年三百六十九人，这完全突破了上限，学校甚至为了她开放了仅仅用于名家讲座的八百人大会堂。这门课作为校级示范课程，送到省里参加竞赛，虽未获得名次，但影响力与日俱增。到了第四年，选课人数达到了六百一十二人！这可是史无前例。新一届的学生在校媒采访中说道："老师的知识太渊博了，课程内容非常丰富，但是又不无聊。你能在凌老师的课上听到音乐、绘画、雕塑、占星、电影、哲学、心理学甚至是物理学的知识，而且她不像其他老师那样自顾自喋喋不休，她是完全从我们这里出发的，我们喜欢什么，需要什么，这是她考虑的事情，也是我认为一个真正的好老师应该考虑的事情。"

另一名学生在校报上这样写道："她是我见过的最谦逊的老师，不轻易做任何断言，除了引经据典，她强调所有观点的主观性，反复申明她的观点并不能代表什么。然而令人不适的是，只要有人提出与她相左的观点，她便完全放弃自己的看法，甚至全然颠覆。这也许也是她受学生喜欢的原因之一，但这样治学方式实在是不严谨，对于学生来说也是很危险的。"

除此之外也有这样的声音："此课程纯属一锅乱炖，看似新潮，但没有任何深度，既不提供学术价值，也不提供实践价值，知识体系混乱无比。凭借讨好学生哗众取宠，没有底线。"

但无论如何，她已经成为整个部门的骄傲。在《鲤鱼少年》事件胜诉之后，她就和中心主任分手了，像往常几次一样，仍旧以高贵的姿态。没过多久，主任的妻子收到了一封声泪俱下的道歉信，信里的内容任凭心肠再狠的人看了也会眼含热泪。信里写到笔者令人心碎的童年往事，隐秘而曲折的青春期以及赤裸裸的真情流露。主任的妻子被打动了，找到她想和她坐下来谈谈时，她又恢复了拒斥而冷淡的微笑，拒绝承认那封信是出自她之手。幸而主任夫人有着很高的修养，只是把信掷在地上，拂袖而去。然而事实证明，她所说的分手并没有完全做到，她控制不住自己去找他。但当回到家里时，她会比上一次更痛恨自己，她再也没有办法说出他是真的值得她爱的了。比她年轻十二岁的情人忍不住向他的朋友倾诉："让我吃这样一个老人渣的醋实在是太可笑了，但我拿她没办法啊。我只要一分钟不看着她，她就要给他打电话，这个可恶的老东西还老晾着她。最让我受不了的是，晚上我们还在一起，半夜醒来，她不见了，她又跑去找他。我们在一起的时候她说起他都是这里不好那里不好，结果半夜还要跑出去找。我不想因为那么可笑的一个人生气，但我就是没办法理解，也没办法阻止。但可能就是因为这个我才爱她吧，爱她最真实的那一面。如果你看过她画的画，你肯定能感觉到她的内心就像是一个十五岁的小女孩一样，脆弱温和，又迷迷糊糊，总是分不清两条完全不一样的毛巾，哪条是我的，哪条是她的。"

除此之外，她的生活终于平静了下来，她过上了难得的按部就班的生活。在她消失之后，她新来的同事这样描述她："她是一个特别谦和的人，几乎不怎么和别人起争执，平常的话也很少。有时候聚会高兴起来，她也会说一些听起来很有性格的话，但是也只是兴头上说几句，结束之后又不断和大家道歉，说希望没有冒犯到任何人。但她做事又做得特别好，没什么可以挑剔的地方。她一定是在某个我们不知道的地方，过着新的生活。"

她的消失没有任何征兆。很久之后，人们回忆起她那几日的行为，很难找出什么异常。要说最异常的也在于此，没有任何异常。她按部就班地上课、开会，像往常一样和学生吃饭。有一个学生忆起他们吃的最后一顿饭，是烤鱼。新鲜的鱼一整条盛在盘子里，他们把鱼肉从鱼骨上剔下，放在嘴里轻抿，再把细细的小刺吐出来，因此每个人都一言不发，安静地吃鱼。从饭店出来之后，太阳已经落山了，在他们共同见证的晚霞之下，楼房和纵横交错的电网仿若隐形。她面对着绚丽的晚霞说道，"天黑了"。这是她留给别人的最后一句话。

她的男朋友最先发现了她的消失，在警察几次寻找未果之后，她的失踪成了一桩悬而未决的案件。并不是一次预谋，而像是突然人间蒸发。茶几上还摆放着没有喝完的红酒。书桌上放着已经修订了一半的新教学计划提案。她的消失如此突然，没有任何征兆，她也没有留下任何文字去解释。只有电子邮箱里有一封没有发出去的道歉信，没有完成，收信人不详。

这里如实摘录最后一段：

……如今，我的生活里升起了雾，我看不清别人，更看不见我自己。但无论如何，我要向你说一声对不起！我是可怕的，我也惧怕自己！我……

未完成的信件停留在"我"字那里。

火，火

我印象之中的秋日总是模糊的。清晨的浓雾在城市和田间驻扎着，几乎不会流动，直到正午的一丝阳光或者微风将它的存在感慢慢削弱。到了午后，焚烧秸秆和草灰的烟雾升腾起来，它们不同于雾的停滞，而是迅速游走，侵占每一个缝隙。有时你不能直接看见它的存在，但你的眼球和鼻腔能够感受得到，夜晚回到家里，擦过眼角和鼻子的纸巾会留下黑色的屑渣。

一年前我就是将这些烟雾作为背景，坐上火车去追寻失踪的哥哥。虽戴着口罩，但仍被烟雾呛得咳嗽，以至于尝试着和检票员讲普通话的时候，发出了怪异的颤音。哥哥总不被看作本地人，他有极高的语言天赋，凭着儿时的残碎记忆让他操持着纯正的北方官话口音，虽说本地方言他也炉火纯青，但除了和家人，他几乎不怎么讲。也许是诞生在东北的缘故，哥哥的性格不像南方人而天生有东北习气。但在懂得记忆之前，父母就带着他离开了逐渐衰落的东北，哥哥看到了那里最后的火树银花。

列车员从车厢尽头出现的时候，我已经在头脑开始练习"好的"和"谢谢"这两个词的发音，方言里会把"谢谢"难以更改地读成"薛薛"。在老家为了避免嘲笑，我们墨守成规地使用方言，对北方官话持着厌弃和疏远的态度。但一离开小城，为了同样的原因要竭力褪去格格不入的口音。

微风吹起黑色帷幕 ｜

谢谢。我终于正确地对检票员说出了这句话。他对我微笑。

母亲一直告诫我不可招摇。这是一种规避风险的行事准则，由于它我少了奇遇和乐趣，但也确实减少了很多麻烦。直到我已经习惯在城市生活之后，去圣诞节聚会也只是穿一件稍显节日气氛的红色毛衣。但沉默是金这条，很难说是同一个理由，并且他们明显更加偏爱多言善辩的哥哥。另外他们自己也并未遵循这条挂在嘴边的金科玉律，母亲喜爱闲聊，乐于与人激辩，且时常失言。安静是一种魅力，对女性来说尤其如此，他们这样说。但这不得不形成一种悖论，倘若沉默是一种魅力，那它便不可否认地变成了招摇，是否沉默的魅力可以和招摇并存，答案不置可否。

招摇和多言并未让哥哥丧失魅力。多年之后，我在阅读和观察中认识到魅力的多样，倘若魅力是一种固定的行为模式，人人争相模仿，那将是最恐怖最无味之事。但多年以来积淀的东西已经深入我的血液，变得不可更改。

从他们支使我外出寻找哥哥这件事上可以看得出他们的偏爱。乡下有这样一句俗言，大概意思是如果你失去了大儿子，那么你一定要守好你的二儿子。我不知在这个语境里，儿子是否可以替换成女儿。但无论如何，我没有被守着。这倒不失为一件好事，被人守着是一件喘不过气的事情，就好像一百斤的草垛掉在了你的身上。作为儿女，我们无法不忍受这些重压。

然而哥哥是轻盈的，从他突然消失这一点就可以证明。邻居说我的哥哥是绕着雾走的人。他总是穿一双在鞋子外面可以系带的旱冰鞋，那其实是我小时候的玩具，那个年代的物件都坚实耐用。他将这古旧之物运用得炉火纯青。他灵巧地凭借它滑行，毫不在意学校或者路上的人对他的指点。有一段时间，他因此有了仇敌。有一次，有人趁他去打球的空当把旱冰鞋藏了起来，他寻找了一番未果后，也没有变得偏执，而是一溜烟飞奔回了家里，仍旧以另一种轻盈。那双让人飞起来的旱冰鞋反倒成了那个人的重负，过了很长一段时间之后，他终于忍不住好奇将旱冰鞋套在了脚上，接着他面朝下扑倒在了水泥地面上，鼻子里流出的鲜血在地上永久地画了一个"V"字形。哥哥听闻这件事时毫不掩饰地大笑。

哥哥因此树敌，类似的事情还有很多。但这并不严重，成为敌人的最重要的因素是对立，但哥哥对这些全然不觉，或者转眼就会忘记，照旧如常和那些人交往。时间久了，那人心底的恨意也随之消退了，毕竟保持仇恨是一个很累人的状态。

有段时间血统论盛行时，我暗暗怀疑哥哥血液里含有俄人基因。除了由于我们肉眼可见的不同，我还有着想要把他从家族之中驱逐出去的心思。但或许正是因为这种基因催生出来的性格，哥哥对我的嫉妒和哀怨一无所知。我拒绝和他一起回家，并在学校里否认我们之间的血缘关系，而他只是简单地将原因归结于他的成绩不好。尽管我展现了我全部的冷漠和拒绝，但他不以为意，总是在回家路上大声呼喊我的名字，或者径直走进班里在我的桌上放零食，他天生的能力就是对敏感的情绪不可察觉或嗤之以鼻，而这些都加剧了我的沉默。

在学校里哥哥属于顽劣的学生一派，不喜欢学习而热衷于捣蛋。这类学生通常都被流放到远离讲台接近垃圾桶的后排，唯独哥哥被单拎出一张桌子放在其他所有桌子的前面，最靠近黑板的地方。可以看得出老师对他的喜爱，虽然知道他在学业上并无造化，但出于个人的偏爱也难以对他疏远。与之反面的我总是埋头读书，但惯性的沉默使得老师对我的态度一直不温不火。当我自己也成了老师之后，我才意识到这种死守着的沉默在别人眼里的效果是一种轻视。沉默意味着不可沟通性和一种高高在上的蔑视。他们评价我心思很沉，不是沉稳这个公认的好品质，也不是小市民式的机敏，而是一种掩藏在沉稳之下的，被掩饰得带有邪性的心机。

于是，外部的匮乏促使我不断向内行进，我探索自我的内心和人类的智慧，但与现实中的同胞渐行渐远。我考上大学读了心理学，但因为血脉之中难以更改的实用主义精神，研究生我又转学了教育学，成为一名大学老师。

在学校里我同样被文学专业的老师赠与了"啄米鸡"的外号，我知道这不过是他们津津乐道的掉书袋表演的一种，但不是每个人都知道它背后的含义，并且在广泛的语境之下是一种莫大的侮辱。但"啄米鸡"的外号还是传开了，并且在学生之间也颇为流行，包括对我那不成熟普通话的戏仿，虽然并不带着恶意。但时间久了，我置之不理的态度似乎激怒了他们。有一天课后，一个学生在门后等着我，颇带着请教的态度问我，您是否进行过荣格心理学测试，结果如何？我诚实地回答我没有参与过。

那么您上课讲的荣格心理学理论您也并不是完全认同？他坚持使用敬语，但是为了讥讽。

荣格心理学理论与荣格心理学测试是两码事，并不大相关，我上课只是在介绍知识和概念，并不掺杂个人判断。我说。

那您的意思是面对我们讲课只是把理念摊在我们的面前，而保留您的判断。那么理论就在课本上，我们为什么要吃您嚼过一遍的食物，这就是您进行工作和研究的目的吗？那这是不是可以看作您是一个工具理性主义者。

我感觉到自己又回到了童年的那座桥上。我总是犹豫不决地站在桥的中央，一端是等待我的哥哥，印象中我始终对他保持着背弃的姿态，并为他而感到羞耻。而桥的另一端，是人迹罕至的歧路，要么我刚从那里通过，要么就是将要去往那里。

我很少回忆或者谈及父母，他们就好像是我的人物记忆中的

火，火 45

平凡人物，当我想起他们时，往往是某个特定事件，然后他们慢慢融入人物众多的背景之中。哥哥是他们的极致，或者是他们的乘法。

父亲和母亲都是辛劳之人，这并不是他们天生的个性，是因为贫穷。而当后来我们的经济稍微好转之后，他们出于习惯还在很大程度上保留着那样的个性。高中还没上完，哥哥就在一家台球厅做了管理员，并去学校要回了此前交过的学费。我去台球厅找过他几次，他热情地呼喊着穿梭在烟雾缭绕的空间之内，并把胳膊搭在新客的肩膀上。我禁不住为他的前途感到悲哀。哥哥从不存钱，我认为他并不是不为未来做打算，只是因为年轻。因为他的大方和挥霍，我们家总是挤满了他的朋友，他们陷在沙发里或者围着炉子喝啤酒大声聊天，就好像古希腊祭祀酒神围拢着篝火的狂欢与舞蹈。

但让我更觉悲哀的是，哥哥并非愚勇之人，有一件事情可以证明。他唯一一次用功是因为迷恋一个女孩，他笃定这样可以讨得她的欢心。而在短短的半个月里，他的成绩突飞猛进，因此获得了当季最佳进步奖。正值一个房地产商来到学校进行慈善宣传，于是赠予这名勇士一本英文原版的《老人与海》，而这个挂着勋章的礼物转而成了装满心意的妆奁，送进了女孩的手里。如果境况持续一个月，哥哥兴许能领会到知识的乐趣，但那份光耀的礼品催化了这段恋情。他不再等我回家，而是牵着女孩，就像牵着一只蝴蝶，忽闪着美丽而脆弱的衣裙，从我们的必经之桥上飘然而过，闪进了烟雾缭绕的树林里。然而，不知是哪样东西最终失灵。一个雨天，哥哥湿淋淋地从外面走进家里，怀里捧着一个布包，布包打开时，几条肥壮的鲤鱼从里面掉了出来，已经失去生气。他的脸上全是水痕，神情就好像亚哈船长。母亲立即将鱼搬回了厨房，煮成了鲜美的鱼汤。当晚，在喝完了鱼汤之后，哥哥向我们宣布，他不再去学校了。

　　如果不是突然辍学，哥哥会得到房地产商的支持读完大学。我在后来才知道，那个人对他仅有一面之缘，但对他的性格印象深刻。哥哥并没有感到惋惜。哪有白占的好处？他说。我当时觉得他太过世俗，但几年之后，我看到了类似的报道，资助者指责获得帮助的人毫无回报之意，有的受助者索性消失不见。

　　台球厅来往的人变换很快，虽然我们的家乡相对封闭，但因为靠近码头，过往的人也像流动的江水一样。在家里和哥哥围坐着饮酒取乐的面孔也更换了几次，我在他们的交谈之中隐约听到了哥哥与女孩的情感后续，虽然断断续续，但我判断是个悲伤的故事。这些故事并没有像我担心的那样对他有所损伤，反而加剧了他与周围人的情感。我们出门的时候，和他攀谈的声音从四面八方传来，组成了一张覆盖在我头顶的密不透风的网络。他们对我的忽视犹如焚烧草木时他们对待缭绕的烟雾采取视而不见态度时的心照不宣。这一切加剧了我离开的决心。我深切地理解了我的处境，于是在无人的小道上，用力把散发着浓烟的草垛踩灭，裤腿变成了灰黑色。

　　离开的时候，我错过了哥哥的送别。父亲把行李放在车站口，默然认可了我对他坐上火车同行送别的拒绝。在候车厅里，因为打盹我错过了准时开来的火车。当我醒来的时候，空荡的候车厅暗了下来，引发了远处火车行驶的回声，摇晃着几个同样正在打盹的旅人。我这一生中无数次在这样的状态之中行进，身边空无一人，我为这样的时刻感到一丝欣喜。售票厅的工作人员告诉我，下一班火车将在六个小时之后启程，这正好给了我一段时间，离开沉闷的候车厅，走到了大道上。夜晚的空气因潮润而重，尘埃、灰屑和雾都落在了物品上，因此天空变得澄澈。湿漉漉的叶子在没有风的夜空中静止，几粒桂花在衣服的摩擦之下落到了地面上，几只绿枇杷摇摇晃晃，桂花的香气氤氲在结晶的空气间，沾染了我的外衣。我这才意识到这是回家的方向，身体是有记忆的，并且比头脑的记忆更加准确，我顺从地跟着它。穿过柚子树林和小菜田，小房子的节能灯亮着，像老电影一样在窗户上映出暖黄色的光。从排气窗里散发出菜籽油炒鸡蛋的味道，顷刻引发了我的食欲。我没有再走近，看着窗户上的剪影，他们在做的事情已经明了，只要我走进家门，就可以立刻缓解饥饿。我深深地吸了一口气，感觉到冷气填饱了我的肚子。通往家的小路就好像幽暗的铁轨，几个小时之后，我乘上火车开始了真正的个人之旅。

教师公寓里垂下的帐幔守护着我的最后一丝尊严。我终于可以坚守精神的阵地，每逢有人试图改变我的立场，我从不激辩，而是一以贯之的沉默。唯有一次我深切地参与到他们之中，是一次由学生组织的校内抗议游行，抗议学校将我们的公寓一再缩小。这事关我的利益，没错。但我心知肚明这不会有什么结果，让我感兴趣的是游行本身，它像一次玩闹。但我还是乐于挥动那面可爱的小小旗帜。公寓里又被塞进了一个人，但好在窗户还是对着我的书桌，窗外就是江水，我们戏称自己不用花钱就住进了豪华江景房。我变得敏感且易怒，对于别人对我空间的侵略神经兮兮。江水的声音改变了我不愿承认的、孤独的局面，我趴在书桌上，听着它的声音在白天犹如讲学的苏格拉底，而夜晚便成了靡菲斯特。窗户装得太高，站起身才能望见外面，岸边有人用古老的棒槌捶打衣服，年老者站在衣服上面踩踏像在舞蹈，黄色的水草轻飘飘地掠过他们，浮在江心游泳的人头顶，而他们的头发在水里如此柔软，压根留不住枝杈丛生的水草，于是它又摇摇晃晃地随着江水的方向漂走了。在这些人之中，想必会有哥哥的身影。他换了工作，成了一名游泳教练。这个工作远比台球厅的摆球员庄重得多。也许需要一些上岗证明或者什么证书，我不确定他有这些，但他在水里比鱼还要灵活，凭着对动物的模仿练就了一套玩水技巧，他纯粹是为了玩儿。但我担心的是，那个我们曾经去过的破败露天游泳池，那水泥池壁之中的绿色池水是否还有人光顾。哥哥在深水泳池里，好像正在勘探水下溶洞的探险家，我喜欢水洗掉他脸上洋洋得意神情的样子。

当然，江水的魅力不仅限于此。它有一种假象的魅力，看似平静却非常危险，暗藏着一种恐怖的挑逗。因此知道哥哥救人消息的当即，我产生了一种神奇的感觉，就像是坐在岸边把陷入淤泥的脚拔出来的瞬间。何况这个消息不是来源于父母，而是我的室友，她看到了登在本地媒体上的新闻。那是个溺水的中年男人，他趁着江面低潮之时想要横穿而过，却在几分钟之内捉弄他似的涨潮，在众目睽睽之下将他淹没。横穿江面对于本地人来说本是一件平常之事，但临近涨潮之前大家都会奔走相告，那人不知为何在那时横穿江面，兴许是没有听到消息。据说他向来孤僻。哥哥说他只是顺手而已，也好在那人已离岸不远，如果在江心，任凭神仙也无可奈何。从来没有见过涨潮的人会被哥哥的轻描淡写催眠，忽视那需要巨大的勇气。看到被激流的江水裹挟着的带根的杨树、木桶和鼓胀起来的牲畜，随着急流消失在视线之中的勇气。

哥哥的勇气更加昭示了我们的不同，这并不意味着我缺乏勇气。在我看来促使哥哥去做这件事的，至少有一小部分是现实原因。在这种扭曲的想法之中我无疑抬高了自己。幸好脏污的江水没有使他肺部感染。然而肺部疾病还是光顾了我们的家庭，不是哥哥，而是父亲。那是东北工厂里的"遗产"。回到家里的时候，父亲已经住进了病房。记忆之中父亲是个人形留声机，他的话语被隆隆的咳嗽掩盖起来，掩上房门时就像重回遥远平原上的高大厂房，每叮当敲打一次，就闪出一道火花。母亲的小火炉摆在屋子中央，火炉上支着砂锅，她往里面倒入刚摘的金银花、连翘、黑色的川贝、麻黄、桔梗和甘草，屋子里充斥着花香。她用一根木筷子慢慢搅动着，渐渐屋子里的花香变成了苦焦的味道，这让我始终弄不明白。一直以来母亲称父亲是慢性肺炎，她说我厌恶烧烟的味道是因为在她的肚子里就嗅到了工厂的浓烟，听见了父亲的咳嗽。她是在老家才怀上的我，但我认可她的说法，这是一种前记忆。

病房和家里的父亲全然不同，他缩在白色的被单里，看上去变小了，不再具有生气。月季花束和补品围绕在他的床边，我这才注意到那个靠着输液器站着的男人，他沉默地守在病床前，神情冷漠孤立。对我的存在毫不理会。在弄清楚我的身份之后，他只是犹如看一样与自己无关的东西那样望了我一眼，继而把眼神重新放回到地面上，就像放下了一个沉重的负担。似乎除了父亲和哥哥，他对世界上其他人毫无兴趣。我弄明白了这一屋子东西的出处，是这个可怜幸存者感激的回馈。并不断如军事补给般每日添加，我担心总有一天病房会装不下，溢到过道上去。哥哥坐在另一张空着的病床上，无可奈何地看着这一切。

父亲又剧烈地咳嗽起来，男人跳着把帕子递到他嘴边，似乎父亲吐出的不是带血的浓痰，而是一笔隐秘的遗产。输液器的液滴停止了，他没等我们按下床头的呼叫按钮，就在楼道呼喊护士。我看着哥哥，开始幸灾乐祸起来。他拍了拍男人的肩膀，说他可以回到工作岗位之上了。但男人执意要留下。第二天他变本加厉，夺过哥哥正在为父亲擦身体的毛巾，擦拭起父亲瘦骨嶙峋的身体。

哥哥终于恼怒了，你在干什么啊？这是我爸。他说道。

男人露出了困窘的神情，我很会照看病人的，你不用操心。

哥哥从他手中抢回了毛巾，说我不管你做得好不好，这里不需要你来做，你以后不用来了，该干吗干吗去。

男人背对着使我难以看清他的表情。但我可以看到他的背变得僵直，把衬衣支棱起来两个角。他走出病房，再也没回来过。后来，我在江边不远处再次看到了他的身影，背着一捆黑紫色的甘蔗。有客人时，他脸上露出了不是喜悦反倒是惊惧似的神情往后退了两步。背对着客人削起甘蔗，手下的动作熟练地摆弄着，眼睛却茫然望着江面。当有人试图与他交谈时，他机械且懈怠地回答。但谈话声是虚幻的，只有削甘蔗"沙沙"的声音在渐渐变暗的天色之中传来真实的回响。病房中他身上的一切生气都消失了。客人离开后，他似乎终于松了一口气，江边只留下了他孤绝的背影。虽然难以想象他平常的状态，但我隐隐感受到在哥哥对他的态度中推波助澜，使他在孤寂的眩晕之中越来越轻。岸边的人更少了，他的身影坍缩下去成了一个黑点，仿佛上帝无意之间抛掷的一粒石子。天已经完全黑了下来，空气中传来甘蔗屑的味道。一道火光闪现瞬间照亮了他的脸，接着只剩下一个橘红色光点，在黑暗之中一明一暗。我忽然感觉这微小的橘色火光已经相伴我的整个生命，那一瞬间，我似乎在他身上看到了自己的处境。在某种程度上，我感觉与他一样格格不入。我慌忙逃离了那里。

两个月之后，父亲奇迹般好转，为了节省开支，父亲在医生的同意之下回家休养。在回去的路上，我们感觉到父亲的身体轻飘飘的，不像病中之人那样沉重。母亲将这归因于哥哥的善行，它启发父亲病中的灵魂，因而得到了拯救和释放。父亲的床榻被转移到了屋子的最里面，仅有一扇小小的顶窗透露几丝阳光，这景象就像黑白电影。我们穿过一个又一个房间的走廊，把薏米粥、蔬菜和甘草水端进去。下一个镜头，手上换成了脏衣服和揉成一团的床单。但这景象里唯独缺少了哥哥的身影，起初我们以为只是他一贯地贪玩，或是因为我请假回来，他就可以顺理成章地把照顾父亲的职责甩在我的身上。但两周之后，我们终于确信，失去了哥哥的所有消息，没有人把这件事和被救的中年男人联系在一起。就这样，哥哥消失了。

如果一年前我能够感知之后发生的事情，我一定会追随哥哥消失的轨迹去寻找他。但在那时我欺骗了母亲，所谓寻找哥哥的旅程并不存在，我回到了教师公寓。方言里有句俗语，没有会迷路的耗子。哥哥不会迷失。小时候捉迷藏时总寻不见他的躲藏地，在我们失去耐心之后，他才从某个角落里现身。刻意躲藏是无法被寻找到的，留下的蛛丝马迹也会像耗子一样去掩盖和混淆。那时我坚信寻找他的唯一方式就是等待他主动回来。

哥哥的消失更加印证了他的存在，与之相对，我从门缝里取下写着我名字的杂志，名字上的墨汁在雨水的浸染之下慢慢变淡。那是一篇简短的文章，带着一个宏大的名字《论孤独》，将我从沉默的威力之中解放。在偶遇被救的中年男人那天，他面对着江水茫然地削着甘蔗的样子，让我几乎看到了自己的影子般忍不住落泪。在对他的同情之中加重了我对哥哥的鄙弃，和对他以及与他相似者麻木不仁的怨愤。也许是在相似处境的促使之下，我坐在书桌前写下了它，心里油然而生与人交谈的甜蜜。这让我想起曾经有过一次这样的感受，我在家里的田埂上和一个陌生的果农在黑暗之中你一句我一句攀谈着，不仅是黑暗也因为距离难以辨识他的轮廓，声音像从竹管之中传出来，这样不近不远的交流在很多年内形成一种声音，抚慰着我。这篇小文为我带来了寻找共鸣的人，他们急迫地想要在我的眼睛之中寻找惊喜的神色，我在他们的瞳孔中看到了我脸上和中年男人相似的畏惧和不耐烦，渐渐过渡到了他们的脸上。图像汇聚在一起形成了一股声音的洪流，在仔细辨识之中变得清晰，和书桌上的文字重叠，

"你别想逃离"。无数只眼睛残酷地盯着我，就连曾经和蔼的公寓管理员也变了，当我走入公寓时，他的眼神和嗓音都在对我进行审查。

孤独像卷耳一样附着在我身上。我突然意识到我的境况是自己有意操控之下的结果，为了和哥哥传统的世俗式生活方式区别开来，以显示出自己的高明之处。那些被我拒斥的不言自明的东西，就像江面上悬浮的油污。正是哥哥的存在，让我始终萦绕在格格不入的阴影之中。哥哥的形象越是明晰，越是热闹，就越将我挤压进沉默的角落。我唯有沉默对抗哥哥巨大的阴影，才能让我感受到自己是存在的。

我急切地渴望一次真正的旅行。在此之前，我被迫混在集体游玩的人群之中，在车上的群声合唱中机械地做着口型。那是去往大瀑布，它镶嵌在高而深的山谷之上，激流在阳光的穿透之下折射出彩虹的颜色，成了一个个圆形光块，在纵向的水流上跳动。氤氲出的水汽充满了整个山谷，吸附住喧杂的尖叫和交谈声，坠入下游逐渐变得平静的河谷，四周变得静默安全。一旦离开瀑布四周，喧闹的声音和无关的交谈把我再次扯入困顿之中，真正的我消失不见。直至我踏上空荡荡的火车，那消失的自我从阴影之中重现。火车在群山穿梭的过程中，明与暗的交替使玻璃窗上的面孔如相机按下快门的瞬间。一头牛在绿色的山坡上驻扎，我的脸，一只黑脸的绵羊，我疑惑的脸，一个塑料广告牌，我脸上恍然大悟的神情揭晓了这些仿制动物的真实身份。漫长的油菜花田伴随着车厢内盒装泡面和水垢的气味，形成了奇妙的对立，这样的感受一路伴随着我到达海滨，下车之后，气味和景象才重新变得统一。

旅馆的门槛在我的视点上正和海岸线齐平，我犹豫不决地推开门，害怕哥哥正藏在那扇门后，被我逮个正着。长久以来拆穿他的渴望和恐惧此刻合二为一。哥哥当然不在里面，门上的铃铛叫醒了正在休憩的店员，他胡乱塞给我一把挂着古老门牌的钥匙，这件混淆了时间概念的古董让我欣喜不已。这间偶然的房间并不对着海，窗户小且高，但疲倦让我欣然接受了这一切。夜晚，一股炒鸡蛋的香味儿从窗缝里飘进来将我叫醒，恍惚之间我又回到了枇杷树之间的小房屋，哥哥坐在脚凳上，露出无奈的神情。你不该离开，他说。父母也在一旁附和。他的斥责让我火冒三丈，我伸手上前，想要撕下他虚情假意的伪装。他还是和以前一样，巧妙地拨弄天平上的砝码，将最有利的部分向自己倾倒。我不再理会那个声音，翻了个身面对泛着湿气的墙面再次沉沉睡去。

这一觉使我撑到了清晨。海滩上还是冷冷清清，沙砾在太阳出来之前暗沉的色调让人联想到西部片里的风滚草，而在阳光之下变得闪闪发光，海水的一次次洗刷之后如同绘画最后一笔点缀的高光。眼睛在缺乏墨镜的保护之下会被刺伤。我在海滩上兜售廉价墨镜的人手里买了一副，飘忽的手感让人禁不住怀疑那只是影院里的 3D 眼镜。戴着它无所事事地在海滩上散步，好像我真是一个毫无顾虑的人。墨镜的古怪颜色反倒给海滩蒙上了一层浪漫主义色彩。

正午灼人的阳光将人们纷纷驱赶到了贩卖纪念品的大伞下，佯装翻动着商品，趁机用纪念折扇扇凉。一家三口蹲在地上观看盆里的淡水龟，孩子闹着要买，父亲将头转向老板时我认出了他，虽然他在妻子和儿子的身边看上去如此不同。我一反常态地同他打起招呼来，而他望向我的眼神里只有吃惊和冷漠。他企图转过头忽视我的存在，我重申了自己的身份。曾经湿淋淋的中年人，现在头发蓬松向空中竖起。我急欲想要和他探听哥哥的消息，然而他的目光就像从未与我相识。你认错人了，他说，带着胜利般的语气。这一幕就像一帧剪辑错了的电影，久久留在了我的脑海里。

几天后，我回到了教师公寓，伴随着发热。还未到季节我就打开了电热毯，指示灯的红色一直投射到了梦境里，梦中熊熊的火焰围绕在我的周围，形成了一个旋涡，橘红色的火苗像猫舌头一般舔舐着我的身体，不觉得痛，但无法逃脱的处境让我焦灼起来。我从梦中惊醒，身上的棉被被汗水浸湿成为壳的形状，下半部分因为闷热被我踢开晾在一边。手机的响动让我明白了惊醒的原因。十几个未接来电和一条意义不明的信息：紧急，速归。接着又是一条，家里起火了，爸妈在医院。这条主语不明的信息让我第一时间联想到了哥哥。我的心剧烈地震颤起来，生平第一次意识到我是如此害怕失去他们。

家乡经久不散的烟雾被浓重的焦苦味儿代替了，我心急如焚地奔向医院。母亲的胳膊被轻度烧伤，而父亲尚未从休克状态之中清醒过来，而另一张病床上躺着的并不是我的哥哥，而是相邻的人家，那天他们只有儿子一人在家。不知从哪里溯源的秸秆焚烧堆，被南方夜里难得一见的风吹过了两三里，接触到我们房子的木窗之后迅速燃了起来，席卷了整个父亲引以为傲的木质结构。幸而邻居晚睡，看到火光后快速赶过来，一把抱起病榻上的父亲，逃出了摇摇欲坠的房屋。他的左脚被落下的燃烧中的木棱烧伤，医生说也许会留下跛足的残疾。

我又重新驻扎进了医院，好像这是真正的故乡。在这片狭小的空间里，我第一次真正沉醉于生活之中。观察点滴瓶的声音近似于圣诞老人的摇铃叮叮当当，随着液体平面的降低变得喑哑。呼叫护士反倒成了最热闹的活动。我感觉自己成了话剧舞台上炙手可热的角色。中午我从病房后面的山坡上摘下紫色的野山菊，插在洗干净的废弃输液瓶里。禁燃令生效了，空气中的烟气现在

火，火

只剩最敏感的鼻子才能捕捉到。我完全遗忘了那个淹没在河水声音之中，离群索居，被厌弃的昆虫角色。下午，我从洗衣机里拿出洗好的被单，晾晒在院子里已经挂着许多白色被单的铁丝网上，感觉自己是个圣女。一如替他们三人轮流擦洗身体犹如擦拭圣杯般的心情。

由于房子被烧毁，我被破例允许在病房里加了一张行军床。夜晚，我听到邻居因为翻身碰到伤口发出的隐隐呻吟，当我起身走到床边时，他却佯装熟睡。父亲和母亲因为安眠药的效果发出沉重的呼吸声。我被无以为报的情绪刺得难以入睡，我清楚这恐惧的来源。我将永远无以为报。

邻居的状况稳定了，医生允许他可以提前离开医院。我们的屋子还在重建当中，父亲的病情也使他难以逃离。我拎着邻居的物品，执意送他回家。由于蜀葵几乎一夜之间的入侵，我没有认出通往家的道路。焚烧草木灰的火堆荡然无存，新生的绿草覆盖了过去的痕迹，越来越高。从这些高高的草垛之中显出传说的影像，一些传播范围极广的鬼怪故事，在各地有不同的名字和细节。但大体不会脱离这样的情节，男人无意救了被伤害的狐狸，狐狸幻化成美丽的女子，成为男人的妻以报恩情。以往我对这个充斥着男性凝视的故事嗤之以鼻，而现在，我从另一个角度重新审视这个故事。为什么不可以？也许这就是那狐精多年以来一直渴望之物，报恩给了它合法性。

他在前面行走过的草地留下了一深一浅的小坑，受伤的跛足并不显得可笑，反倒让我想起传说中只有一小片翅膀的精怪，那一小片翅膀只让他微微离开地面，于是留下深浅不一的足印。我渴求抓住它的翅膀末端，哪怕能离开地面微微一毫米。我盯着他留下的足迹，忽视了已经变成废墟的家。

从那之后，我整日在医院、老屋和邻居家之间运转。清晨，我把病号餐端给父亲，像喂食婴儿那样送进他的嘴里，父亲并非不能活动，但越来越倦怠。太阳出来后，我带领着工人把沙子、水泥和砖块运送到老屋，看着他们将它们做算术一样排列组合。这个空当我跑向邻居的房间，动作越来越快，摘下在屋外晾洗好的浴衣和毛巾，擦洗桌子、地板，把鱼汤和蔬菜架在炉火之上。将药房里煮好的中药倒进奶锅里加热。开始他不断念叨着，不用我做这些，好像我让他特别不自在似的。后来，他坦然地接受了我的照顾。在这个过程中，他从不同我交谈，默许了我正在做的一切。他坐在木椅上，轻轻地吹着中药，而我像个真正的女主人指挥着一切。到了吃饭的时间，我把鱼汤盛在木纹的碗里，配上白瓷碟的翠绿色蔬菜，这时我们开始交谈，关于房屋动工的进程，我父亲的病情，以及蔬菜价格这些我从未与人谈及的话题。我突然感觉到，好像真正的生命才刚刚崭露头角，过去的影子慢慢消退。在一切收拾停当之后，我照例在他的极力阻止之下往受伤的踝部擦药，他的脸顿时红了起来，像是在自证青涩与纯情。他的脚腕子在我的手掌上就像担忧挨打似的缩进去了一小截。夜晚无人的时刻，我伸出自己的脚试图模仿，但没能成功。他羞涩的神情还停留在眼前，倘若他一生跛足，我是否甘愿照顾他？我在心里有了答案。本来担忧残疾的缺陷会使他的婚恋受到影响，此刻像沉甸甸的果实压弯枝头般甜蜜地晃来晃去。在黑暗中我扭动着脚踝，欣然感到自己与过去的生活越来越远。

　　重新建起的房屋刷成了火焰的颜色，这是乡间流传的迷信做法，用更浓郁的色彩压住曾经的不祥。傍晚从邻居家窗口望去，房子和晚霞的颜色融成了一片，惊心动魄。我们谈起了长在屋旁的三角梅，没想到他还记得几年之间，三角梅的颜色奇异地从玫瑰色变成了艳红。是水土发生了改变，他说。但究竟是哪里发生了变化，他也说不明白。重合的记忆如打水漂般引起了多重回响。越来越多的往事重现在眼前。我们谈起十多年前唯一一次飘雪，结了霜的树叶在互相敲击之中掉下冰壳。驴子拖着冻实的粪土从小路经过，落下带着冰碴的粪渣，在天晴之后散发出难闻的气息。我这才意识到他比哥哥大不了几岁，甚至他还上过大学，只不过是我从未放在眼里的民办学院，但这并没有影响我们的谈话。我意识到自己已背离了沉默的规则，并毫无阻碍地选择了忽视，这个发现让我欣喜万分，并对过去的孤寂时刻的回忆愈发恐惧。

伴随着为了赶工丁零当啷敲打的声音，我留在邻居家的时间不经意间延长了，而我们的交谈因此变得细密绵长。不仅是我，他似乎也迷恋上了这些谈话的氛围。我欺骗自己，这只是为了报答他，和难以逃脱的监工。但就连对此一直没有异议的母亲也发出了怨言，责怪我忘记及时收回父亲的病号服导致它被露水沾湿。他的脚伤好转起来，跛足的毛病不再那么惹人注目，医生说他可以开始吃牛羊肉了。他兴奋地在屋子里走来走去，称赞这一切都是我的功劳。我在他眼中看到了犹如湖水般的点点闪光，这给了我一种确切的鼓动。

那一次，我决意留在他家里过夜，吃晚饭时我故意磨磨蹭蹭，期望着他能够开启新一轮话题消磨时间。直到晚间新闻播映结束，他连打了几个哈欠，懒洋洋地靠在了沙发上。我终于鼓起勇气，从对面的椅子上站起身，靠在了他的身边。他猛然坐起身，看穿了我的意图，忧心忡忡地看着我。终于，他开口说道，小妹，最近每天让你这么麻烦，现在我好了，你不需要再照顾我了。

不麻烦，还是没有完全好。我当他只是客气，抑或是羞赧。

真的不用照顾了，我哪里都没问题的，你看看我的脚。他说着，扭动着自己的脚踝。

我想照顾你，不行吗？

他迟疑了片刻，终于说道，我理解你的好意，可我不需要你的照顾了，我一直将你看作我的小妹妹，你应该知道的。

夕阳反射房子的色彩投射到了我的脸上，我感到了被灼伤的屈辱。不仅如此，那狭小公寓中的浪声再一次袭来，将我狠狠地裹挟进冰冷的浪涛之中，再也无法逃脱。

我忍不住哀求道，让我留下来照顾你，好吗？

你还是回去吧，你爸爸还在等你呢。

他涨红的脸在夜色的催化下肿胀起来，头顶的灯光照射下来，他脸上的阴影使得他的五官模糊，看起来与其他人并无不同。眩晕之中，我再次嗅到了烟雾的气息，和山火燃起时隆隆作响，火苗的"噼啪"声在黑夜中炸开，火光一簇一簇地从房子外面涌了进来，燃到了我的脚下，不断升腾。就在那时，我生平第一次对他起了杀心。

清晨，四声杜鹃哀伤的啼叫在轻柔的窗帘上鼓出一个个形状，我不情愿地睁开双眼，忍受着又一个被羞耻感灼烧的一天。我借给父亲抓药之名逃了出去，沿着公路漫无目的地前行，没有烟雾的侵扰之后显然扩大了我们的行动范围。草木以惊人的速度生长起来，昔日被火苗灼烧的创伤荡然无存。我在一小股溪流的指引之下走进了一个陌生的松树林，在行走的过程之中衣服剐蹭到万年不变的松枝上，松针在一次又一次扎进皮肤的刺痛中响起了隐约的议论声，"忘恩负义"这样的言语若有若无地飘荡在耳边。在我们两人之外，没人真正知道发生了什么，在他们机敏的观察里只看到了我视而不见的态度和冷酷的目光，并将它和我的沉默孤僻的个性顺畅地承接起来。这让他们觉得意料之外又合情合理。

虽然我刻意躲避，但相邻咫尺之间，打照面的机会不在少数。傍晚我时常听见他把蔬菜倒进锅里，发出吱啦一声，就像忧伤的求救，我的心里腾起一小片快意。但声音之中隐藏的记忆中美好的东西被唤醒，仇恨与满足并存着引发了一种玄妙而强烈的耻辱感，这是我一直以来的病态，一种折中的但仍旧二元对立的悖谬。他的脚伤并没有完全恢复，我甚至能从门前浅浅的脚印中认出他行走之后留下的痕迹。一种既渴望又抵抗的想法在我心里循环往复，但我最终还是用扫帚除去了泥地上的痕迹，并往核桃树的深处扫去。就在这时，我们不期而遇，狭窄的路使我无法侧身而过，他的脸上露出了歉意的笑容，似乎还掺杂着几分后悔，以一种拦住我去路的姿态寒暄道，小妹，去打扫吗？

我动摇了一些，但坚持没有理会，他接着说道，有空来我家吃饭吧。

好像一句摄人心魄的召唤，终于将我从别扭的状态里解放，我们重新攀谈起来，失智的热情再次占了上风。我们一边热切地交谈着，一边走回了屋子前面。当我真的和他一起踏上那熟悉的门槛之上时，他的脸上露出了犹豫不决和为难的神情。屋子里一切如常，散发出独身男人的气味。脏衣服形成的线索从沙发延伸到卧室。他抱歉地看着我，把地上的杂物一件件捡起来。我将他赶了开来，此刻他终于又变回了那个伤者，一个需要我照顾的孱弱角色。在这间屋子之外，远远的他是个英勇的高尚者，高傲地接受赞扬的洗礼，但同时他是个卑琐的弱者，在这片狼藉之中可笑地瑟缩着。我禁不住与他共情起来，心脏隐隐作痛，忍不住把脸埋进了他的胸前。他猛然间推开了我，一副被冒犯的表情在他的脸上慢慢放大。

你还是回去吧。他冷静下来说道。

巨大的耻辱感瞬间灼烧起来，犹如山火之中倒塌的古树般压下来，我感到难以呼吸。刹那间，我终于明白了一切，这只是他的一贯的行事方式而已，没有任何其他含义。

哥哥的样子突然出现在我的眼前，他消失前在病房之中最后的神情，渐渐和邻居的脸重合在了一起。

我离开了那所房子，再也没有踏足于此。几个月后，父亲和母亲搬回了被加固的房子，为了节省开支和更快入住，我们舍弃了二楼，只用壁纸把墙壁贴了起来。夜晚，我背对着墙壁，听到隆隆的锯树声和噼啪作响的声音，哥哥在我的梦中重现，他仍旧坐在脚凳上，并不看我，脸上带着若有所思的神色。

我留下了为数不多的积蓄，不顾父母的阻拦，再次乘上离去的火车。我必须离开。一年前我就是乘坐这趟火车外出寻找失踪的哥哥，昔日的烟雾已然褪尽，新鲜的空气轻盈地环绕在鼻腔四周。火车启动了，几片黄绿色的落叶轻飘飘地拂过车窗，留下了一道浅浅的水痕。我知道也许再也找不到哥哥的踪迹，但我不再返回学校。我决意攀附在永无止境的火车上，像一枝槲寄生一样，去往世界任何一个角落寻找哥哥。他如今成了我在世界上唯一一个把手，这个冰冷的对立物，我似乎需要依靠他才能活着。火车在行进的过程中，阳光透过遮光帘，在急速的飞驰之中回响着燃烧的声音。我看着远处缓缓飘移的白雾，直到它完全遮盖了一座孤立的山丘。

流放地

　　唱票的时候，我看见刘晨芳从楼梯那头走上来，经过她常常用来偷窥的后窗，她的脸像往常一样从窗户的下面浮起来。她的个儿矮，需要踮起脚尖才能够得到后窗，往近看的时候，唱票已经接近尾声，黑板上的"正"字像等差数列一般排满了，教室里出奇地安静，被选拔出来的"十大恶人"默不作声，等待着刘晨芳走进来的审判。所有人都沉默地等待着，一直等到下课铃声响了起来，没有人走进来，我往后窗看去，她的脸已经消失了，窗子黏糊糊的，看起来像是抹了油。

　　回想起来，我总是觉得，开学后的第一个月和之后有很大的差别，似乎从第一个月之后，所有人都对现状开始习以为常，但无论是什么时候，从来都没有人对刘晨芳的管理办法提出任何质疑。刘晨芳是班主任，在开第二次班会的时候，她就指定了班长和各委员，班长是个像牛一样壮实的女同学，看上去家境不错。一个礼拜之后，各科老师也相继任命了自己学科的课代表，而我因为上过三年剑桥少儿英语，一张嘴就以标准的磁带发音蒙骗了英语老师，继而成了英语课代表。语文课代表是一个胖胖的，打扮时髦的女生，而数学课代表则是一个身材瘦削高大，头发枯黄，面色苍白的男同学。最后还需要一个实际上没什么用的文艺委员，一个留着厚厚的斜刘海，看起来很跳的女生站起来毛遂自荐，刘晨芳很喜欢这种人。

尘埃落定之后，刘晨芳很快赋予了我们一些权力。她宣布每科的课代表要在上那堂课的时候，记下不遵守纪律和规定的学生的名字，在下课的时候交给她，由她来做出裁定和惩罚，而班长可以随时随地地记下任何不守规矩的人的名字，在任何时候她都可以把这份黑名单递交给刘晨芳。

刚开始我们都不以为然。我和语文课代表刘媛关系不错，主要是因为放学回家我俩顺路。刘媛在路上告诉我她交了个男朋友，是同班的，叫梁晨。据她说梁晨和我们不大一样，他是学校之中混社会的那一拨人，等毕业之后我们考试升学，他们可能没毕业就会升进社会。刘媛和我说完的第二天，我仔细盯着梁晨看了一会儿，他长得不赖，眼睛挺大，我搞不明白他为什么会看上胖胖的刘媛。

在那之后，我们召开了第二次班会，班会总是在周五下午的最后一节课上召开，因为往往那个时候大家都着急过周末，没人有心思上课或者做作业。那次班会，刘晨芳像往常一样走进来，说了几句废话，然后直勾勾地看了我们一会儿，班里的气氛瞬间变得诡异起来，刘晨芳似乎在盯着每一个人，而在座的每个人也同样盯着刘晨芳。接着，刘晨芳扭了两下脖子说道："从今天开始，以后的每周五班会时间，我们都要举行一次无记名投票，现在每个人拿出一张纸来，在上面写上这周你看到的违反纪律、不守规矩同学的名字和行为，把纸折起来，各小组组长挨个起来收，收起来之后，我会叫一个同学上来唱票，一个在旁边监督，还有一个在黑板上给咱们计数。我倒要看看，是谁在这天天破坏咱们班级的形象，好好治一治这些害群之马！"

"现在就开始。"刘晨芳说完，班里顿时响起了此起彼伏的撕纸声。我在作业本上撕了两张，递给了同桌一张，她接过纸问我："你写谁？"

我摇摇头说："不知道。"

我们呆呆地盯着白纸看了一会儿，刘晨芳指挥组长收集纸条，我们又把白纸折起来交了上去。刘晨芳点了刘媛上去唱票，班长负责记录票数，一个平常话很多的女生在旁边监督。整个教室的气氛顿时变得紧张而微妙。刘媛一念到某个人的名字，他会一瞬间变得不自然起来，身边的目光就像鼻涕一样投向他，然后随着话音再投向下一个人。随着桌面上纸条的减少，有的人渐渐松了一口气，而有的人的背像是钉在了铁板上，越来越僵了。

读到最后一张的时候，我安定下来，坐直了身子。刘晨芳按"正"字的多少开始数，数到第十个的时候，她说："以后咱们每次选出票数最多的十个人，别的人放学走人，你们可不能走，你们这些害虫，要留下来接受惩罚，其他人可以走了。"

幸免者发出了一阵欢呼，我看了看留下的十个人，都沉默地坐在座位上，垂丧着头，有个男孩子哀怨地抬起头看了一眼刘晨芳，又重新将头垂了下去。

回家路上，刘媛对我说："张璐，你要小心了，写你的人不少。"

"什么意思？"我停下来盯着刘媛。

"有好几个人写你的名字，明白了吗？我没有读出来。"

"写了什么？"

"讲小话什么吧，记不住，也有人写我，你知道写了什么吗？"

"什么？"

"有人写了我在和梁晨谈恋爱。"

"操！是谁？"

"我他妈怎么知道？"刘媛甩了一下书包带子，"我他妈还连班里人都认不全呢。"

"你写了谁？"刘媛问我。

"我没写啊，我和我同桌都交的是白纸。"

"你是傻×吗？"刘媛停下来盯着我，"你他妈不写别人，别人的票数就会少，你就会被顶上去，你他妈可别想着下回多好命，还会是我唱票。我告诉你，刘晨芳说了，她每次都会换人的。"

看得出刘媛这会儿怒气冲冲的，她恨不得把那个写她恋爱的那个人从纸里揪出来，但她说完，我觉得好像有什么沉重的东西在我的脑子里裂开了，一切开始变得不同。

后来回忆起开学的第一个月，很少会有人记起，那个时候"十大恶人"的榜单里还没有王继筱的名字，她给人的印象仅仅停留在瘦弱、矮小、苍白，微弱的哭声像沙砾一样被淹没。她低着头，隐忍地小声啜泣着，青紫色的，像被冷冻过的猪肺一样的左手，失去知觉一般轻轻半握着放在桌面上，右手似乎消失在了桌子的下面。尽管她啜泣的声音那么微小，还是有一些人把目光投了过去，他们关切地望着她，像一个真挚的朋友那样弯下腰询问，而王继筱只顾着低着头啜泣。她的同桌，对了，那还是她为数不多的拥有同桌的时间，抬起头替她解释："她被她弟弟打了，她弟弟想跟她要钱去打游戏，她不给，她弟弟就打她，她是真的没钱。"

围观的人群发出了同情的吁声，有个女生甚至递给了她一片创可贴。

"没事的，你们不用担心，我会看着她的。"她善解人意的同桌说道。

我很难想象后来的王继筱再回忆起这件事心情如何，但我可以肯定的是，大多数人很快将这件事遗忘，包括我自己，因为我也惹上了麻烦。刘晨芳让我们去她指定的书摊上买了习题册，买回来我们一一写上了名字，收集起来交给了刘晨芳，据她所说要用来课堂测试时用。但是收起来以后，点来点去就是差一本，刘晨芳在班里问，到底是谁没有交，大家都表示自己交过了。刘晨芳很生气，她觉得我们在故意戏耍她，于是她拿起习题册开始一本一本地念上面的名字，直到刘晨芳念完最后一本，我才开始惊慌起来。

刘晨芳盯着我，发出了一声咳痰的声音，喝道："张璐，站起来，怎么回事？"

我赶忙站起来说，"我交了"。但这句话听起来像放屁一样，我的书不在那里，也没有任何东西可以证明，并且，没有人会相信，这么多习题册中，唯独我的会长腿跑了。

但是我还是说，"我交了"。

我的坚持并没有让刘晨芳做出任何让步，她露出了嘲讽的表情，说："张璐，我不管你玩什么花样，我可以不追究你今天搞的鬼，明天赶紧把书交过来，要么我给你妈打电话，让她买了送过来，怎么样？"

我只好又去书摊上再买一本该死的习题册，但我家一向是专款专用，我妈给过我买习题册的钱，现在说习题册丢了，就连我自己都觉得是谎话。我没有别的办法，只好夜晚潜进我爸的房间里偷偷从他的钱包里拿，拿了书钱，我心想，反正拿了都拿了，索性多拿几张，于是我又从钱包里抽了几张。

去给刘晨芳交习题册的时候，我看见其他人的习题册堆放在窗台上，我把新习题册压在刘晨芳养的绿萝上面，一本一本翻起了那堆习题册，终于，我发现了其中不对劲的一本，这本习题册扉页被撕掉了，名字写在目录的下方。我很快回忆起了前两天发生的事情，班长陈思思让我帮忙带早饭，过了很久她也不见有要还钱给我的迹象，我只好在她完全遗忘这件事之前喊道："陈思思，早饭钱还我。"

她诧异地抬起头，脸上的肉像沙皮狗一样垂下来，似乎半天才反应过来。她的手从抽屉里迅速掏了一把，隔了好几排座位把几张零钱扔了过来。我俯下身捡钱的时候隐隐约约感觉到我可能已经惹到了陈思思，我想她可能会把我写上她的黑名单，但是那几天却一直风平浪静，我以为这件事就这么过去了。

现在我确信写着陈思思名字的这本书就是我的，她在给刘晨芳收书的时候，撕掉了写着我名字的扉页，把自己的名字写在了目录下方。但是我没有任何证据可以证明，陈思思一定会狡辩说是自己不留神撕坏了扉页而已，所有人只会觉得是我在诬陷无辜的班长。

当然我也不能直接找陈思思对质，于是在愤怒的驱使下，我在黑名单上写下了陈思思的名字，交给了刘晨芳。

很长时间后我才意识到，正是我率先打破了班委之间潜移默化的默契。既然我们都有将别人的名字写上黑名单的权力，那么为了这个圈子的共同利益，都为彼此保留一片空地，我也终于想明白，为什么陈思思不选择更加简洁的方式报复我。但无论我是否这样做了，也不会改变事情最终发展的方向。

上最后一节课之前，刘晨芳把陈思思叫了出去，隔着窗户玻璃，我看见刘晨芳对陈思思说了几句什么，陈思思一直没有说话，只是略微点了点头。进来的时候，她也没有往我这边看一眼。然而刚一下课，我就受到了刘晨芳的召唤，陈思思作为回报，也将我写上了黑名单。

"张璐，你最近怎么回事，为什么你的事这么多？"刘晨芳问。

我低头不言语。

"你最好小心点儿，作为班委让你是起带头作用的，不是让你带头捣乱的。"刘晨芳再一次警告我。

如果仅仅是这样就抵消了我和陈思思之间的恩怨，那么事情

流放地

实在过于简单。到了周五无记名投票的时间，刘晨芳果然换了一拨评选组，刘媛和我再也没有了上次的好运气。我看着自己名字后面的笔画逐渐增多，唱票的人每读一次我的名字，我就尿急一次。刘媛更惨，她在短短几天的时间里丢失了她的恋爱，也和我一样荣登"十大恶人"排行榜。刘晨芳要求在唱票的时候，如果只有人名那就只唱人名，如果写了别的，也一并读出来。

唱票的在读到刘媛时，大声道，"刘媛是个贱……"

她抬起头看了刘媛一眼，没读出最后一个字，但在座的人都一副心领神会的表情。刘媛趴在桌子上，像个软体动物一样，把脸深深地埋在胳膊中间。

放学铃响了，所有无罪的人都迅速收拾起东西，他们制造出巨大的响动，轻盈地奔向门外。我抬起头的时候，目光刚好和陈思思对接，我感觉到她下一秒就要露出嘲讽的神情来。但她并没有，只是迅速背上了书包，往门外走去。

刘晨芳对着教室里剩下的人宣布："现在都收拾自己的东西，往我办公室门口走。"

天开始渐渐黑了下来，空气中弥漫着一股焚烧垃圾的味道。刘晨芳让我们并排站在屋檐下面，她自己进了办公室，像是把我们遗忘了一样，拉上了窗帘。但只要我们其中传来一句窃窃私语，她就会像一只受惊的骆驼一样从办公室里冲出来，精准地踹在发声人的膝盖上。我们只好傻站着，幸好这个时间还不算冷，恍惚之间我突然充满了疑虑，我们为什么会在这里屏住呼吸沉默地等待审判，我们犯了多大的罪吗？在黑暗之中我甚至看不清其他人的脸，但他们也只是屏住呼吸沉默着。

刘晨芳终于从办公室里走了出来，她拿着手电筒在我们的脸上晃了晃，刺眼的光使每个人都眯住了眼睛。

"知道错了吗？"刘晨芳问。

没人说话。

"知道错了吗？！"刘晨芳提高了音量。

"知道了……"几个有气无力的声音答道。

"今天我不再和你们追究了，你们现在说知道错了，基本上都不诚恳，下周来，前五个买脸盆，后五个买扫帚，拿到教室来。你们破坏了班级的规矩，给咱们班抹黑，就得为班里做点事情弥补。现在你们都回吧。"

回家路上，刘媛向我借钱，我告诉她我也没有钱，刘媛的脸哭丧了起来。

"看来我要跟我爸摊牌了。"刘媛一脸愚蠢地说。

第一个月月考的成绩出来之后，刘晨芳对我们非常不满，她专门开了一节课的时间骂人，等她发泄完了，她猛喝了几口茶，说："我不管你们其他科的老师打算怎么处理，现在你们都低下头看看自己的数学成绩，你们要是还有点良心，周六就都来我家补课，不想学的，影响别人的，不来可以，你们就自己掂量吧。"

她撑着讲桌，整个身子都倚靠在上面，露出了一副痛心疾首的表情。"同学们，你们这样下去是不行的。"她稍稍缓和了口气，"我只是想帮助大家，帮助咱们这个大集体，外面补习可不都是几百上千的？来老师这里补课，每节课我都只象征性地收十块钱而已，我是真心想让同学们好，你们可能现在觉得我对你们太过严厉，但是再过几年，你们就能理解老师了。"

"好，现在谁觉得自己不需要补课的，举手我看看，我就不再为你们量身定制题目和学习计划了。"刘晨芳仰了仰头示意。

没有人举手。

刘晨芳搓着手上的粉笔灰满意地说："既然大家都没有什么意见，那么周六早晨九点都准时到我家集合，也不用做什么准备，到时候我会发讲义给你们。"

流放地

和刘媛去刘晨芳办公室送扫帚的时候，她的态度发生了翻转性的变化，好像我们送来的不是扫帚，而是金条一样。她说："你们俩可是我重点培养的对象啊，张璐这次考得不错，刘媛要再加把劲了，不过总体来说，你们都不错。班里的事你们也多留意，一有什么异常，就立即告诉我。周六的补课你们都会来的吧？"

　　我和刘媛点点头。

　　"那就好，"刘晨芳突然放低了声音，眼睛像狐猴一样瞪起来，凑近我俩说道，"你们来，我给你们班委都算五块钱，你们不要告诉其他同学，知道吗？"

　　我和刘媛也下意识地放低了声音，"好的"。

　　我猜想就算是这样的情形，也会有一些人不去，后几排靠近垃圾桶的，被和垃圾划分为一类的，毫不介意刘晨芳对待垃圾的态度。周六的早晨，一些家里离得近的约定好了地点，往刘晨芳家的方向出发。有些人拿着早餐边走边吃，班里谈恋爱的也像放风一样，没几个路人看到这群孩子会认为他们是去上学的。快到刘晨芳家里的时候，我们经过了一座桥，桥的下面是冬日干涸的河道，但河里的臭味并没有干涸，随着风一阵阵地冒过来。

　　突然有人喊："看，那是什么？"

　　所有人都顺着他指的方向，趴在桥边的栏杆上往下张望。干涸的河滩上堆着一些白花花的东西，因为隔着一段距离，并不能看得很清楚，只是隐隐约约看见一团白色的轮廓，不知是错觉还是什么，似乎还在微微颤动着。

　　"那是什么？"有人问。

　　"好像是孩子，小婴儿，看！在动。"

　　几个人把栏杆贴得更紧了，头像天线一样伸了出去，向那团白花花的东西探索着。

"是小孩。"又有人喊。

"牛×啊。"有个男生说。

我也紧贴着冰凉的栏杆探出身子，我不觉得那是小孩，但是也不敢确定。

"别看了，太恶心了，咱们走吧，快要迟到了。"有个女生说。

几个人陆陆续续地将自己从栏杆上摘下来，继续往刘晨芳家里走，在班会上自荐的文体委员曹欢对着河道说道："真希望我妈把我弟也裹个烂床单丢在这里。"

所有人都哄笑起来，好像河道上那团白乎乎的东西就是文体委员那该死的弟弟。

刘晨芳的家住在六楼，偌大的客厅几乎没什么家具，只有一张宽木板钉成的桌子，一看就是为我们量身而做的，桌子已经围坐满了人，旁边散落着一些绿色的塑料凳子。

刘晨芳一边指挥着几个男生从脏兮兮的角落里拉出一张被刷成黑色的、架起来的木板，一边对我们说："你们怎么才来？"

几个女生迅速地向她汇报了在桥上的所见所闻，刘晨芳露出了怜悯的神情，她皱着眉头，脸上的粉也随之皱了起来，叹息道："啧啧，现在的人，你说说，心多狠，真是世风日下啊。"

她一边感叹着，一边用悲慨的眼神指挥我们坐在绿色的塑料凳上，陈思思在一旁用眼神清点人数，班里的大部分人都来了，门还在一张一合，不断有一脸讪笑的同学走进来。但我无心观察这些，我还在想着河道上那一团白花花，它要是真的是褓褓里的小婴儿呢？

刘晨芳讲课的声音渐渐大了起来，曹欢把凳子的方向朝我们这边挪了挪，压低声音说道："喂，你们觉得刘晨芳家里怎么样？"

"破得要命，脏死了。"我说道。

"啧，你们这就傻了吧，我告诉你们，下面这三层，可都是人家家的，这个毛坯房只不过是个仓库而已，第三层的房子那里面可豪华了呢，你们上来都没看见吗？"

"我去，这么牛×？"刘媛眼睛瞪得更圆了。

"你们不知道吧？刘晨芳的老公是县公安局的副局长，她儿子现在在喀什当兵，说不定这房子就是给他准备的。不过也不一定，他们以后肯定也会在市里买房子的。楼下那一排商铺，看见没，那也是他们家的。"

"哇，这么有钱啊。"

曹欢露出一副得意的表情，好像这房子是她恩赐给刘晨芳的一样。

"你怎么知道这些的？"我问。

"关你屁事。"她翻了个白眼。

离开刘晨芳家里的时候，天气没有变得暖和，反而像是更阴冷了。离开的人群被分割成了一小拨一小拨，我们似乎还是来的那群人。大家走上桥的时候，不约而同慢下了脚步，往河道上望过去，那团白花花的东西仍旧摊在那里，除了我们，似乎没人注意。

"我们下去看看吧。"有人提议。

曹欢说："我不去，恶心死了。"

有几个女生也附和："别去了，回家晚了会挨骂的。"

几个男生尝试着挽留了一番，但我们仍旧沿着桥旁边的小土路走了下去。冬天河滩冻得梆硬，走在上面异常费劲，当离白色的东西越来越近，我们终于看清了那是什么。

那是一头体形不大的死猪，一阵阵不好的味道随着风吹过来，死猪身下压着的白色塑料薄膜的边角被吹得上下飘动，嘶嘶作响。

"操，原来是只死猪呀，哪个傻×刚刚说这是小孩来着？"

"真恶心，你们看见它的眼睛了吗？我快吐了。"

在不断地靠近之下，它的样子无法避免地清晰起来。冷青色的眼睛覆盖着一层发黄的黏糊糊的白膜，向外突出着，像可怕的半盲人一样正努力看向我们。身上残余的毛发多在松弛皮肤的褶皱之中，嘴巴半张开着，展露出怪邪的微笑。

天色变得更暗了，呈现出下雪前的灰色征兆来，我们终于对死猪失去了兴趣，开始沿着来时的方向返回，本没必要来上课的徐振突然停下了脚步说道："等一下。"

他从口袋里掏出了打火机，在河道边沿上拔了一些枯草，点燃扔在了死猪身上，枯草冒出了一阵浓烟后，变成了一堆灰黑色的粉末。他又蹲下来，试图用打火机点燃猪的耳朵，但是无论他怎样用手护着，打出来的火都会很快被风吹灭。

徐振折腾了好一阵，终于不耐烦起来，他对着一旁的我们喊："傻愣着干什么？帮忙。"

我们把刘晨芳刚发的讲义从书包里抖了出来，扔在了死猪的身上和周围，徐振蹲下来把书一一点燃，过了一会儿，火终于烧了起来。我们闻到了一股奇异的从来没有闻过的味道，火势渐渐大了起来，徐振挥着手示意我们离开，走上桥的时候，我回过头看了一眼，一小片火光在干涸板结的河道上闪动着，一股黑烟弯弯曲曲地指向天空。后来这片火光时常像幻觉一样莫名地闪现在我脑海之中。

我和曹欢之间的矛盾莫名其妙地激化了，在美术老师很久没有露面的时间里，曹欢一直掌管着一周唯一一节美术课的生杀大权。除了其他老师占课的时间，她随时根据自己的喜好调节美术课的内容，有时候是用 VCD 机播放音乐碟片，有时候点人起来唱歌，偶尔也会传来美术老师的口谕，要交一张主题不明的随堂作业。而在我和曹欢互相看不顺眼之后，她的喜好变成了监控和威胁我。如果我在美术课上做出了任何不服从她的举动，她会立即站起来，手指着我做出裁决："张璐，要做数学作业滚出去做去，要么我就记你的名字了。"

我也尝试过以在英语课上记下曹欢的名字还击，但这似乎丝毫不能威胁到她，她在刘晨芳面前很有一套。于是本该作为休息时间的美术课，成了我每周一次的噩梦，无论如何，曹欢总会做出一些举动让我出丑。她在短时间内有了一些所谓的朋友，准确地来说是追随者。只要她挑起一个话题，这些人就会乐此不疲地起哄配合她。无可奈何之下，我只好暗暗地向英语老师求助。英语老师待我一直都挺不错，她出面和刘晨芳说每周美术课的时候抽调我帮忙做讲义，我才得以解脱。

自从我不再在美术课上出现之后，曹欢的态度发生了一百八十度大反转。一到下课的时间，她就像一只蜂鸟一样从她的座位上飞到我的旁边，亲昵地拉住我的胳膊。

"璐璐，英语课文到底怎么搞啊，我总是背不过啊，怎么办，好怕老师上课喊我起来背啊，你教教我嘛。"

或者在座位上大声呼喊我的名字，扔过来一些糖果之类的小零食。我不知道把我从她的美术课堂之中驱逐出去带给了她什么好处，但她一副全然忘记了曾经我们已经撕破脸的事实，就算是示好，也是攻击的态势，倘若我不接住她的糖，她很可能会冲过来，把糖硬塞进我的嘴里。

上数学课之前，刘晨芳宣读了周六没有到她家里补课的人的名单，并且着重点名了几个座位靠前的，让他们一一站起来陈述未到的理由。点到王继筱的时候，她始终沉默不语，刘晨芳终于失去了耐心，在一连串的发问之后，班里一片寂静，只有王继筱断断续续的啜泣声。

"行了行了，赶紧坐下，好像谁把你怎么了似的。"刘晨芳厌恶地摆了摆手。

下课的时候，王继筱又闷在桌子上啜泣起来，她的同桌再次向周围的人解释，她的学费是被她的混蛋弟弟抢走了，所以她才没办法去上课，王继筱始终埋着头，肩膀不停耸动着。

刘媛的处境越来越不妙了，连续几周的投票她都榜上有名，不仅如此，投她的很多都写着一些带有侮辱性的话。唱票的若是和刘媛关系不错还好，关系一般的把这些话当众读出来，那滋味可想而知。

我问刘媛是不是惹了班里的什么人了，刘媛哭丧着脸说："我怎么知道啊，我都尽量不得罪人了，还要怎么办嘛？"

王继筱这次也登了榜。这并不令人惊讶，在这样的规则和环境下，无论是谁都会有中标的可能性。但是刘晨芳制定的惩罚机制是轮番交替的，大概分为罚给老师们打扫办公室、轮值早操、买打扫用具和叫家长这么几类，不是按顺序轮排，而是看刘晨芳当天的心情。

不巧的是，那天刘晨芳指定的惩罚项目是购买粉笔和墩布，但班里所有人都知道，王继筱但凡身上有点钱，就会被她的弟弟抢走。于是等到上交打扫用具的时候，除了王继筱，所有人都拎着东西交到了刘晨芳的手里。刘晨芳什么解释也不听，她觉得王继筱这样是对班级规则的挑战，作为惩罚之中的惩罚，王继筱的座位被调到了最后一排紧挨着垃圾桶的位置。

有新的成员加入，后几排的家伙高兴得不得了，但没过多长时间，她就成了他们的取乐对象。曹欢告诉我，因为王继筱是个蠢货，什么游戏都不会玩，去网吧和游戏厅的钱都没有，甚至讲个黄色笑话都不会，死眉瞪眼的，几棒子都打不出一个闷屁来。

我没把曹欢的话当回事，我从来不相信她的那些追随者带来的消息，他们说什么都只不过想看曹欢咧开大嘴发出一长串的笑声，某种程度和峨眉山上逗猴子的游客是同种心态。

但被调到后排之后，王继筱来找过我一次，希望我能够帮忙带她去英语老师那里看一下自己的期中试卷。她说话总是带着鼻音，仿佛下一秒要哭出来的样子，"我不可能考那么一点点的，张璐你帮我问问英语老师吧，好歹让我看看是哪里出了问题……"

理论上来说期中考试的试卷是不能给学生看的，但是出于对王继筱的同情，我还是去找了英语老师，她告诉我所有的试卷都在刘晨芳那里，因为试卷是外校老师批改的，其他老师根本没有查看的权利。

既然帮人就帮到底。下课的时候，我在教室门口截住了刘晨芳，询问是否能够查看期中考试的试卷。

"那怎么可能？"刘晨芳大惊小怪地喊道，"试卷都是从市上发回来，密封好的，哪能乱看？再说了，你这次考试不是考得挺不错的吗？咋了，想拿回去当模范裱在墙上？"

"不是，不是我，是王继筱想看。"本来我只是想试探刘晨芳一下，被她这么一说，王继筱问我的话不受控制地脱口而出。

刘晨芳伸着头往教室里看了一眼，确认了王继筱在教室里面，便大声讥笑道："就她还问个屁啊，早点卷铺盖滚蛋好了，还要看试卷，要点脸好不好啊？自己考得怎么样自己心里没数吗？"

教室里的眼神齐刷刷地向刘晨芳和我投过来，很快又直射向王继筱的方向。刘晨芳突然往后迈了两步，在门口处微笑着说："同学们记得周六按时来上课啊。"

曹欢旁敲侧击告诉我她快要过生日了，我告诉她我的生日也是这个月，她立刻亲热地抱住了我的胳膊："我们也太有缘了，是天生的姐妹吧，咱们可以一起过生日啊，叫上班里他们几个，我也不会忘记给你送礼物的！"

"你想要什么礼物？"我直截了当地戳穿了她。

"你说什么呢？"她娇嗔地拍打了一下我的胳膊，"你送什么人家都会喜欢的，我会好好珍惜的。"

从任何意义上讲，我和曹欢都不算朋友，我也没有送她礼物的必要，如果仅仅因为她这几句甜腻的话语。但是我察觉到，班里似乎有一种不可明说的氛围，所有人都心知肚明。每逢有人过生日，就会把收到的礼物一股脑儿堆放在桌上，虽然大都是笔筒、毛绒玩具或是水晶球之类的便宜货，但看到的人都心领神会。而生日那天，没有收到礼物的人，则一整天都垂丧着头，不时露出期待的神色。其实说白了，所谓的生日礼物也不过是互相交换罢了。

曹欢的生日仅仅比我早几天，也正因如此，我才鬼迷心窍地叫上刘媛陪我去了礼品店。刘媛在路上不解地问我："你不是挺讨厌曹欢的吗？干吗还要送礼物给她？"

"是她过来跟我要的。"我说。

"这人可真够无耻的。"

我们走进了逼仄的礼品店，肥胖的店员亦步亦趋地跟在我们身后，整个空间显得更加狭窄了。我们最终在一堆毛绒玩具、假钻项链和小夜灯之中挑选出了最满意的一件。那是一尊纯白陶瓷的小天使摆件，湛蓝色的玻璃眼珠，背上还有羽毛做的两只小翅膀。我庆幸自己没有那么快花完从我爸口袋里拿的钱，否则实在是买不下来这件对于我来说价格不菲的礼物。店员很快用印着花纹的纸把它包了起来，扎上了一条粉红色的丝带。

我和刘媛骑着租来的自行车，礼物被安全地放在了背包里面。此时正值春夏之交，我们穿过被两旁的槐树交覆住的街道，钻在星星点点的阳光碎片下面，朝着闪着光亮的河边骑了过去。

我们全然脱离了从刘晨芳阴冷的家里出来，留在皮肤上的感觉，虽然还是有风，但零碎的阳光已经足以让我们温暖快活起来。我恍惚之中感觉到，这是开学这么久以来，我最快乐的一天。书包里的小天使在骑行的过程之中不时敲击着我的背部，我想象着它那白色的羽毛透过阳光时朦胧的样子，产生了一种想要将它据为己有的念头，虽然它现在正安然无恙地躺在我的背上，但是很快它就不再属于我了。我有一点伤感，我们一口气骑到了河边，闪动的河水刺着我的眼睛，我和刘媛都不由自主地眯起了双眼，在眯住眼睛的过程中，我突然产生了一些迷惑的念头，以往发生的事情都呈现出一种虚幻的感觉。

"喂，"我大声喊了一声拼命蹬车的刘媛，她的眼神往我这边斜了斜，"你有没有一种奇怪的感觉？"

"什么？"她一边努力地控制着车把，一边将疑惑的脸转向我，显然她没弄明白我的意思。

"我也说不清，你没有觉得有什么不对劲的地方吗？"

"有吗？要是说有什么不对劲的话，我操，为什么最近无记名投票我总是上榜，我招谁惹谁了我？"

"我招谁惹谁了？"她又大声重复了一遍。

我专心蹬起车子来，不再说话。突然，我感觉到背上有一个尖尖的东西刺了出来，扎进了我的衣服里。

"不好！"我大叫了一声，用脚慌忙刹住了车子。

"怎么了？"骑在前面的刘媛听见了我的喊声，也刹住了车子，往我这边推过来。

我急忙摘下背上的书包，拿出小天使，果然，有一边白色的翅膀从花纹纸之间戳了出来，羽毛被书包的帆布边蹭成了一团，有几片羽毛骨也折断了。

"天哪，这该怎么办？"刘媛把车子撑在路边，喊了起来。

"没事，我回去用剪刀修剪一下，再用梳子梳一梳，应该看不出来。"

"这样能行吗？"

"应该可以吧。"我虽然嘴上这么说，心里却难受极了，但也只能自我安慰，如果修不好的话刚好可以自己留下玩。

"没事，反正是送给曹欢的，也不用那么讲究，意思一下就行了。"刘媛说。

晚上回家之后，我放下书包就急急忙忙直奔卧室，把小天使小心翼翼地从书包里拿出来，解开蝴蝶结，从包装纸里拿出来。还好只是一边的翅膀被稍微压折了一点，我用热熔胶枪把翅膀骨粘了粘，等它干了之后，又用温水理了理羽毛。虽然不能完全恢复成原状，但是看起来还是好了很多。我把它装进了一个牛皮纸盒子里，重新扎上了丝带。

果然，曹欢生日那天，她的桌子上堆满了礼物。我捧着礼物走过去的时候，她的桌子边上围满了人。我把礼物递给她，她只是对着我笑了一下，示意我把礼物放在桌子上。我知趣地把礼物放下，回到了自己的座位上。那个扎着粉红色丝带的盒子在一大堆盒子中间，显得格外单薄，我在心里暗暗想着她不要发现翅膀上的痕迹才好。

可是，到了我生日那天，除了刘媛和同桌，再无任何人送礼物给我，曹欢坐在座位上，始终背对着我，没有往我的桌子上看一眼。

"你过去告诉她啊，今天是你的生日。"同桌怂恿我。

"她知道。"我说。

"她当然知道了，她这是在装傻。"

"算了，算了。"虽然我心疼那尊小天使，并且有一种上当受骗的感觉，但是我知道，和曹欢计较没有任何好处，也不会有任何结果。

周五无记名投票的时候，刘晨芳破天荒地点了我上去唱票，这早就俨然成为一项公开的特权。我对着送来的纸条不断衡量着，尽量少念出自己和跟我关系不错的人的名字，但又不能一次也不念，这样太过明显。刘媛的票数多得吓人，好像全班一半的人都投了她一样，并且那些具有侮辱性的话也并未减少。唱到一半的时候，我发现了熟悉的字体，那是我后桌的两个女生，她们在纸条上写着，"张璐的课堂作业错题太多"。

我在一瞬间变得怒不可遏。那是我再熟悉不过，甚至可以说是当作朋友的两个人，她们却对我做出了极具恶意的背叛行径，这是我无论如何也不能接受的。我草草地唱完了票，很快回到了座位上。

黑板上还在统计票数，我已经控制不住自己的情绪，转过身压低声音问道："你们写我了？你们为什么写我？"

"我们也没写什么坏话呀。"后面传过来轻飘飘的一句话。

"只要写了名字，就算数啊。"

她们没再回答，只是露出一副无辜的表情来。我顿时觉得疲倦极了，一下子靠在了后面的桌子上，后面的桌子有人拉了一把，我闪了一下，身体瞬间失去了平衡。

纵使这样，我们在某种程度上来说也是幸运的。王继筱的票数渐渐地越来越多，后来的几次评选她都名列榜首，刘晨芳把她的桌子单独拎了出来，放在了最后一排座位的更后面。刚刚调完座位，接下来的班会上，写着王继筱名字的纸条雪花一样飞上了讲桌。唱票的人一边抿住嘴唇，一边不怀好意地大声读出纸条上的话：

"王继筱骂生物老师是老母牛。"

"王继筱上课在教室后面跳舞。"

"王继筱偷摸班里男生大腿。"

"……"

每念一句，班里就爆发出一阵热烈的哄笑声，随之伴着七嘴八舌的议论声，站在讲台边上的刘晨芳也不制止，甚至嘴角露出了隐隐的笑意。没有人注意到那守着孤岛一般课桌的王继筱在干什么，班里的气氛空前地热烈起来。

在狂欢之后，刘晨芳先回了办公室，她向来不会等那些中标的人磨磨蹭蹭收拾东西，她知道没人敢偷偷溜走。刘晨芳刚走，陈思思就把大家拦在了门口，我想起了自己之前的行为，开始慌乱起来。也就是在这个时候，我才发现了陈思思和梁晨不一般的关系，暗暗斥责自己愚钝，我赶紧把这一发现告诉了刘媛。

陈思思坐在桌子上，把腿盘了起来，大声宣布："下周就是五一大假了，过节还是高兴点好嘛，哈哈哈，我肯定也会给大家送礼物的，你们想要什么东西，现在就报上来，我记下来，不报的我就随便送了啊，到时候可别嫌我送的不喜欢啊。"

"我要一个银打火机。"梁晨首先大喊了起来。

"要来点你妈的房子吗？"陈思思带着娇嗔的口吻骂道。

梁晨嘿嘿嘿地笑了起来，并且大声喊道："大家快多要点贵的，让这个家伙放放血。"

陈思思瞪了他一眼，开始拿着笔记本一排一排地询问起来。问到我这边的时候，我赶忙摆手说不用了，陈思思的脸拉了下来，说"你赶紧的"，我只好说道："我要一尊小天使摆件。"

陈思思手脚麻利地在笔记本上比画一番，又开始询问起下一个人。她走到教室后面，亲热地大声问王继筱："亲爱的，你想要什么啊？"

王继筱错愕地抬起头，用不可思议的眼神看着她。

陈思思又重复了一句刚才的话，王继筱仍旧不知所措看着她，她终于失去了耐心，不耐烦地说："你到底要什么？"

"随便吧。"王继筱小声回答。

陈思思在笔记本上记下了几个字——王继筱，随便。

回到家里，我开始在古董柜上来回地翻找可以送给陈思思的东西，我再也没有闲钱可以用来买礼物了。朋友们送给我的礼物我都舍不得送出去，但是其他东西又因为年代久远拿不出手，再就是爸爸的一些价值不菲的古董。我纠结了好久，在几个物件之间选来选去，最终选中了表姐送给我的一架木质音乐盒摆件，虽然它小了点，但是看上去还算体面。我用布纹纸将它包了起来，又从文具店里买了一只抽带蝴蝶结装饰在了上面，心想送陈思思礼物的人那么多，她应该不会注意到这个小小的音乐盒。

去学校那天，陈思思的课桌上果然摆满了东西，她的身边也围满了人。我从书包里掏出那个小小的音乐盒，捏了捏，打算等她的桌子摆得更满的时候再过去。这时我看到刘媛拎着一个很大的盒子走了过来，她很亲热又小心翼翼地搂住了陈思思的肩膀，一边试图贴紧她，一边把盒子递了过去。

陈思思接过盒子，当下就拆了起来，里面是一套包装精美的护肤品，是不久前还能在电视广告上看见的。陈思思愣了一下，随即又恢复了心安理得的姿态，她的脸上很快绽放出了笑容，并且也用亲热的姿态回应了刘媛。她一把把刘媛按在了旁边的座位上，热情地拉住了她的手。刘媛很显然并不习惯这样，她的胳膊肘抽搐了一下，好像想把手抽出来，当然她没有，甚至把凳子往陈思思的身边挪了挪。

在座位上观望了许久的曹欢终于按捺不住，拎着礼物走了过去，我注意到了她手里那个扎着粉红色丝带的盒子，看起来格外眼熟。曹欢把盒子放在了桌上，一副要驱赶刘媛的姿态。陈思思把护肤品套盒放在了一大堆盒子上面，顺手拆开了曹欢放下的盒子，一尊翅膀带着伤痕的小天使从里面探出头来，陈思思的脸色瞬间变得灰暗。

"玩呢是不？我是收破烂的？"

"不是"，曹欢辩解着，她回过头来，用怨毒的眼神狠狠地剜了我一眼，"可能是包装的时候磕坏了吧"，她不停地辩解着，但陈思思做了一个打住的手势，曹欢悻悻地拨弄了一下头发，回到了自己的座位上。

王继筱慢吞吞地从后排移了过来，把一个小盒子交给了陈思思，后者打开之后，随即发出了惊呼，周围的人一下子围了上去。那是一对粉色的海豚形状的水晶耳坠，陈思思拎起耳坠上的吊牌，发出了"啧啧"的声音，旋即朝众人宣布："从今往后，王继筱就是我最好的朋友，我不会允许任何人再欺负她！"

王继筱感激地看了她一眼，似乎想上前做点什么，但是良久也没有迈出步子，只是在原地踌躇了一会儿，转身又回到了自己的座位。

放学回家的时候，刘媛问我："王继筱不是经常挨弟弟打，身上的钱经常被弟弟抢走吗？怎么能买得起那么贵的饰品？"

"不知道，兴许是借的吧。"我说。

"说不定是偷的呢。"刘媛说。

"这话可别乱说啊，人家够可怜了。"我说。

我从书包里掏出了那尊翅膀断掉的小天使摆件，拿给刘媛看。

"怎么回事？"她叫道，"你没送给曹欢吗？"

我把小天使怎么到了陈思思手里的经过讲了一遍，我告诉她，在我送陈思思东西的时候，她突然记起我似乎想要一座小天使摆件，就把那个她憎恶无比的破烂恩赐给了我，兜转了一圈，它又重新回到了我的手上。

"是你和它有缘分。"刘媛说道。

临近期末考试的时候，我隐隐感觉到自己似乎有了恋爱，对方是隔壁班和我一起上英语补习班的王志睿，严格意义上来说，不算是恋爱，只是模模糊糊的一种感觉而已。我们经常下了课之后在河边散步，虽然不曾牵过手，但我们挨得很近。他的话很少，一直是我在喋喋不休地讲着。夏夜的晚风混杂着昆虫的味道吹过来，我立刻有了向谁诉衷肠的欲望，整个人也变得矫情起来。

　　我没头没脑地说道，"其实我很羡慕你们"。

　　"谁？我？我和谁？"他问。

　　"你们班，不用进行无记名投票的所有人。"

　　"噢，你们班那个，我听说过，你经常被选上吗？"

　　"也不是。"

　　"是也没关系，如果是的话，我就……"

　　"怎么样？"

　　"去你们班里说一说，让他们别再选你了。"他认真地说道。

　　我看着他天真的样子笑了起来，我告诉他其实我最近挺开心的，刘媛和我已经很久没有上过榜了，甚至我们好几周以来都不曾有过担惊受怕的感觉。

　　"那不是挺好的。"他说道。

　　他当然没有到我的班里来对人说不要选我，只是从那之后，他每天早操之前都会来教室门口，递给我一些薯片、干脆面或者火腿肠什么的，我觉得很不好意思，一方面是羞于接受他送的零食，另一方面是我实在不好意思在他面前展露我不大优雅的吃相。我们在门外推托了一阵，我执意不肯收下。

　　"你要不吃，给我算了。"陈思思趴在窗户上对着我们说道。

　　王志睿迟疑了一会儿，看了看我，把零食递给了陈思思。

　　陈思思接过薯片，笑嘻嘻地说："你们可千万别分手哦。"

期末考试之后，刘晨芳把我叫到了办公室里，她一口咬定我成绩的小幅度滑落是因为和外班的男同学谈恋爱，并警告我尽早结束关系，不然就要把这件事捅到我父母那里去。我不知道是谁把这件事情告诉她的，虽然这让我十分恼火，但是我也没有更大的反应，毕竟漫长的假期就要开始了，我在心里默默祈祷着她的健忘。

　　刘晨芳在一番警告之后，把一沓假期作业递给我，让我抱进班里分发给每一个人，并且说她要在最后一节班会上，宣读假期的注意事宜和去她家里补课的时间。我极不情愿地抱着一大沓假期作业往班里走去。等我走上楼梯的时候，我奇异地发现，班里不像平日里那样吵闹，出奇地安静。我好奇地透过窗户往教室里面看去，惊奇地发现里面的无记名投票正在如火如荼地进行当中，陈思思正把大家写好的纸条收集起来。我把假期作业放在讲桌上的时候，大家只是抬起头看了我一眼，然后很快陷入了忙碌之中。

　　正在整理纸条的刘媛走到我旁边说："快把你的票给我。"一副不容分辩的样子。

　　当我不耐烦地甩下几个人名，递给她时，她突然靠近我，对我挤了挤眼，我看了一眼黑板上正在行进的状态，顿时心领神会。

　　票数计算之后，王继筱仍旧占领着头号大位。大家默不作声在教室里安然等待着，甚至没有人交头接耳，我只好把假期作业抱下来，一本一本地分发给他们。等我刚刚分发完，陈思思就站到了讲台上，一一读出了前十名的名字。

　　"你们先站到讲台上来，等老师来了再处理。"

　　几个人低垂着头，慢吞吞地站到了讲台上。王继筱垂着头缩在最角落里。突然她猛地抬起头，眼睛之中蓄满了泪水，她发疯一般对着所有人大喊道："我不信！为什么每次都是我？我不信，我到底做错了什么？我不信这么多人都投了我！我要求重新唱票！"她的嘴唇因为愤怒和恐惧涨得发紫。

其他人被吓了一跳，教室里瞬间安静了下来。

"我要求重新唱票！"王继筱又喊了一遍。

我看到陈思思拿着纸条的手犹豫了，也许王继筱再喊一次她就会满足她的诉求。我突然想到了刘媛刚才的动作，几乎下意识地上前一把把王继筱推坐在了地上。

"重新唱票？你凭什么这么要求？你以为你是谁啊？每次选出来第一都是你，你怎么不反省反省是自己的问题呢？你也配提出这种要求？"我怒不可遏地对着地上的王继筱喊道。

王继筱靠着暖气管，泪水在脸上冲出了一道又一道肮脏的印痕，她憎恨地看着我，因为剧烈的抽泣而不断地打着嗝，她突然转向了陈思思："你不是说我是你的朋友了吗？你不是收了我的礼物，说会帮我的吗？"

陈思思惊愕地看着王继筱，半晌才说了一句："有病吧你，我什么时候说过？"但她明显犹豫了，她看了看围在讲台周围的人，把手伸向了讲桌上的纸条。

我迅速地上前，把纸条一把抢了过来，几下就把纸条撕成了碎片，揉成了一个大纸团，我对着陈思思说："没有必要再唱票了，已经有结果了，不是吗？她既不是老师，也不是班委，凭什么让她操控我们呢？"

陈思思怪异地看着我，终于点了点头。

直到下课，刘晨芳也没有露面，铃声响了，大家开始簇拥着往门外走去。直到所有的人都离开了，王继筱还坐在那里，泪水在她的下巴上凝聚成了一滴灰色的液滴。就在这时，我听到了刘晨芳在办公室里呼唤我的声音，我才意识到刚刚的一幕很有可能已经被她看到了，她或许就要责罚我了。我忐忑不安地走进刘晨芳的办公室，准备着接受她训斥，但她只是坐在椅子上面，微笑地看着我，有一瞬间我甚至觉得她如此和蔼可亲。

刘晨芳看着我，微笑着说道："张璐，我决定下学期换你做班长，怎么样？"她的眼睛里似乎闪动着火光。

我感觉到我的灵魂离地，向上飞升，不断融化，直至消失在了火光之中。是的，在曾经的某个瞬间里，我尝试着做出其他选择。我背包的一侧还装着一封布满水渍的班委辞职书，而在今早出发之前，母亲也提到了转校的可能性。但这些都在灼热的火光之中燃烧殆尽，化作粉尘。

刘晨芳盯着我，再次问道："怎么样张璐，意下如何？"

"我愿意。"我立刻回答道，我不能让她等太久。

光

　　当我意识到我与肖扬失去联系的时候，事实上与我们上次相见已相隔半年之久，在这天我突如其来感觉到一阵莫名的恐慌。我想起了那次看完演出之后，我们汗津津地站在 LIVEHOUSE 的阳台上，衣服几乎都湿透了，肖扬从衣兜里掏出一包利群，也可能是兰州，他点上一支，猛吸了两口，问我："你要吗？"我因闷热和兴奋口干得要命，但还是要了一支。当我举着烟环视四周的时候，我意识到我们在人群之中过于普通，我们穿着过时的衣服，头发的颜色也循规蹈矩，有几个经过的人往我这里瞟了一眼，只因为我把 T 恤的下摆塞进了内衣的松紧带里面。身边的人似乎都在微喘着，在半个小时之前，他们的瞳孔像猫一样骤然放大。舞台上留着长发的瘦削主唱赤裸着上半身，唱着"梅卡德尔的戏剧就要落幕了"，猛然把手里的吉他摔在了舞台的另一侧，人群中发出了一阵惊呼，鼓手皱起眉头疯狂敲击，舞台下的都举高了手，拼命大喊着，摇晃着身体。一个穿着短裙的绿头发女孩爬上了前面的栏杆，在高处自拍了一张，闭上眼睛向身后的人群倒去，无数只手奋力托住了她，把她托向了人群的后面。

　　"你知道第一个在舞台上摔吉他的是谁吗？"我问肖扬。

　　"不知道，是谁？"

　　"是彼得·唐申德。"

"没听说过。"

"谁人的吉他手。"

"是吗？今天倒是第一次见。"

旁边墙上的宣传海报不知道被谁撕走了，一块双面胶残留在墙上，另一边的墙纸剥落下来，几个男孩拿着打开的瓶装啤酒走了出去，带过的风把墙纸翻了一个面，音乐戛然而止，灯光也随之熄灭了。

我们也跟着走了出来，肖扬执意要去吃火锅。"之前说好的，请你。"他说。

我们走下楼梯的时候，迎面碰上了跳水的绿头发女孩，不知怎么的流着泪，脸上的亮片在泪水之中闪闪发光，像鳞片一样。

"她漂亮吗？"我问肖扬。

他扭头往背后看去，"她吗？我没注意看。"

"放屁，我那会儿还看见你的手托她了。"

"我没有。"肖扬从兜里掏出烟，他吸得很快，两口就吸完了一支，接着又点上了一支。

"你是什么时候开始抽烟的，我记得以前没有的。"

"我也忘记了，"他熟练地把烟递给我，"要吗？"

"不了，我不习惯这个味道。"我说，"你还记得快毕业见面那次吗？咱们去熙地港吃饭，你看见我在胳膊上挠来挠去，问我是怎么了。我让你看我的新文身，你还对我道德批评了一番，教育我女孩子最好不要抽烟什么的，现在怎么变了个人？"

"是吗？我当时这么说了？对了，说起文身，现在还在吗，我忘记是什么图案了，似乎是一行字母？"

"不然呢，难道搓澡搓掉了不成？"

我们在火锅店为了找一个靠窗的位置费了一番功夫，人比想象中要多。"喂，你说赵泰他们会不会也来这里？"我说。

光

他迟疑了一下，似乎想了半天才说："谁？"

"乐队的人啊，我听说他们演出完了都会去吃夜宵的，或许我们会碰见他们，可以蹭个合影什么的。"

"你想合影？那刚刚怎么不留下？"

"那多傻啊，好像追星一样，我是说碰到的话。"

"嗯，不过说真的，你能想起叫我一起看演出我很高兴，点菜吧。"

肖扬的话让我再次陷入了愧疚之中，如果不是出于对他的了解，我或许会怀疑他这番话出自故意。

"你是班里最漂亮的，别人也这么说，他们指给我看，说你最漂亮。"他当时这么说，我居然可笑地相信了，当我清醒过来，我意识到他们所指的其实是坐在我身后的另一位，不过我有理由相信，肖扬话中所指确实是我。

"对了，Summer呢？我好久没见过它了。"

"还是和我奶奶在一起，它现在老了，除了我奶奶谁也不认，我回去想带它散步，它也不跟我了。"他说。

一只狗的生命有多长？当我这样想的时候，我才意识到与我们初识已然过去八年。一只狗的寿命能有多长？当我们第一次在河边散步的时候，Summer也许才两三岁，肖扬站在堤坝上，一只手牵着白色的大狗，另一只手上拿着一本《人与永恒》，这个画面强有力地掩盖了他身上的其他缺点，甚至掩盖了他的木讷和不善言辞。他看着我走过来，脸上情不自禁露出了羞报的笑容，我把手上作为交换的《挪威的森林》递给了他，于是两本书都拿在了他的手里。他把牵引绳松开，从兜里掏出一块泡泡糖递给我，我嚼着泡泡糖在狗的面前蹲了下来，Summer高兴地大张着嘴，一股涎水滴在了我穿着短裙的腿上。

"噫"，我把腿上的液体指给肖扬看，他平静地从兜里掏出一

　　　　　　　　　　　　微风吹起黑色帷幕　|

张纸巾。"狗都是这个样子的。"他说。

我们开始聊起了班上的琐事，这个时候肖扬说了那句话，"你是咱们班里最漂亮的"。

"你在搞笑吗？"我说。

"不是我这么说的，坐在后面的人指给我看，说你是班里最漂亮的，我走进来的时候故意留意了你，的确。"他的脸上没有露出戏谑的表情，事实上，他的脸上从来不会露出戏谑的表情。直到某天上课的时候，我转身和后排的女生说话，才突然意识到，那些男同学跟肖扬所指的并不是我，我瞬时感受到一丝感动，很快被巨大的沮丧所掩盖。

火锅店的服务员照例热情地送上了一碟炸酥肉，肥肉片裹上一层蛋液，炸得干干的，一咬下去油汁在嘴里"吱"的一声炸开。

"谢谢，不要这个。"我说。

"这个是赠送的。"服务员说道。是个瘦削的男人，戴着一副过时的黑框眼镜，三十岁上下的样子。

"但是晚上吃这个太容易胖。"

"这个很好吃的哦，吃一次怎么会胖呢，而且你又这么苗条，再说了，"他露出狡黠的神色打量了我们一下，"吃胖了也不怕，你男朋友肯定也不敢有什么意见，对吧。"

我尴尬地看了肖扬一眼，试图解释几句，但他仍旧低头吞吐着烟雾，好像什么都没听见一样。

"你一天能吸掉半包烟吧？"我说。

"至少一包，最多有一次，一天两包。"他把玉米煮进了白汤里。

"你疯了？命不要了？这么搞肺不痛吗？"

"睡不着啊。"他说。

"失眠？还是睡不踏实？"

"是压根就睡不着，躺在床上，闭着眼睛翻来覆去，一直折腾到天亮，反正是怎么样也睡不着，睡不着就一直抽烟，一晚上就能抽一包。"

"没试试睡前喝杯牛奶吗？"我说。

"试过，冲过奶粉，后来想可能奶粉没有用，又跑了很远买了现挤的牛奶自己煮，没用。"

"那就还是不够累，你试着晚上去跑上三公里，看你回去睡不睡得着。"

"也不是，"他又点着了一支烟，"有一天晚上工作结束，挺晚了，没打车，夏天，也不冷，就从广播电视台一直走回我住的那里，至少有十公里吧，开始还听着歌，中途手机就没电了，走了整整一夜，凌晨五点多才走到。回去之后躺在床上，还是睡不着，九点多起床又去银行了。"

"不会头痛吗？"

"还好，一整晚总在想事情，想过去的事情，越想越翻来覆去地睡不着。"

我抬起头，看到他把筷子放在了碗上，两只手撑在桌子上，我试图放低身子看清他的表情，以便缓解突然而来的紧张。

肖扬很快看完了我借给他的书，于是我们有了更多的理由见面，有时候是还书，有时候是遛狗。肖扬告诉我，在之前的学校里，他有一个喜欢的女孩子，好像是他的同桌还是什么的，他们经常一起吃饭，散步。

"我语文好，她数学好，我想过我们在一起特别合适，又很互补，我还想过，以后结婚了，每个人可以辅导孩子一门功课。"他认真地说道。

我忍住想笑的冲动，问："那她喜欢你吗？"

　　　　　　　　　　　微风吹起黑色帷幕　|

"我想应该是喜欢的吧。"他说。

"哦，那她漂亮吗？"

"还可以吧，算不上难看。"

我想象不出一个长得不算难看的女生在现实之中是什么样子，我对于肖扬的审美也持着保留态度，与之关联的部分让我觉得可笑至极，但在那个时候，我还没有养成嘲讽别人的坏习惯。

为了掩饰脸上的表情，我赶忙转移了话题。"有段时间，我每天给一本书里的人物写信，写完了，自己会读一遍，再烧掉。"

说完之后我才意识到，这件事情比他所说的更加可笑，他仍旧一脸认真地看着我。

"那些信还在吗，现在？"

"你是白痴吗？不是说都烧掉了吗？"我停下来，任由 Summer 去嗅一棵柳树的根部，它嗅了一会儿，抬起头看了看我，又看了看肖扬。

"走。"我说，它抬起腿欢快地往前跑去。

"我也有喜欢的人。"我说。

"我知道，"他说，"大家都知道。"

"你怎么知道？谁告诉你的？"

他沉默了一会儿，说："借给你的书看完了吗？"

"还没，"我说，"我在看别的。"

"哦，那没事，你可以慢慢看的。"

"你不想知道我在看什么吗？"我对他的反应感到失望。

"想，你看的是什么？"

"一本是尼采的《悲剧的诞生》，另一本叫《洛丽塔》，都是他推荐给我买的。"

"后面这一本我听说过，不过，"他停顿了一下，说，"挺好的。"

光

河边是一个象征性的称呼，并没有河，实际上很久没有河了。有时候我怀疑，这里从来都没有河，那怎么会莫名其妙地有一大段的河床。但曾经有个老师跟我们讲，从前确实是有河的，他们会在河里洗澡、洗衣服，"头发只在水里洗一下，就像用了飘柔一样顺滑"。后来不知哪里把污水排进了河道里，仍旧有两个孩子去河里洗澡、嬉戏，结果他们的身上长满了密密麻麻的脓包，皮肤一块块地剥落下来。到我们看见的时候，只剩下了干枯平整的河床，只有几个大的排污口下面还窝着几丝绿莹莹的脏水。

"我曾经在这里看到过蛇，你相信吗？"我说。

"是吗？河里？"

"对，还是很小的时候，我和姐姐过来玩，我们刚刚从堤坝翻过去，沿着一条土路滑到河床上，看见一条蛇缠在一块很大的石头上面，橘红色的。其实我还想多看几眼，姐姐很害怕的样子，拉着我很快就跑了。"

"嗯，还是尽量不要靠近的好。"他说，"我借你的那本书，你看了吗？"

"还没有。"我说，"你听说过《挪威的森林》的续著吗？"

"没有，你看了？"

"听说是村上春树的爱慕者，一个叫作福原爱姬的女人写的，据说在日本算是一封公开的情书。不过我要是村上也不会理这个女人的，写得烂得要命，绿子像直子一样自杀了，又出现了一个类似当年的绿子那样的角色，消失了的'敢死队'同志又出现了，反正就是复读机一样把原著复读了一遍，就这种货色也敢大张旗鼓地宣传。"

"那要是让你来写，你会怎么续写？"肖扬一脸认真地问道。

"神经啊，别人已经完成了的东西你干什么还要画蛇添足，有毛病？"

"可是我觉得，渡边总要生活吧，总应该有新的经历吧。"

他的神情很认真，或许我应该说一句"你完全不懂文学"什么的，但是我没有。我四下张望了一番，压低着声音说道："肖扬，告诉你一件事情，你千万不要告诉其他人。"

"不会，你说吧。"

我把脸扭向另一边，看着河那边的矮山说道："我怀孕了。"

"是他？"

"嗯。"我仍旧盯着那座矮山。

"他怎么说？ Summer，过来，过来。"

我听见了狗跑过来的声音，接着是呼哧呼哧的喘息声，一只毛乎乎的爪子搭在了我的脚背上。

"他说他不要。"

"混蛋，人渣，他妈的，他还算是个人吗？"他大声咒骂了起来。

"你打算怎么办？"他说。

"我不知道。"

"我帮你养。"

"你说什么？"

他的情绪突然激动起来："我帮你养孩子，我可以不去上学，赚钱养你和孩子。"

"真的？"我问。

"真的，放心吧，我拼上命也会让你过得好的，只要你愿意，我会把你接到我的家里来，让我奶奶照顾你的，相信我。"

"好啦，好啦，"我把 Summer 的前腿抱起来放在膝盖上，笑着说，"开玩笑的啦，你怎么还当真了。"

光

"我不会像那个烂人那样的，我一定会对你好的。"

"行了"，我不再笑了，"我都说了是开玩笑的了。"我把狗放在了地上，重新转过脸望着那片矮山，最下面一层是泥土混合着石头，上面是大块的沙砾，再往上是沙土，支撑着孤零零的几棵枯树，在黄昏残余的暑气之中轻微晃动着。

我听见肖扬在我身后说："我会把你们照顾好的，真的。"

在那之后我们谁也没有提起过这个玩笑，假期结束之前，从大城市过来的姨妈和小姨过来办事，随行而来的还有许久没有见面的表姐和表妹。小城资源和风景的匮乏令我感到万分羞愧，我带着他们穿过了整个小城，终于来到了常去的河边，期望这里能让他们不感到那么无聊。

"这是河？没有水也能叫河？"表妹捏着鼻子说道。

"太无聊了，没有一些有意思的东西吗？"

"有，"我说，"我同学有一只很可爱的狗，萨摩耶，我让他带出来怎么样？"

在接到电话后没多久，肖扬就和 Summer 出现在了河道的另一端，他看到了我们，默契地松开了绳子，Summer 像一团雪球一样狂奔过来，在我们的腿上舔来舔去，表姐和表妹瞟了一眼渐渐走近的肖扬，问道："它叫什么名字？"

"他叫肖扬。"我说。

"我是说狗。"表妹说道。

"Summer，"肖扬说，"它叫 Summer。"

她们不再作声，不断地抚摸着 Summer，做出指示的口令，Summer 呆呆地抬着头，伸着舌头，涎水拉得长长的，滴在了地上。

回家的时候我破天荒地打了车，在上车后的很长一段时间里，我们都沉默着。突然，表姐说道："他喜欢你吧？那个男的。"

"谁？"

"你的那个同学啊。"

我迟钝了几秒，说："没有吧，怎么这么说？"

但她们似乎没听到我的话，表妹扭过头对表姐相视一笑。

"他是喜欢你吧，姐？他肯定是喜欢你。"

"没有。"我说。

我低下头，看到手机上有一条肖扬的信息，"回到家了吗？"

"嗯。"我回复。

"我借给你的书，你看完了吗？"

"没有，"我回道，"周国平就是个傻×。"

从火锅店出来的时候，街灯还亮着，这里的街灯什么时候都不会熄灭。夜车驶过的声音格外刺耳，几个和我们看完同一场演出的人蹲在路边抽烟，一言不发。

"你住在哪？我送你回去。"

"不用了，"我说，"你早点回去吧，现在不知道还能不能打到车，回去之后会打扰到你的室友吧？"

"有车，没关系的，他也睡得很晚。"

"明天还要工作吧？"

"没关系的，反正我回去了也睡不着，睡着了也会很早醒来，工作倒不用去太早，银行九点钟才开门的。"

"你在银行工作吗？"我突然意识到我们对于对方的工作都一无所知。

"不是，"他顿了顿，"我没有和你讲过吗？"

"没有。"我说。

"很难讲，反正我也就是个跑腿的，去公司拿上资料去银行开户，别人把钱打进来，我再负责做账之类的，做一单算一单的钱。"

"类似于洗钱？"

"算是吧。"

"不会有问题吗？"

"没办法啊，注册会计师资格证也没有考到，学校也不像你这么好，先做着吧，攒攒钱我就辞职了。"

"万一出了事怎么办？"

"我刚来那会儿，还在城中村里面住过五块钱一晚的房子，好几个人住一间，连一张钢丝床也没有，只有用砖垒的一个……嗯……东西，上面铺一个很脏的垫子，根本不洗，不知道多少人躺过。你以为这样的地方没人住吗？有不少人长年累月地住在那里，一些烂仔，什么事都做的，这种的出事了都会花钱找他们顶，在里面蹲几年，我们只是跑腿的而已，没事的。"

"真的没问题吗？还是找个稳妥的工作吧。"

"嗯，等攒了一些钱吧。"

"那个是书店吗？"我们突然看到了一家灯火通明的店铺。

"好像是的。"

"进去看看？怎么会现在还开着门，不会是什么卖小孩的地方吧。"

"这里写着24小时营业。"他说。

我们走了进去，意外的是里面的人并不像我们想象的那样少，一楼是根据品牌分成不同区域的文创商品，我拿起几个看了看，全都价格不菲。二楼是旋转回廊，设计得挺不错，我随手拿起来一本。肖扬沿着书架走了一整圈，转回了原地。

"在看什么？"他问。

我合上封面在他眼前晃了晃，"克尔凯郭尔"。

"你一直在读书，挺好的，我好久没看过书了。"

“为什么不？”

“不知道，就没想到。”

“那你失眠的时候干吗不看？”

“就是没想到，身边也没人看。”

“你现在和高中同学们还有联系吗？”我说。

“基本上都没什么联系，你突然叫我我还觉得很意外。对了，你还记得我们班的杨小渝吗？”

“对这个名字有印象，是那个总扎着斜马尾的女生吧？她怎么了？”

“她不是大学毕业就结婚了吗，去年突然有一天她给我打电话，说她嫁的那个人有老婆，还有两个孩子在农村，她怀孕了，不知道要怎么办，电话那边一直在哭。”

“怎么会这样，结婚前没有了解清楚吗？”

“就是那个男人把她骗了，挺可怜的。”

“那你怎么说？”

“我就安慰了她几句，后来也不知道怎么样了，没再联系过。”

“你之前和她关系不错？”我问。

“不怎么熟。”

“那怎么会打电话和你说这些事情，是不是喜欢你？”

“没有，也是走投无路吧，没有人可以倾诉，我也帮不了她。”

刚刚在路边蹲着抽烟的几个人也走了进来，我从楼上看到他们轮流试一只带着木质手柄的扎染帆布包，女孩把吊牌拿起来看了一眼，戳了戳旁边的人，他们嬉笑了一阵，把包重新挂上了架子。

“走吧，回去吧。”我说。

“这本书，不买吗？”

“不了，回去之后在网上买吧，这里都没有折扣。”

"你住在哪？"从书店出来之后，肖扬问道。

"很近，在那儿。"我向他指了指。

"那个，条件不怎么好吧。"

"没事，"我穿上了拿在手上的外套，"只有一晚上，将就一下吧。"

"我一个伙计，在附近的一家酒店上班，五星的，我今天还发消息问他能不能给搞个房间，他说要不是周末，其实是可以的，唉。"

我挠了挠鼻子："没事，你回吧，我就两步路。"

"没事。"

我们往酒店的方向走去，走到楼下时他说："你上去吧，我回去了。"

我并没有立刻上楼，一直看着他搭上了出租车，我的羞耻心才在一瞬间降临，并且庆幸他一次也没有回头。

在这个时代，很多人可能认为与一个人失去联系很难。当我意识到我和肖扬失去联系的时候，那距离我们最后一次见面已然过去了六个多月。在这六个月里，我们没有过任何联系，甚至朋友圈里都没有互相点过赞。我想起来，肖扬已经有两年时间没有发过朋友圈了。

半年前，我迷上了现场音乐。那时正值春夏之交，每个城市都在办音乐节，我告诉他我要去看北京的，他说那你一定要叫上我。

"我们要住在哪？"出发的前几天我发消息问他。

"去了再说吧。"他回答。

"不行，你去了拿着一堆东西怎么找，还是提前预订好吧。"

"好，你不用管了，我来订。"

　　　　　　　　　　　　　　　微风吹起黑色帷幕 |

"行，那到时候我把钱转给你。"我说。

当我坐上开往北京的火车，肖扬打电话说他刚好遇到了紧急的工作，可能会晚一点到。

"没关系，"我说，"你来的时候帮我带个鼠标吧，我忘带了。"

从火车上下来的时候，天还没有黑，不知是错觉还是心理作用，我总觉得北京的天空显得很矮，无论是视觉效果上还是在手机镜头里，总是暖色调的，不管是晴天还是雨天。

费了一番功夫，我终于根据地图定位找到了肖扬订的酒店，在一个小胡同里，旁边是一家不小的兰州拉面馆，虽然已经过了吃饭的高峰期，里面还是坐满了人。

"您好，您预订的是普通标间，身份证出示一下。"前台的中年男人说道。他从我的手中接过身份证，"咦，老乡啊。"

"是吗，真有缘。"

"还是同一个市的呢，"他笑着对我眨了眨眼睛，放低了声音，"免费帮你升级了哦。"

"谢谢。"我对他笑了笑。

"衣服很漂亮，看起来比实际年龄小很多。"他隔着柜台把房卡递给我。

我的脸骤然间红了，从大学毕业以后我一直执意穿着不合时宜的衣服，同事之间见面总会调侃几句，"你这是 cosplay 吗？"更有甚者会说，"干吗一天打扮得像去拍毛片一样。"也有关系不错的认真问过，"为什么不打扮得正常一点？"我回答不上来，但也丝毫没有因为这些话而做出任何改变。而这样一句来自陌生人的可以说是友好的话，让我过分心虚和羞愧难当。我突然意识到了原因，只不过是一种掩饰罢了，类似于一种伪装出来的态度，佯装出来的所谓热爱大于现状。

肖扬到了的时候我已经睡着了，在半梦半醒之中我听到门锁被打开的电子音，他轻手轻脚地走了进来，接着是一只塑料袋放到椅子上的声音。他坐在了旁边的床上，沉默了一分钟，掀开被子躺了进去，房间里重新陷入了寂静，只有手机的指示灯在闪着微弱的绿光。

我静静地听了一会儿，他好像陷入了昏迷一样，一点声音也没有。

"肖扬。"我面朝着天花板说。

没有回答。

"肖扬。"我从床上坐了起来。

房间里静悄悄的，窗帘被风刮动的声音格外清晰，窗外偶尔传过一两声车子疾速驶过的声音，就像是黑暗之中的光剑一样穿透人心。

醒来的时候，肖扬还在睡着，背对着我。椅子上放着一只透明的塑料袋，里面只有一件叠好的 T 恤和一只鼠标，我把鼠标从袋子里拿了出来，从手提箱里拿出了电脑，把鼠标插在了上面。

"你醒了？"

"嗯，你睡得挺香，完全没看出来你会失眠。"我一边开电脑一边说。

"哎呀，确实是，昨天好像一倒下就睡着了。"他揉着眼睛，有点不好意思地说。

"所以说，你平常老喊失眠，就还是不累呗。"

"嗯，你怎么还要工作？"

"没，我写点东西。"

"那你先写吧，我下楼去抽支烟，昨天在飞机上一直没抽，快憋死了。"

"你去吧。"我说，"少抽点。"

我看着他在透明的电梯中不断下坠，突然感觉到难以遏制的愤怒。

到了现场的时候已然过了正午，在毫无遮蔽物的郊外公园门外，我们排在队尾，在强光的照射之下半闭着眼睛，肖扬不时离开队伍，到远离人群的地方吸烟。周围低矮的土墙上贴满了大幅的宣传画，他正站在一幅画的中间，他低下头，吸一口，抬起头把烟吐掉。他机械地重复着这个动作，看不出任何放松、享受或者痛苦，就像是在完成一项已经成为习惯的工作。当他回到队伍里面的时候，烟盒里面只剩下了两支。

"一会儿进去你想听谁的？"我指着乐队出场牌问。

"我都不熟悉，跟着你吧，你觉得哪个好听就听哪个。"

过了安检之后，前面的几个男孩迅速从衬衫下面掏出了一面灰色的旗子，套在杆子上举起来飞快地向前奔去，旗子在奔跑之中展开，上面印着几个大字"和你在一起"，三个对着的舞台都已经排起了长队，我们随便加入了一个，跟着人群涌入了围着铁丝围栏的舞台。舞台上的立陶宛女歌手甩着湿透的长发，从舞台的一边跳到另一边。我看着肖扬被人群推搡着离我越来越远，但我只顾着闭上眼睛，跟着周围的人一起随着音乐拼命跳动。有一个胖胖的男孩背着一个绿色的桶，我曾经很小的时候看见爷爷用来喷洒农药的，往人群之中喷洒。更多的人围了过来，我在恍惚之中又看到了那面灰色的旗子，上面被水浸湿了的"和你在一起"。

一场散了之后，我和肖扬终于找到了一个阴凉的地方，是一个化妆品赞助商搭建的简易棚后面，正对着一个副舞台。

"这里还不错，虽然看不见，但是听得很清楚。"我用门票使劲地扇着风。

"站起来其实可以看到。"他说。

"你的工作，你父母没问过吗？"

"没有，我爸现在好像在越南，上次打电话还是去年，我连他微信都没有。我妈也有自己的事，自从大学毕业她也没再给过我钱，也不问做什么。"

"大学的女朋友呢，还有联系吗？"

"没有了，可能她已经结婚了。你呢，和你男朋友怎么分手了？"

"他回老家考公务员了。"

"太可惜了，在一起那么久。"

"有什么好可惜的。"我盯着他的眼睛。

"我是说……"

"嘘，"我粗暴地打断他，"别说话。"

"怎么了？"

"你听，"我指了指对面的舞台，"歌词，好像是 see the sun。"

他听了一会儿，说"好像是的"，他好像不经意之间瞟了一眼我的手腕，"所以是什么意思？为什么文了这个？"

"我没有和你讲过吗？"

他摇头。

"嗨，就手腕上有几道疤，老有人问老有人问，给我问烦了，我说文个东西盖起来吧，结果他妈的注意的人更多了，遇到个人就过来问，咦，有个文身啊，我看看文的啥，起了反效果了倒是。"

"所以那到底是什么意思？"

"字面意思啊。"

"嗯？"

"活着。"

他望着我，似乎想要说什么的样子，但最终他的眼里透露出一种不可捉摸的迷茫，像被老师询问是否听懂的学生那样，点了点头。

"肖扬，你现在怎么会变成这样？"

"什么样？"

"就好像完全放空一样，什么情绪也没有。别人失眠还知道去嫖妓，你呢？告诉我，你最近一次情绪最强烈的时候，有吗？"

他甚至认真地想了一下，说："没有。"

"你还记得高中的时候吗？我们坐在河边，你那个时候尚且还会喜欢一个女孩，你说你语文好，她数学好，你们以后有了孩子可以各辅导一门课，你还会送她一枚发夹，你还记得你怎么描述的吗？上面镶满了彩色的水钻，特别漂亮。现在呢？"

"我不知道。"他说。

"你已经完全麻木了，你感觉不到吗？"

"上个礼拜，我去银行开户，给我办业务的姑娘突然说，你这个归属地怎么在缅甸，吓得我一身冷汗，幸好她没有再问，也没有报警。"

舞台那边突然响起了欢呼声，所有的人都侧目观看，一阵激昂的鼓点声响了起来，接着是贝斯，又是更长的一段鼓手 solo，台下的人围成了几个圈，排成火车的队形，跟随着鼓点互相撞击。

"是 *Moby Dick*。"

"是致敬吧。"我说。

"走吧。"他从台阶上站起身，把手伸给我。

"嗯。"我站起来，拍了拍沾在腿上的草和土，我看到肖扬的衣服上也沾了许多，但我什么都没说。

从北京回来之后，我仍旧像从前一样。从单位的院子里穿过的时候，时不时有一些人会停下来，一脸关心地叫住我，"你在这里两三年了吧？还不参加考试吗？我要是你，我都着急死了"。我有时候会沉默，有时候会冷笑，但大部分时间是一脸木然地望着他们，等待着提问环节的结束。

　　有好几次，不知出于什么样的心态，我想告诉肖扬，我写了一篇以他为主人公的小说。但是我想沉住气，写完了再发给他看。他也没再联系过我，我有时候会突然想起我们那天在看完演出之后，去看画展的情形。他在好几幅画面前站了很久，从他的表情之中，无法判断是若有所思，还是神情不属，他也不曾像其他人那样拿起手机来拍照。

　　“你打算做什么？”他在那时突然这么问。

　　“什么意思？”

　　“我是说，回去之后。”

　　“我想弹吉他，”我说，“我还想学版画。”

　　小说里的肖扬有着和现实生活之中如出一辙的性格，但是却有着更坏的运气。他像平常一样去银行里办业务，柜台里面坐着一个扎着丸子头的女孩，肖扬没怎么注意女孩的样子。他在女孩操作的时候，抽空看了看手机。突然他听到女孩用疑问的语气说：“怎么显示归属地在缅甸？”肖扬吓出了一身冷汗，但是对面好像没再追问，从银行出来之后，他悬着的心才慢慢放了下来。

　　“肖扬。”他突然听到背后有人叫他的名字，是那个丸子头女孩，她比他还要高一点。

　　“肖扬，”她又叫了一声，“我知道你在做什么。”她的身体微微前倾，微笑着对他说。

　　“你想怎么样？”他问。

　　“不怎么样，我刚刚请了个病假，你不请我喝杯奶茶吗？”

　　丸子头女孩带着肖扬坐了三站地铁，走进了一家连锁奶茶店，她慢慢悠悠地喝完了奶茶，又点了一份打包。他注意到女孩的脸上有很多红色的小痘痘，他想，一定是喝了太多奶茶的原因。

"加个微信，我还会来找你的。"女孩把手机伸了过来。

她果然没有食言，之后每隔几天她都会来找肖扬一次，有时候是一起看电影，有时候是要他请吃饭，好像就是为了找个人请她吃饭看电影而已。肖扬也这么想，不过也没什么，吃饭和看电影又花不了多少钱，况且他压根也没有存钱的打算。

丸子头女孩引诱了他，他之前从来没有幻想过这些。事实上作为作者，我也不清楚他到底有没有想过。他发现女孩年纪比他大，并且大不少，但是这也没什么关系，因为他也没有爱上她。当她把头发散下来的时候，他发现她的丸子头是假的，是一个扎上去的假发包，散下来他才发现，下面是一头微微褪色的绿色短发，写到这里的时候，我脑子里不知为何出现了那个跳水女孩流泪的脸。

后来女孩很长一段时间都没有出现，他有过几次想去找她的念头，但是很快就打消了。直到女孩给他打电话，告诉他她出了急事，向他借三万块钱。肖扬拒绝了，不是因为知道她在骗他，他确实没有钱。

"我知道你在做什么，你想清楚。"女孩在电话那边说。

肖扬第一次没有回我信息的时候，我不快了一阵，但是很快就忘记了，也不是什么重要的事情。但当第二条信息在三天之后，仍旧没有收到回复时，我终于忍不住给他打了个电话。关机。我猜想他可能是在飞机上，或许也可能正在开会，但一直到晚上，电话那边依旧提示是关机，我突然感觉到了巨大的恐慌。我意识到，我们之间如果切断了网络和通信，我几乎对他的现状一无所知。我询问了几个旧日的同学，但他们都表示在毕业之后，就与他再无联系。终于在询问到其中一个时，她告诉我她认

光

识肖扬现在租住在一起的室友，并且把他的微信推给了我。

"请问肖扬现在什么情况你知道吗？"我问他。

"在公安局。"我终于得到了确切的回复。

"具体怎么回事？"

"我不知道，我不清楚。"

"在哪个公安局？"

"三路那边，我去问过，人家说除了家属不让进。"

"你知道是因为什么吗？"我问。

"不清楚，他的事我都不是很清楚。"

他在撒谎，我知道他在撒谎，肖扬告诉过我，他的工作还是这个人介绍给他的，他最好的兄弟，多年的朋友，甚至毕业了还租住在一个房子里面，没钱的时候还挤过同一张床。

但我什么都没提，只是说："他有消息了麻烦你告诉我一声，谢谢。"

"嗯。"对面回复。

我在百度上查到了他所说的公安局的电话，一个男人接了起来，声音充满了不耐烦。

"请问一下有一个叫肖扬的人现在关在这边吗？"我小心翼翼地问道。

"他犯了什么事？"

"我也不清楚。"

"你是他的什么人？"他粗暴地问。

"我是他的表姐，家人让我打听一下他的情况，他在外面具体做什么我们也不太清楚。"

"不让随便打听，直系亲属自己过来问。"对面"啪"的一声挂断了电话。

或许我可以去找他。但是这个想法一出现就被我否决了。我们之间隔着八百多公里，又不是坐一班地铁就能到，而且我又不是他的直系亲属，人家肯定不会放我进去，况且我还要上班，我明天一早就要上班。

我打开电脑，点开一个月前已经写完的小说，关于故事里肖扬到底有没有把钱给她，我当时犹豫了好久，最终他还是东拼西凑把钱给她打了过去。之后他生病去医院检查，当他坐在医院楼下椅子上等化验结果的时候，他突然特别想找个人倾诉，但他发现他翻遍了手机找不到一个合适的人选。鬼使神差之下，他拨通了丸子头女孩的电话。对面接了起来，他半天不知道说什么。"我生病了。"他说。

"哦。"女孩说，然后过了几秒钟，挂掉了电话。

他坐在椅子上仰起头，一束光正好打在他的脚边，他开始幻想自己的死亡。

这篇没有投出去的稿子一直放在我的桌面上，我重新看了一遍，然后点击右键，将它删除了。

我点开了肖扬的头像，"对不起"，我发道，然后很快又撤回。

"回来之后联系我。"我发出，然后又撤回。

我突然想起了我们那天在音乐节上听过的那首歌，我急不可耐地打开当时的出场单，找到了那个乐队，点进去之后我愣住了，那是一支俄罗斯的本土乐队，从来没有唱过任何英文歌曲，我随便点开一首，一个沙哑的男声操着饶舌的俄语唱着，只有一句歌词：

"光被太阳挡住不见。"

"光被太阳挡住不见。"

光

斑驳的眼

兔　子

　　十二岁之前，赵晓薇一家都住在医院的家属楼里，医院专治骨科和烧伤，县里的人都喊它骨科楼，旁边紧挨着的是一所更大的医院，并且有着更响亮的名号——县医院。赵晓薇一家住在骨科楼的四楼，它是专门给没有房子的医生和护士所安置的。长大之后，赵晓薇常常在电视剧里听到"筒子楼"这个词，觉得颇带新奇，实际上却不知道自己住了十多年的地方也归于此名目之下。三楼是手术室、院长室和其他办公区域，二楼是排列密集的病房，一楼是和三楼同样黑暗的过道，药房和其他一些不明用处的黑暗房间。走廊尽头是简陋的放射科，窗外一棵低矮的柳树在常年的放射光线之下扭曲变形。

　　四楼住的大都是结婚时间不久的夫妇，孩子的年龄有和赵晓薇相仿的，也有更年幼的。他们在黑暗的楼层之中随意地穿梭，有时候间或听到某个母亲的呼唤，支使其中的一个去楼下买某个东西。赵晓薇时常成为其他母亲夸赞的对象，她敏捷、迅速，买回来的东西准确无误，最重要的是，她是最听话的一个。她的母亲只在四楼呼唤一声，就看到赵晓薇小鹿般的身影一颠一颠地跑上楼去，接过零钱，从四楼的扶手上一直滑到底部。

从四楼到三楼的转角处，一边的角落是水泥砌成的简陋下水道，楼上的人都称它为恶水池。在另一个角落堆放着大块不知用途的厚木板，上面用粉笔写满了简短的词语。赵晓薇根据父母经过时的神情敏锐地察觉到，木板上的话令他们感觉不适，并且不愿意让她看见。不过幸好赵晓薇对它们的兴趣也不大。

　　后来，赵晓薇回忆起来，感到奇怪的是，在当时的医院里居然会有那么多随处可见的粉笔。其他孩子不在的时候，她一个人蹲在三楼黑暗的楼道之中，借助安全出口绿色指示灯微弱的光亮，用一截粉笔头在地上画画。很快，灰色的水泥地上画满了各种难以分辨的图案，几乎一整个下午，没有人注意到这些灰色地面上多出来的图案。母亲下班的时候，会用一把蘸满了水的墩布把它们统统抹掉。多年以后赵晓薇在看惊悚电影的时候，常常会在脑海里构建起当时的场景。一个小女孩在黑暗的楼道里蹲在地上用粉笔画画，很少有人经过，这时突然有人在她的身后问，"你画的这是什么？"

　　赵晓薇转过头，看到院长砰地关上了院长室的门，向她走了过来。

　　"是兔子。"赵晓薇回答。

　　"这个呢？"他用鞋尖指着另一个图案。

　　"站着的兔子。"

　　"画得不错。"院长说。

　　在很长一段时间里，赵晓薇觉得几乎没有人注意到三楼和四楼之间拐角的木板上多了一行粉笔字，不仅如此，旁边还有一个富有羞辱意味的简笔画。她每天都要经过那块木板，看到的时候总有一种特别的感觉，混合着得意与不安。直到有一天，她和住在相隔两个房间的玉子一起下楼，玉子清晰地把那句话读了出来。

斑驳的眼

"张阿姨，是我们楼道的张阿姨吗？"玉子问。

"我不知道。"

"这是你写的，你怎么会不知道？"玉子盯着她说道。

"这不是我写的，你怎么知道这是我写的？"

"我看见了，"玉子说，"我看见你用粉笔写的。"

赵晓薇无法理解这句话背后预示着什么，她紧张而不解地盯着玉子，试图从她的神情之中捕捉到什么。

"你看见了什么？"她问。

玉子伸出手在木板上抹了一把："我没看见啊，我是说，我一看就知道这是你写的。"

赵晓薇判断不出她哪句话到底是真的，她也伸出手，在木板上使劲抹了几下。在那之前，她和每一个楼里的孩子一样迷信着咒语，甚至她亲自检验证实过，她在房间对着窗台的那一侧的墙壁上用粉笔写下"不许鸟叫"之后再也没有在清晨被鸟鸣声惊醒。在玉子不知是笼络还是威胁的笑容之下，她鬼使神差地跟着她走进了一楼的后院。那是他们的禁忌之地。在骨科楼的年月里，他们的鼻子始终被一股甜腻的油腥味儿充斥着，它让赵晓薇联想到被油炸过的宝塔糖和螃蟹死掉之后散发出的味道。母亲告诉她那是在熬烧伤膏的气味。

当她们离后院越接近，那股腥甜味儿越发地浓烈起来，赵晓薇情不自禁地想到自己喝了一大瓶止咳糖浆呕吐时的场景。她们推开后院虚掩着的破旧木门，里面看上去一个人也没有。一个破旧的矮房子，门上拴着沉重的锁链，看上去许久未被开启。旁边是正在工作的锅炉房，她们从门闩的缝隙之中侧身溜了进去，一大堆煤炭散乱地堆放在角落里，一只铁锹横在上面。乌黑巨大的锅炉在燃烧之中发出了许多不同的声音，她们追随着声音把目光投进了炉膛之中，橘色的火光像水波一样在里面晃动着，因为禁

　　　　　　　　　　　　　微风吹起黑色帷幕　|

忌产生的神秘支使她们往更深处窥探。突然，赵晓薇听到了身后门锁晃动的声音，一双眼睛出现在了闩门的铁链之间。

"你们干什么呢？！"

还在火光之中沉迷的玉子，右手在突如其来的大喝之下猛然摁在了乌黑的锅炉壁上，赵晓薇听到吱的一声，好像她的母亲把刀刚刚劈在一只熟透的西瓜上，伴随着浓烈的烧伤药膏的味道，她晕了过去。

很多年之后，赵晓薇再次见到玉子，注意到她的右手一直像抓着一只水杯那样微微蜷缩着。她怎么也回忆不起来后来的情形，好像一直睡着，睡梦中她感觉到有一双眼睛一直在黑暗之中望着她，她分辨不出来那属于谁。它在黑暗之中不断地变换着形态，她一会儿觉得是张阿姨，一会儿变成了母亲，一会儿变成了院长。

当她醒来的时候，玉子已经辗转去了好几个大城市的医院，作为玉子爷爷的院长发明的烧伤膏并没有治好她的烧伤，因为忧愁他的头发白得闪烁着荧光。赵晓薇很多次在角落里看到各种颜色的粉笔头，当她试图捡起来一截在地上画几笔时，总是不由自主地感觉到身后有人在观望，她把粉笔丢在了角落，再也没有画过画。

赵晓薇家的房间和其他房间一样，狭小的空间里面只够放置双人床、衣柜和电视机，煤气炉和厨具都放在楼道里。原本就黑暗的楼道经由各家的油烟熏陶，更显得阴暗。但也还有这些烟火气，让原本阴森的建筑显得有了一些人情味。在十岁之前，赵晓薇和父母挤在唯一的一张双人床上。在傍晚或者周末，父母会打开电视机，把声音调到最小，让赵晓薇背对着他们写作业。但后来由于她心神不宁地频频回头，母亲在中间用来晾晒内衣的铁丝上搭了一条被单，任由她怎么回头，也看不到电视上面的图像

斑驳的眼

了。她屏住呼吸，细致地捕捉着电视之中每一个微弱的音节，在脑海之中构建出各种各样的画面。

电视在关闭的时候，赵晓薇的位置由被单的一边转移到了另一边，这个时候往往是楼道里最热闹的时间，她听到啪啪的煤气炉开启的声音，接着是一两声女人的交谈，逐渐声音越来越复杂，饭菜下锅的声音，开水壶的呜呜声，间或有大声的斥责穿插在其中。玉子和其他孩子趁着大人们不注意，会偷偷地拿着头发稀疏的娃娃和山羊玩偶从被单的下面探出头来，她们假扮成不同的身份，直到每家的母亲在楼道中央发出不满的呼唤。

赵晓薇在醒来之后面对的第一件事情就是不同的询问，她用幼童无辜的眼神望着询问者，当问题问到最关键的部分，她佯装出一副虚弱的神情。

"我不知道，我真的忘记了，我的脑子很痛。"

她感觉到一种不明来由的恐惧和罪恶感，她没有撒谎，她也没有必要撒谎。她想象得到玉子可能面对着和她同样的诘问。她不止一次地想要向父母询问玉子的状况，但始终没有。玉子家的门再也没有开启，直到最后一次，她听到楼道里传来嘈杂的响声，从被单的缝隙之中，她看到了玉子的父亲指挥着几个人，把家具往楼下搬运。

她从被单之中钻了出来，"玉子家要搬走了？"她问正在地上刷洗鞋子的母亲。

"是的。"

"为什么？"

"他们有新家了，别看了，快回去写作业。"

晚上，在熄灯之后，赵晓薇听到父母刻意压低声音的交谈，她在朦胧之中感觉到玉子一家的搬离和院长有关，其中有一些让她迷惑不解的词。她在窃窃私语之中睡去，在梦中她看到自己蹲在三楼的地上，四周画满了兔子和紫色的轮胎。她感到奇怪的是，在梦中，她既是观看者，又是参与者。她看到院长站在她背后，手里拎着一只光溜溜的兔子，不断地往地面上滴下黄色的液滴……

醒来之后，赵晓薇在梦境的遗留效果之下久久地呆坐在床边，母亲用手使劲推了推她，"赵晓薇，发什么呆，穿上袜子，怎么回事这副表情？"

"做噩梦了。"

"什么样的噩梦，梦见什么了？"

"院长，"赵晓薇抬起头望着母亲，"院长家到底吃了什么？"

"你怎么知道？"

"我梦到了。"

母亲的脸上露出了惊诧的神情，她叹了一口气，说："不是吃，是院长用脏东西熬汤喝，所以被免职了。"

"什么脏东西？"

"就是一些医疗废物。"

"为什么用医疗废物熬汤就会被开除，谁看见他熬汤了？"

"有人看见了，你别再问了。"

很多年以后，当赵晓薇再次见到玉子，她已经习惯于用左手做大部分事情。她向她展示自己的右手，常年保持弯曲的状态并且没有办法完全伸展，手掌中间纵横分布着暗红色的放射状纹路，从大拇指一直延伸到手腕处。

"爷爷找了偏方，为了给我治手才熬的药。"玉子说。

"偏方是什么？"

"我还以为你知道的，就是胎盘和引产的死婴，都是家属不要了的，爷爷捡了回来，可惜也没多大用处。"玉子坐在赵晓薇的小床上晃着双腿说道，那里曾经是摆放她的床的位置。

母亲觉得日益长大的赵晓薇和他们住在一起越发显得不合时宜。玉子家在搬走之后，腾空的房间被改造成了未婚护士的宿舍，房间的两个对角处分别放着一张单人床。很少有护士在那里长时间居住，他们有的结婚，有了自己的房子，有的很快离开了医院。在很长一段时间里，有一张床一直空着。母亲和另一个住在里面的护士商量好了，让赵晓薇搬到了那张空着的床上。

"只是暂住一段时间，等我们的房子装修好了，很快会搬走。"赵晓薇听到母亲向护士承诺。

护士和赵晓薇的床之间横着一张木质的办公桌，上面放着一盏绿色的台灯，记录本和一些零碎的物品。她在房间里的时间并不多，但纵使如此，她也不怎么和赵晓薇说话。但赵晓薇沉浸在第一次拥有自己空间的快乐之中，她终于可以把同学那里借来的带有色情成分的恐怖杂志带回家趴在床上翻阅。除此之外，她还有一个灰色的纸盒子，里面装着她为数不多的个人物品——剪贴画、姐姐寄来的明信片和一些从婚礼上得来的塑料珠子。去上学的时候，赵晓薇把这些东西全部塞进了床底下的缝隙里。

在周末护士出门的时间里，赵晓薇把同一本杂志翻来覆去看了好几遍，灰色盒子里的物件也被拿出来擦了一次又一次。她终于把目光投向了护士那边，她翻了翻木头办公桌上的手写病历，拉开了关不严实的抽屉，里面是一沓杂志，最上面放着一个黑色的文具袋。她拉开了文具袋，插笔的那一层放着颜色不同的唇彩和眉笔，另外一面的网袋上挂着两对亮闪闪的耳坠，赵晓薇拿下来一只，对着桌上的镜子在脸上比画。她挑选了一支粉色的唇彩，在嘴唇上涂抹了几下，用手背抹掉，又试了试其他颜色。正当她沉浸在新发现的快乐之中时，听到楼道传来了高跟鞋的声音。她赶忙把化妆包放回原位，装模作样地趴在了床上，但开门的声音始终没有响起。她不由自主地又拉开了抽屉，这次她从那

　　　　　　　　　　　微风吹起黑色帷幕　|

一沓杂志之中抽出了一本，当坐在床边翻阅的时候，她意识到，这和同学借给她的不同，它是一本名副其实的色情杂志。

不久之后，果然像母亲承诺的那样，他们搬到了新家。事实上，四楼的大部分人家已经搬离，早已有传言这里很快就要拆掉，和县医院合并，骨科楼将不复存在。赵晓薇沉浸在搬家的新鲜感之中，她终于有了独立的卧室，虽然不是按照她想象之中布置的，但她终于摆脱了搭在铁丝上的紫色被单。

但在住进新卧室之后的一周里，赵晓薇却持续失眠。在试用了几种不同的入睡方式，甚至和父母睡在一起还是无济于事后，她终于想到了她的灰色盒子，它被遗忘在了床底的夹缝里面。她迷信地认为是盒子的召唤和遗忘的诅咒让她失眠，只有拿回盒子，在她身上的咒语才能解除。

再一次的失眠之后，赵晓薇在清晨溜出了家门，早晨她的方向感尤为准确。当走到骨科楼楼下，一口气跑上去时发现，四楼已经几乎没有几个人居住了。她借着感应灯的灯光打开了门。

"谁啊？"她听到了一个男人的声音，伴随开门的一瞬间，一个男人的脸从被子之中抬了起来。

"谁？"接着是护士带着怒意的睡脸。

"我来取回我的东西。"赵晓薇站在门口，小声说道。

"滚！！！"

柳　絮

海浪一样的白色柳絮，一波一波地在地面上涌动。这是赵晓薇对于中学最初的记忆。之后的很多年，当赵晓薇再次看到地面上翻涌的柳絮时，她仍旧将它视为不祥。她还记得母亲把她领进阴暗潮湿的教工办公室，班主任兼语文老师对她说的第一句话：

"有男朋友没？"

赵晓薇惊愕地盯着她，但对方没有给她回答的时间，很快又说："提前警告你，有男朋友就赶紧断了，不然现在就给我回家去。"

母亲用眼神示意赵晓薇在门外等待，她掀起绿色的纱帘，一群苍蝇一哄而起。她隔着纱帘，看着母亲把一卷报纸放在了桌子上，一只硕大的苍蝇落在了纱帘上，刚好挡住了班主任的脸。

宿舍是操场边上用三合板搭建的两层房间，赵晓薇的宿舍在二楼，里面已经住进去了八个女孩，给她留下了一张靠着角落的上铺，旁边的床板上放着一只破旧的脸盆。但这些并没有破坏赵晓薇第一次过集体生活的兴奋，她的脑海中浮现出她们在黑暗之中围拢在一堆火光周围唱歌的情形，在和她们交谈的时候，她不经意之间透露了她的幻想。

"什么意思？"一个高个子的黑皮肤女孩说，"你是说你说梦话的时候会唱歌？很大声吗？"

"最好不要，否则我们把你丢出去。"另一个紧接着说道。

赵晓薇看着她们的脸，判断她们是否在开玩笑。

晚上在宿舍周围所有的灯都熄灭之后，赵晓薇第一次感觉到了纯粹的黑暗，就连管理者的手电筒也十分微弱。学校孤零零地建在郊外的村庄旁边，周围是种植密集的玉米地，除了一月一度的两天假期，他们不允许在任何时间离开学校。就算有幸可以溜出去，走到最近的镇子也需要两个小时。

"可以在熄灯之前，躲在厕所里，这样在宿管锁了铁门之后，你就还在外面。操场那边的墙最矮，从那边可以翻过去。"黑女孩的声音从下面的床上传了出来。

"不过一定要记住，穿一身黑色的衣服，这样很隐蔽，晚上巡查的人也很难发现。"另一个女孩说道。

"可是出去了附近也是玉米地啊。"赵晓薇说道。

"如果你光是买东西的话，走半个小时有一个加油站，在那买就行，要是想去包夜机，就和商店老板租一辆自行车，能骑到镇里。"

"不过一定要在天亮之前回来，回来晚了肯定会被发现。"赵晓薇往下望去，黑女孩拿着手机躺在床上，眼睛在屏幕的光亮照射之下流光溢彩。

"你们说够了没，"一个陌生的声音从斜下方传来，"再说我明天就去告诉宿管老师。"

宿舍立刻安静了下来，赵晓薇感觉到一种初次体验的尴尬氛围，她翻了个身面对着墙壁，听着其他人收拾东西的响动和黑女孩按动手机按键的声音。

教室和宿舍相隔着一个小操场的距离，几根铝合金管支起的三合板房间紧挨在一起，下面是和男生宿舍并排的教工宿舍。"往年四五月刮大风，教室的房顶被吹飞了好几次，有一次正在上数学课，大家慌慌张张地跑下来，我手里还握着钢笔呢。"同桌对赵晓薇说。

坐在教室里的时候，赵晓薇无数次幻想着大风掀翻屋顶的场面，在中午刺眼的阳光之下，一阵突如其来的大风将屋顶吹到了旁边的玉米地里，露出了瓦蓝的天空，他们站在楼梯上看着老师们纷纷跑出去寻找丢失的屋顶。想到这里，她情不自禁地往窗外看了一眼，就在这时，她发现了她们口中的矮墙。它掩映在一堆野生枫藤之中，墙上用水泥固定的碎玻璃碴被人刻意处理过，在其他部分的对比之下显得格外明显。

在被饥饿和食欲折磨之前，赵晓薇从来都没有想过从矮墙之上溜出去。他们的教室和厕所相邻，另一边是猪圈，紧挨着的就是食堂。每天他们按照提前排好的值班表，一个男生从食堂里拎回来一大竹筐馒头，另外两个抬着盛着菜的不锈钢桶，后面跟着两个女生，一个拿着两只大勺，另一个拎着脏污不堪的剩饭桶。

打饭是最好的差使，既可以给自己先盛上满满一大碗，还可以照顾朋友，但这种差使不是谁都可以抢到的。排队的时候，赵晓薇听到打饭的男生问她前排的，"说，你长得像不像萝卜。"两人嬉笑了一番，一大勺菜落在了那人的碗里。赵晓薇走上前去，男生笑着重复着同样的话，"说，你像不像萝卜。"赵晓薇呆呆地望着他，把碗伸了过去，"咦，你的手咋那么黑啊，你家挖煤矿的是不。"一小撮胡萝卜丝儿掉进了赵晓薇的碗里，伴随着一阵笑声。

一下午的时间里，饥饿扰得赵晓薇坐立难安。下午打饭的时候，当男生乐此不疲地问出"说，你长得像不像紫甘蓝"的时候，赵晓薇下意识有气无力地回答道，"像。"

男生愣了一下，旋即爆发出了刺耳的笑声，几个老师仰起头问，"怎么了？疯了你？"男生赶忙说没事，一大勺紫甘蓝随即落在了赵晓薇碗里。后来，离开这所学校很久之后，赵晓薇一嗅到紫甘蓝的气味就会控制不住地恶心。

吃过饭之后，赵晓薇情不自禁地绕到了教室后面，走到了她从窗口望到的矮墙下面。在她的想象之中，这堵矮墙只要她稍微踮一踮脚就可以毫不费力地翻越过去。但是当她真正站在墙根的时候，发现凭她的一己之力，翻过去并不容易。墙根下面散乱地堆放着一些旧的砖头，走近了才发现，原来墙上的野生枫藤是假的，她早该发现的。

"喂，干吗呢你？"背后传来一声呵斥，她听得出来对方在极力压制着自己的声音。

她转过身，一个从未见过的男生站在离她有一段距离的地方，因为背光而看不清他的表情。

　　　　　　　　　　　　　　微风吹起黑色帷幕　｜

"离那个地方远点。"他警告她。

黑女孩告诉赵晓薇，要想出去，必须得有一位男生带着。"最好是和你有点关系的，要不出了事他们也不会保你。对了，你出去要干什么？"

"我要买吃的。"赵晓薇老老实实地说道。

"这样吧，我就负责帮你在班里找个男朋友怎么样，今天晚上就可以带你出去，就这么定了。"

在一整个晚自习的时间里，赵晓薇都飘浮在虚幻之中。她看着黑暗之中的墙，感觉到自己已经拉着某个人的手，从那里轻盈地一跃而下，飘飘忽忽地坠落在蓬松的玉米叶子中间。她在朦胧之中看见了一个穿着花衬衫的男生向她走过来。

"赵晓薇，听你室友说你想当我的女朋友？"

是他了，赵晓薇认出他是坐在最后一排那个，常常咧着嘴大笑。她觉得他似乎在温柔地打量着她，并且不再咧着嘴，而是微笑着望着她，但她的心里突然腾起了一阵恐惧，她飞快地往窗外看了一眼，然后颤抖着说道，"我没有啊。"

男生惊讶地看着她，然后讪讪地说，"好吧。"

很快，花衬衫男生就找到了女朋友，和他们同班，住在赵晓薇的隔壁宿舍。他们高调地在男生宿舍和教室之间连接的楼梯上表白，班里几乎所有的人都围在旁边起哄。当男生问出，"你愿意和我永远在一起吗？"并从身后变出了一大包情人梅，女生娇羞地接了过去，小声说，"可以。"人群之中爆发出一阵嘘声，班主任从办公室里冲了出来，"疯了你们？不睡觉的都给我来办公室罚站。"

在回到宿舍之后，赵晓薇躺在床上回想着互相表白的场面，她的眼前不自觉地浮现出女孩躺在被窝里嚼着情人梅的甜蜜画面。但她没有想到的是，第二天一早就看到了站在教工办公室门

斑驳的眼   121

口的他们。他们看上去已经站在那里很久了，隔着一大段距离，花衬衫把脖子缩在衣领里，女孩的脸和脖子都冻得青紫，他们的裤子上沾满了土屑，在黑色的衣裤上显得格外明显，花衬衫的腿上还印着一个轮廓分明的大脚印。

花衬衫看了一眼准备上楼梯的他们，把头重新缩进了衣领里，女孩的脸始终垂在长发之间。黑女孩经过的时候，表情夸张地做着口型，花衬衫看了她一眼，没有用任何表情回应。

上早读的时候，同桌告诉赵晓薇，本来昨晚，花衬衫他们已经从矮墙之上翻越过去，穿过密密实实的玉米叶，来到了行车的大路上，一切看似天衣无缝，他们只要在天亮之前赶回去就可以。但当他们快要接近加油站的时候，一群人突然从四周的玉米地里窜了出来，那是他们所有的任课老师，看样子他们是有备而来。

操场的中央有一个水泥制的平台，校长每天要在早读之后，站在上面训斥他们，这是学校的传统。赵晓薇看见大捧的柳絮在操场上不断地滚动着，停在了水泥平台的四周，像是镶了一圈鹅绒的白边。校长站了上去，接着是花衬衫和女孩，花衬衫的脸上浮现出迷惑和紧张的神情，女孩一直低着头，头发和长长的刘海掩盖住了她的脸。

校长一把把他们推到了平台的中央，"来，看看，也给你们臊臊皮，就这两个东西，这两个不要脸的东西，半夜三更不睡觉，钻到玉米地里去了！"

赵晓薇第一次在花衬衫的脸上看到了憎恨，他瞪大了泛红的双眼，盯着操场另一边的空地，拳头紧紧地攥起。

"怎么？你还想打我？"校长讥讽道，花衬衫把头扭向了一边，拳头越攥越紧。

但这一切还没有结束，下午的自习课上，班主任又把一直站

　　　　　　　　　微风吹起黑色帷幕　|

在教室后面的他们推到了讲台上。女孩终于不再埋着头，露出了冷漠苍白的脸。

"说吧？你们两个出去打算干什么？"班主任说道。

"买吃的东西。"花衬衫把脸对着教室外面说道。

"买吃的东西？学校一天天的是不给你们饭吃？"

"没吃饱。"

"呵，你以为我不知道你们出去做什么吗？真是没皮没脸，一对奸夫淫妇。"

赵晓薇看到女孩的脸在一瞬间涨红，她伸出一只手，像是要扶住什么东西，一股又一股的泪水从她布满血丝的双眼之中流了出来，挂在她的下巴上，然后跌落在她的衣服上、鞋上和地上。教室里一片寂静，赵晓薇的脑海里突然闪现出了几个句子——"桃子一样通红的脸颊"，"不断抖动的双肩"，"他一把将她揽入了怀里"，她看着讲台上站着的两个人，在迷幻之中他们被这些句子随意摆布着，赵晓薇觉得热而飘忽，她几乎在无意识的支配之下，从抽屉里拿出了一个笔记本，在上面写下了第一句：

> 他从紫红色的枫藤叶子上用双手将她接了下来，他感觉到像雾一样软绵绵的东西落在了他的手掌上，他顺势躺了下去，她那桃子一样通红的脸颊埋在了他的胸口之上……

在上晚自习之前，黑女孩来找赵晓薇，叮嘱她在打熄灯铃之前不要回宿舍。赵晓薇隐隐约约觉得有什么事情会发生，但她正沉浸在写作的欢乐之中，在短短的四节课时间里，他们已经有了孩子，并且立下了海誓山盟。为了让情节更加跌宕起伏，赵晓薇又安排了女孩不得已委身于那个打菜时羞辱她的男孩，现在花衬

斑驳的眼

衫要和他开始决斗了。

回到宿舍之后，赵晓薇感觉到一种怪异的安静。"回来啦"，黑女孩热情地招呼她。她突然听到了几声断断续续的呜咽，就像是什么动物被扼住了脖子一样。她终于发现了声音来自她斜下角的女孩，她环抱着双腿，面对着墙壁，头发蓬乱地坐在床上。赵晓薇突然回忆起，自己来到这里的第一个晚上，那个陌生的恐吓声音的来源。

花衬衫和女孩再也没有回到自己的座位上，他们站在教室的一前一后，遥遥相望。当赵晓薇看着他们的时候，她感觉到他们就像是被她创造出来的人物一样。赵晓薇开始把越来越多的人加了进去，同桌、隔壁班的同学、老师甚至是校长，剧情也越来越疯狂。她再也没有想过要翻墙出去，甚至她连饥饿也忘记了，她把所有的精力都转移到了编织故事上，甚至还为他们设计了漫画形象和动作插图。

有一天晚上，熟睡的赵晓薇突然惊醒，她在不安的指引之下迷迷糊糊地走出了宿舍门，站在空旷的楼道上，她望见了遥遥相对的教室，这个时候竟然灯火通明，在黑暗的操场之中显得格外耀眼。她的心里突然腾起了一阵恐慌，她在几乎没有思考的情况下翻过了宿舍的铁栅栏，向教室的方向走去。

在看到赵晓薇出现在教室门口的时候，所有人都吃了一惊。正在翻找课桌抽屉的老师们都停下了手里的工作，呆呆地望着赵晓薇，桌子上摆满了他们找到的物品——手机、直发板、相册和一沓杂志。看样子还没有轮到赵晓薇的抽屉。

"你们在干什么？"赵晓薇问。

"你在干什么？"一位男老师厉声问道。

"你们这是犯法的，你们，侵犯未成年人的隐私。"赵晓薇说。

"呵，"班主任笑了，"你还挺懂法律的嘛赵晓薇，那你去告我们啊。"

赵晓薇看见了自己的紫色笔记本，它压在抽屉里的一大堆书下面，她渴望而探寻地望着它，但她不能就这样带着它离开。

"滚回宿舍里去！"

赵晓薇穿过黑暗的操场往宿舍走去，她在惊慌之中沿用她年幼时惯用的方式，在心中不断地祈求。"那不过只是个普通的笔记本罢了，也许他们会以为上面记的是笔记呢。"她终于走到了那堵矮墙下面，那里已经有叠好的几摞砖头，现在在赵晓薇发现了那堆假枫藤的用处，她踩在砖头上，用手拽着那段枫藤叶，轻松地看到了墙的另一边。深色密集的玉米在夜里的风中互相触碰，她感觉到自己只要轻轻一跃，就可以坠入柔软的叶子之中。笔记本里的文字开始变得模糊，她感觉到这些东西都开始变得模糊，在玉米叶沙沙的响动之中被抛到了身后，她坚信自己的无辜。

第二天早晨，所有一进入教室的人都发现了自己东西的遗失，但除了赵晓薇，没有人知道这些东西去了哪里。

"是不是遭贼了？"同桌问，在他们的学校里，丢东西实在是稀松平常的一件事情。

赵晓薇没有回答。他们下了早读，在操场中间集合的时候，看到了水泥台上的一大堆东西，队伍里面开始骚动起来。

"那是我的吹风机！"她后排的女生说道。

他们看到校长走上了水泥台，拿出话筒，清了清嗓子："昨天对大家的教室进行了突击检查，发现了很多不合规范的东西，我先替你们保管了，毕业了之后，或者，退学的时候来找我要。不过，在这次突击之中，我发现了更过分的，可以说我没想到，你们这群小娃娃里，有这么脏的，喷，还是个女生，现在我就让大家看看。"

赵晓薇看到他从衣兜里掏出了那个紫色的笔记本，他翻开第一页，调了调话筒，现在，全校的每一个角落都听得清楚他带着西北口音的声音：

> 他从紫红色的枫藤叶子上用双手将她接了下来，他感觉到像雾一样软绵绵的东西落在了他的手掌上，他顺势躺了下去，她那桃子一样通红的脸颊埋在了他的胸口之上，他一只手捧起她的脸颊，吻住了她的嘴唇，另一只手……

笔记本

房间就像是一个黑暗隐秘的洞穴，不管是对于赵晓薇还是其他还没有脱离家庭的女孩来说。她们就像夜行的蝙蝠或是怪鸟一样，从险恶的环境之中飞回温暖潮湿的密室。这是在出租屋或是旅居酒店里永远也体会不到的安全感，直到她看到了衣柜和墙壁的夹缝之中那个不和谐的东西。它以正常角度无法观测到的姿态像一个蘑菇一样生长在墙壁的阴暗面，直到赵晓薇以一个怪异的姿态躺在床上看书的时候，突然注意到了它的存在。它的上半部分巧妙地隐藏在衣柜顶部垂下来的东西后面，那是一幅毛笔字，小篆，她的父亲从去年开始热衷于此，在热情冷却了之后，这堆产品不知如何从她父亲书房转移到了这里。她把那幅字垂下来的部分轻轻地掀了起来，一只眼睛瞬间睁开，她的背后冒起了阵阵冷汗。

那是一个小巧的摄像头，既不是家庭式，也不是酒店大堂里看到的。它潜藏在衣柜的阴影处，那幅字刚好遮住了它光亮的部分，但又不至于遮挡它的视线，一切都显得那么自然而然。赵晓薇披上了睡衣，她把脸凑近那个东西，它的顶端已经堆积了厚厚的一层灰尘，后面一小块墙壁的颜色和其他部分明显地区分开来。她把耳朵凑近过去，不知道是不是错觉，她听到了电流咝咝的噪声穿过墙壁的声音。赵晓薇突然变得怒不可遏，她从床上跳了下来，温热的地暖催化了她的怒火，她冲到了父母的房门前，发现房门半开着，一片漆黑，里面传来了父母沉重的呼吸声。

赵晓薇回到房间，她开始回忆起自己在房间里的行为。她习惯于在睡觉之前把房门反锁，她依稀记得母亲抗议过几次，之后就不了了之了。在锁住的房间里，赵晓薇感觉到了绝对的安全，她几乎没怎么穿过衣服，想到这里赵晓薇不由自主地感觉到尴尬，她无法想象那双眼睛，那双不知是谁的眼睛，观察到的她一丝不挂地趴在床上，甚至是更加过分的举动，赵晓薇的脸开始发烫。

它是什么时候就在这里的？赵晓薇竟然一点印象也没有。从那所学校退学之后，她很快转入了离家更近的另一所学校，退学的原因是身体不佳，毕竟那天在操场上，全校所有的人见证了她的昏厥。她的母亲没有再提起这件事，只是说，"赵晓薇，你现在玩的这些花样我都给你留着，等你长大了之后自己看看，自己感觉，当年的你有多傻。"赵晓薇几乎没理解话里的意思，但她再也没见过那个紫色的笔记本，她猜测是不是班主任或者校长早已把它丢在了某个角落里，直到某一次母亲打电话让她在衣柜里找钱包时，她在衣柜的夹缝里看到了那个熟悉的紫色。她把它翻开，第一段伴随着校长的声音在她的脑海里骤然响起，但赵晓薇只感觉到一阵模糊和陌生，她没有丝毫的尴尬，而是隐隐约约觉得自己受到了诬陷，她甚至认为这些全都是出自校长之手，当那段声音再次响起时，她对这看法深信不疑。

赵晓薇偷走了紫色笔记本，她把它藏在了床垫子的下面。现在她把床垫子掀开，它依旧躺在那里，旁边是她前不久写在草纸上的几首诗和散乱的几条手链，旁边是一个半新的随身听，她用压岁钱偷偷买的。赵晓薇突然陷入了困惑，这个安装在此颇有年月的东西，它到底派上了什么用处。假如他们什么都能看到的话，为什么对于这些不合规矩的东西视而不见。又或者，安装它的人如果不是为了监视她，为什么她的父母对她在房间里的行为只字不提。

赵晓薇越发地感觉到迷惑，她开始怀疑自己的猜测，难道这只不过是她的误解罢了，或许她不在家的那一年里，父母把这个房间做了别用，之后忘记拆掉它？还是曾经租给了别人，是租客私自安装的。赵晓薇不断地回忆着父母的行为，要是他们一直在监视她，她怎么可能一直都没有发现？

第二天早晨，赵晓薇在吃完早饭就出了家门，正是周六。她在影碟店秘密角落的箱子里挑出了最得意的一张，付钱的时候，老板对她投来了意味深长的暧昧目光。回到家之后，她把碟片放进了电脑里，挑选了一个最显眼的位置，然后反锁上了房间的门。她仔细地听着房间外面的动静，开电视的声音，是母亲正在追的电视剧，接着是一段模糊的交谈声，电视的声音变成了法制频道主持人严肃的声音。赵晓薇听到了敲门声，她迅速合上了电脑，打开了房门。

"干什么呢大白天闭着门，给，吃水果。"母亲说着，把一盘切好的芒果递给了她。

"在看网课。"

"大周末的，出去转转吧，别看了。"

赵晓薇应付了几句，重新关上了门。她打开了电脑，在播放完一面之后，她把碟片退出来，换了另一面。她听到电视的声音重新响起，音量比之前大了一倍。

吃饭的时候，赵晓薇感觉到父亲和母亲似乎都极力地躲避着她的视线，她不知是不是心理作用，但她也缄口不言。她的母亲终于开口："赵晓薇，下午找你的朋友去转转吧，别老闷在家里，精神都出问题了。"

"不去了，下午还要看网课。"赵晓薇说道。

她感觉到母亲夹菜的手迟钝了几秒，"那你和你爸去超市给咱们买点东西吧，你爸一个人拿不了。"

赵晓薇答应了。她和父亲走在一起，两个人都死守着沉默，当他们从外面回到家里的时候，赵晓薇迅速地进入了房间，碟片竟然还在电脑里面，但当她点开播放器的时候，却怎么也放不出来画面。她把碟片退出来才发现，上面有轻微的磨损痕迹，甚至不仔细看，都不会发现。赵晓薇轻轻合上了电脑，倒在了床上，一个硬硬的东西刚好垫在了她的脑后，是那个紫色的笔记本。

赵晓薇回想起来，从那所学校离开以后，唯一还保持着联系的就是花衬衫。他在她退学之后的不久也离开了学校，去了市里的一所职中。还没上两年，他就退学去做了金融押运。赵晓薇在路上碰见过他几次，穿着制服，但看到她仍旧流露出上学时候的天真神情。他是为数不多在那件事上对待赵晓薇和其他人不一样的，"我真是佩服你啊赵晓薇，校长肯定没看到后面，看到那他肯定要气炸了。"

赵晓薇想自己应该去找花衬衫。她想象着他在听完她的计划之后，露出惊惧的神情，"何必要这样呢？你和他们直接说清楚不就行了吗？本来没有的事，咱们这么演一出，不就真有事了吗？"

"他们肯定不会承认，说不定他们压根都不会进来。"赵晓薇说。

"万一进来了呢？那我不就被吓废了？"

终于，在她的不断请求之下，花衬衫答应了她。

赵晓薇挑选了一个假日，那是父母惯常的拜访外婆外公的时间。在听到"咔嗒"一声关门声，她立刻发信息召唤了早已等在楼下的花衬衫。在花衬衫进门之后，他们迅速地穿过了客厅，进入了她的房间。花衬衫手足无措地站在房间的中央，"我要怎么做啊？"

"抱住我。"赵晓薇说道。

花衬衫生硬地环住了她的腰，他们尴尬无比地靠在了床边。

"怎么还没有动静？"花衬衫小声说道。

她没有回答，她用眼神示意花衬衫脱下衣服，花衬衫还在犹豫不决，而她已经解开了上衣的扣子，花衬衫终于也脱下了外套。当他们赤裸着抱在一起的时候，赵晓薇听到了钥匙迫切转动的声音，接着是急切的敲门声和斥责声，他们在房间里面屏住了呼吸，门被撞开了。

"你们在干什么？这是谁？！"

花衬衫抱起衣服匆忙地逃离，他们变得更加愤怒，"他是谁？你给我说清楚，你们要干吗？"

"你们是怎么看见的？"赵晓薇挑衅地问道。

"你管我们怎么看见的，你先解释清楚你的问题！"

当赵晓薇想象到这里时，她意识到重心已经完全偏离了，是她和花衬衫的出格行为将事件本身本末倒置，本来作为受害者的她，最终却因为焦点的偏离，导致她成了过错方，其他的东西已然都被忽略了。

她想她应该借一支棒球棍，找一个所有人都在家休息的节日，敞开房门，推开经久未动的柜子，当父母闻声赶来查看的时候，她猛然挥起球杆，随着一声巨响，赵晓薇的脑子里腾起了一朵绚烂的蘑菇云，那个被击中的东西像一颗腐坏的苹果一样坠落到地，破碎的残渣跃往不同的方向。

这个画面带给了赵晓薇巨大的兴奋和快乐，但是这些快感随着时间的推移，又迅速地消退。打落了之后又能怎么样呢？之后的事情如何收场？这样的行为又有什么意义？除了瞬间的、易逝的快慰，它还能带来什么？

终于，赵晓薇想到了一个主意。她要找一个他们都在家的夜晚，锁上自己的房门，她要拿出备好的刀，划开自己的手腕，坐在地上静静等待。她等待着，他们是像以往那样沉住气观看，还是会把门撞开，在悔恨之中承认自己的作为。

她用柜子顶住了门，坐在了地上。她拿出了一把红色的折叠刀，这是他们家一直以来用于切水果的。她调整好了自己身体的角度，当她经过尝试之后才明白，电影之中的一刀昏迷是完全不可能的，她已经疼痛得麻木了，刀刃在同一个伤口上反复横切。她终于感受到了意识的模糊，她感觉到自己回到了曾经的操场之上，她正被大捧大捧的柳絮推着不断向前，身上也沾满了红色的柳絮。她突然听到了父母发疯一样在门外的叫喊声和砸门声，她终于感受到了他们的悔恨。她感觉到一道白光从眼前闪过，她又躺在了床上，柜子缝隙处的东西已然消失，好像从未存在过一样。无数的眼睛从墙壁的纹路之中生长出来，她的房间变得大而空旷，她似乎看到了玉子、院长、校长、母亲和花衬衫，在光影之中不断重合。

在这个幻想之中，一切都很完美，但是作为代价的是，赵晓薇失去了她的生命。在这个前提之下，一切的根本意义亦已丧失。

赵晓薇从睡梦之中惊醒，她在恍惚之中，感觉到脑袋下面被硌得生疼，她从床单下抽出了那个东西，是那本紫色笔记本。她漫无目的地翻阅着，突然，翻到了其中一页上用铅笔涂着一只巨大的眼，瞳孔放大，在页面的摩擦之下已经变得斑驳，她忘记了当时是出于什么原因画下了这个图像。她回忆起了小时候拉开护士的私人抽屉翻看时的情景，她回忆起了护士和她的男友从钢丝床上抬起的愤怒的脸，突然产生了一种异样的感觉。她何至于对自己的父母如此愤怒呢？赵晓薇想。他们或许也是事出有因，她应该试图去理解他们。

赵晓薇委托花衬衫帮她挑了一款摄像头，头部可以三百六十度旋转，甚至还有红外夜视功能。趁着他们去上班的时间，她同样将它安装在衣柜与墙壁黑暗的夹缝之中。

他们回家之后，赵晓薇紧张地观测着，当她意识到他们完全没有注意到房间里多出来的东西时，她才将紧绷绷的神经松弛下来。她看见他们换了睡衣，打开了卧室里的电视机，正是播送新闻联播的时间。但是他们却没有往电视屏幕上扫一眼，而是打开了手机。赵晓薇立刻心领神会，她赶忙用一本书挡住了手机屏幕，她在屏幕之中通过另一个屏幕看到了自己模糊的影子，她看到母亲举着手机对着父亲说了句什么，接着她听到了母亲的呼唤，"赵晓薇，我们出去吃饭吧。"

今天是什么节日吗？不是已经换了睡衣了吗？她答应了一声。在饭桌上，这几日以来一直保持的僵持竟然奇妙地消失了。回到家之后，赵晓薇没有像往日那样径直倒在床上，或者打开电脑玩网络游戏，她背对着目光坐在书桌前，面前摊开着一本厚厚的复习书，她看到他们都埋下头看着她的背影，过了一会儿，才开始把目光投向电视机，但手机屏幕的图像还保持着。他们相互都没有交流，只是时不时地看一看手机屏幕，直到赵晓薇也看得乏味开始打起瞌睡来。直到她听见母亲大声呼喊，"赵晓薇，太晚了，快睡吧，明天再学习。"

从那以后，几乎每天都是如此。赵晓薇已然忘记了之前的愤怒，她已经沉迷于观看的快乐之中，而他们也始终没有发现。唯独一次，她正在佯装之际，手机悄然从书中间滑落在地，眼看着一切都要败露，她突然狠狠地将自己的头撞在了柜子一角上，一阵巨大的疼痛侵袭而来，她用余光瞟到了屏幕之中的母亲被突然的事故吓了一跳，她摸了一把自己的伤口，果然渗血了。她听到了母亲的脚步声，然后是敲门声，"吃点水果吧，"她急迫地推开了门，"怎么摔倒了！"

赵晓薇在眩晕之中，眼前突然闪过了玉子把手摁在热得发红的锅炉壁上的一瞬间，烧伤膏的腥甜味裹着血的味道充盈着整个房间，她感觉到了久违的温暖和安全。

在住院的一段时间里，赵晓薇仍旧时不时地观察着他们，她看到，在她不在家的时间里，他们也会下意识习惯性地观看她的行为，看到空旷的房间，他们才恍然大悟。

出院的第一个夜晚，赵晓薇被接回家，她惊讶地发现餐桌上已经摆好了满满一桌菜，从来都没有这么丰盛过。母亲急切地招呼她坐在餐桌的旁边，她本来想说，"医生不让吃这些会发的食物。"但是她什么都没有说，只是摆出了一副欣喜的神情。

吃过饭之后，她回到了房间里。她将手机背对着摄像头，插上了耳机。她看见那边房间的他们早已准备就绪。她开始对着手机说了起来，"玉子，你还好吗？最近在干什么？"事实上她和玉子早已失去了联系。

"前几天我不小心磕破了头，你知道我爸我妈多着急吗？他们差点没急死，在医院里陪了我整整一晚上，早上我爸的眼睛都肿了。"

"以前我不好好学习，你还记得吗，初中的时候，我妈还去学校领我，我知道她也很难做啊，我现在真是特别后悔，但是我又不聪明，从今往后，我真的要好好学习了，你不知道，他们真的对我有多好，今天回家还给我做了满满一大桌好吃的……"

她看到屏幕的那边，他们都死死地盯着手机屏幕，她使劲地揉了揉眼睛，她看到她的父亲似乎说了句什么，抱着双手靠在了床头，她的母亲突然抬起头，一颗眼泪从她的脸上滚了下来，落在了手机的键盘上。房间里一片寂静，好像突然变得空旷，她感觉到一切好像都已消失，只有墙壁上那两个眼睛形状的东西，不断地生长出藤蔓，在黑暗之中闪着光，彼此延伸、靠近，最终融为了一体。

斑鸠之死

1

其实很少会真正见到死亡。很少会看见，死去的或正在死去的，哪怕是一只被车轮轧扁的猫。但你一定嗅到过它的味道。就像在这个房间里：一个人也要侧身的过道，锈迹斑斑的水池，堆放着一些花色不同的脏碗，紧挨着就是旧电脑。一切如常，除了电脑上面的一根香蕉，只有一根，已经布满了褐色的斑点，像是晒斑。

她果然一回来就拿了起来，剥开的瞬间，里面微微发暗的一截软塌塌地掉在了地上。她嗅到了那种死去的气味儿，心里腾起一阵厌恶，好像这味道和埋头在一堆文件之中的他有着什么联系。

2

马轩似乎有一种能力，很容易让人对他产生厌烦心理。

在报到前的电话里，面试的领导对他态度还不错，鉴于是同一个大学毕业的，还客气地称呼了他几声学弟。但自从上班的第一天起，那女人再也没给过他好脸色。

所谓的公司，实际加上他只有三个人。一开始在家里办公，后来在一栋写字楼里租了办公室，只有两间。一间他和同事合用，一间是那女领导的。但自从他入职以来，就一直空下了，女领导回家备产了。没过多久，他也占上了一间独立的办公室，另外一个家伙辞职了。然而或许是觉得他一个人占用一整间办公室太过奢侈，没过两个月，办公室又被退掉了。

刚开始他们还有分工，有时早晨五点多钟，马轩起来收集舆情，女领导做早报发给法院的工作人员，马轩睡个回笼觉，起来再继续监测舆情。后来领导说自己快生了，给他讲了一些要点之后，彻底把工作丢给了他。于是早晨五点多从他醒来那一刻开始，就算是吃饭和上厕所，他也得守着电脑不能离开，一直忙到晚上十一点多做完最后的晚报，女领导批示之后，他才能够喘一口气。

但工作毕竟是一个人在干，从早忙到晚，加上珍珍有时候回来，和他有一句没一句地说话，出了几回错。或者是搞错了时间，或者是弄混了地点，最严重的一次，打错了一个省级官员的名字。临盆的女领导虽不在面前，但打电话过来，足足训斥了他一个多小时。

"你怎么回事？这些东西我没教过你？我教过你没？你怎么还能犯错？怎么还能犯低级错误？怎么回事？"听筒里传来女人尖锐的咆哮。

一旁的珍珍听见他只是"嗯"，什么也没再讲。

之后他不被允许在家里办公，公司商量着跟省高院要了一个工位，刚好方便工作的交接。于是他五六点钟做完第一期早报，就要赶去挤公交，到了高院大多已九点过了一刻，好在没人管他，他走进办公室时其他人眼皮都不会抬一下。

"有没有美女？"珍珍问。

"想什么呢？都是中年妇女。"

在马轩所说的中年妇女之中，打交道最多的叫李倩。他做完舆情早报，交接给李倩去做干预和分析，再打印几份分别送给不同的领导。但李倩隔三岔五地请假，这些活计又落到了马轩头上。

"他们高院难道没别人了？"珍珍又问。

"都说自己忙，有别的活儿要干，这些人比泥鳅还精。"马轩说。

"李倩这样频繁请假，领导没有什么意见，就给批准吗？"

"人家哪里会管这些，领导不给批假，她直接就溜了，都是公家的，还能给开了不成？"整个办公室里，只有他一个人是聘用的。

"哦"，珍珍把手从他的背上拿了下来，开始往手上涂润肤油。他突然想到，珍珍做的工作是那么轻松，她每天只要把热水壶放在那个圆圆的底座上，这一天的工作就算是做完了。他去那个单位应聘过，但没有被招上，临走时他还抱着一丝希望加上了珍珍的联系方式。"有消息麻烦您通知我一声"，但没想到她却是单位里最无关紧要的那一个。

也许这是他动用私心的报应，因为珍珍是那些女孩之中最年轻的一个。但她并不漂亮，个头矮，又胖，更何况她还化着那么浓的妆。但或许是她的年轻，也或许是她眼睑下面亮亮的东西，他老感觉到她的脸上透着一种温情，看着她的脸，他慢慢地有了反应，不是很强烈，但让他很舒服。在此之前他以为只有那些强烈的性意味才能刺激到他，丰满的乳房，修长的双腿，或者扭动的腰肢，艳美的脸。珍珍那圆乎乎的身体和隔绝了一切性别特征的浓妆，本不该引发他的任何感受，但他唯独留了她的联系方式，这就是证明。

在一次约会结束后,马轩跟着珍珍回了出租屋,才发现她的床上还睡着另一个女孩。"是室友。"珍珍说。

他不知道该坐在床边,还是把椅子上的一堆衣服拨弄到一边,他只好倚靠着水池站着,珍珍也站着。而那个不知面容的室友盖着厚厚的被子,一会儿发出了鼾声。他觉得这个场面有几分怪异,但珍珍笑了起来,他也跟着笑了。

一会儿,室友蓬乱着头发坐了起来,不满地看着马轩,他只好望向珍珍。

"我们出去,她要换衣服了。"她悄声说道。

于是他们走到了外面漆黑的过道,他终于一把把珍珍抱在了怀里,他想吻她,但又想起那些浓烈的化妆品,怀疑它们之中暗含毒性。他感觉到珍珍湿热的鼻息喷着他的胸前,他又想管它呢,被毒死也好,于是他含住了珍珍的嘴唇,带着一股辣辣的苦味。

就在这个时候,珍珍的室友走了出来,他们听到她轻笑了一声,但什么也没说。

"我先去洗澡。"珍珍红着脸跑了进去。

当珍珍洗掉那一脸油彩时,马轩惊讶地发现珍珍长得并不难看,她看上去就像只有十六七岁。配上她圆滚滚的肩膀和手臂,反而显得很娇俏。但他没顾上说别的,也没顾得上拨弄枕头上的长头发,珍珍就躺过来抱住了他,他想象之中这个场面呈现过无数遍,但远没有想象之中的效果,他又努力了两次,感到一阵失望。

"对不起,我是第一次。我之前有查过,第一次就是会这样。"

"第一次就是会这样。"珍珍说。

"放轻松,没事的",她转过身搂住了他的脸,她眼睑下面那亮亮的东西消失了,它好像被抹平、铺开,现在她整个面颊都像是亮亮的了，好像月亮散发出的淡淡光晕。

但第二天中午，他抽空去接珍珍下班，又看见了她浓墨重彩的脸。她在一些同事中间望见他似乎吃了一惊，但并不向他走来，只是眼睛向他身后的一栋楼斜了斜，接着开始向同事们道别。她背对着他，脸上的神情难以判断。

他们去了稍远的快餐店，其实珍珍公司楼下就有一家，连锁的，但不知为什么，他们并没有走进那里，而是坐了两站地铁。吃了汉堡和炸鸡，有服务小姐端着小杯的冰淇淋走出来，里面是淡淡的蓝色和粉色。

"请尝尝我们的新品，白桃味的圣代。"她把粉色的递给了珍珍。

"怎么样？请给我们提提意见，让你男朋友也尝尝蓝莓芋头味的吧。"

珍珍迟疑了两秒钟，转过头看了他一眼，好像惊异于服务员看出他们的情侣关系。她接过了那个蓝色小杯子，上面的尖儿已经塌掉了，摇摇晃晃地挂在透明的杯壁上，不知道为什么，他觉得这杯东西吃起来一定是苦的。他想起小时候喜欢啃咬中性笔芯，总会吸一嘴蓝色或黑色的油墨，就是那个味道。

在回去的地铁上，马轩想抓住珍珍的手，但她几次都挣脱了。她对着他难为情地笑，但看上去并不是像在害羞。

他又去拉珍珍的手，但她还是挣脱了。"别让同事看见了，多不好意思啊。"珍珍悄声说道。

3

女领导终于生了，马轩松了一口气，觉得比自己生孩子还要紧张。父亲给他打电话，叮嘱他一定要给女领导送礼钱。之后担心他真的不给，又转了两千块钱。但想到女领导很快就会回来工作，每天早晨挤公交是不行的。有时运气好，刚出门就能碰到，但有时候接连几趟，车子满到里面乘客的脸紧紧抵住车门，好像正在酿制的葡萄酒之中翻起的泡沫。

马轩告诉珍珍他要买一辆电动车，珍珍大惊小怪地叫起来，"还是不要吧，多危险，要骑多久才能到？"

"四十分钟吧最多，怎么都比公交车快多了。"

"要穿过公路吧，有很多货车，太危险了，绝对不行。"

尽管珍珍这样说，他还是用父亲给的钱买了一辆，可以折叠的，很小巧。骑着它总让他想起某种鸟类，纤细的两只长腿支撑着笨重的身体，但夜里竟会单腿睡觉。他看着这些鸟类的时候，心里不由得产生出一种恐惧来，它们如此信任自己的身体，夜里那站立的单腿摇晃一下，岂不是就会失去平衡？

珍珍的室友离开之后，她退了房，搬进了他的出租屋。他看着珍珍把一件件衣服挂进衣柜里。

她终于把东西布置好了，除了桌上多了一张化妆台，其余的看上去好像什么都没发生变化。但他望着那盏落地灯，从来没有注意过似的，那光不是白炽灯那清冷的光亮，他想起了黄昏从窗子缝隙照进来的暖光。

灯刚一关上，珍珍就在黑暗之中靠了过来。不能紧张，他在心里想。他在脑海中搜寻着一切能激发欲望的东西，进入了她的身体。但他越努力，越有一种悲伤，在心底一点点被激活。终于，他的眼泪淌在了她的胸前。

"对不起，对不起。"

他想到珍珍的衣服一件件地又从他的衣柜里拿了出来，包括洗澡间她那香得过分的沐浴液，带着一种恋童的香味。还有她那粉色的、带着猫咪装饰的化妆镜。那种悲伤的感觉像是收拢的羽翼一样消失了，他再次伏在了珍珍的身上。她的手终于搂住了他赤裸的后背。

黑暗中颤抖的声音，"我爱你，珍珍。"

自从有了电动车之后，马轩午休也开始回出租屋了。珍珍也回，但都各自在公司附近吃了饭。除去来回路上的时间，他就只能休息半个小时。

"回来做什么呢？在公司趴着睡一会儿就好啊，还能多睡一会儿。回来别说路上多危险了，也只能睡半个钟，何必呢？"

"你不懂，你根本不明白我有多累。"

是啊，她根本不明白，他如何缩在狭窄的工位上，被一片嘈杂的交谈声包围着，而这些声音都好像风一样，绕过他的身边，都与他无关。

他刻意地回避着别人的眼神，在工位上永远空洞、刻板地盯着电脑的屏幕，哪怕没有工作可以做，他也不会把眼神从屏幕上移开，好像眼珠一偏移，就会看到什么恐怖的东西。有一段时间他觉得眼睛痒得厉害，他怎么揉搓，滴眼药水，那种感觉都无法被消除。有时候他想要把手指伸进眼眶里，使劲地抓挠那个刺痒的部分，就像夏天被蚊子咬的包，被他抠挠出血印。只有想到这些时，他才会觉得舒服。

但这些都不足以使他和珍珍发生争执。他们第一次争吵似乎不可避免。他发现自己越来越难以忍受珍珍的浓妆，和她坐在梳妆台祈祷似的漫长时间。有时候说好的出门时间，也会因为她那烦琐的上妆流程而延后，以至于误了饭点或电影。她只要一化上妆，就好像变成了另一个人，就连音调也发生了变化。

虽然已经预想到说出这些话的效果，但他无法控制不把它们说出来。

"珍珍啊，其实你有没有发现，你不化妆也很漂亮呢。"他装作漫不经心地说道。

　　"不觉得啊，为什么都这么说？"

　　"还有谁这么说过？"他好像抓住了一根救命稻草。

　　"忘记了，好像是我妈妈，还有朋友吧。"

　　"同事没有说过吗？"

　　"同事哪里会见过呢。"

　　"不化妆更好看，看起来更年轻。我能骗你吗？珍珍。"

　　"以后别化妆了，好吗？"他察觉不到自己用一种近乎乞求的语气，就像在要一样他压根也得不到的东西。

　　"怎么了？干吗突然说这个，碍着你什么事了吗？"

　　"不是。"

　　"花你的钱了，还是丢你的人了？"

　　"我没有那个意思。"

　　"那你是什么意思，你要控制我吗？"珍珍扭过头注视着他，她的两只眼眶已经涂好了浓黑色的眼影和飞起来的眼线，还有黑色的美瞳片，她的眼睛没有任何生气地盯着他，过大的黑眼珠看上去像某些禽类。

　　"当然不是，没有人可以控制你。"

　　女领导五个月之后才重新回来工作，但也没再新租办公室，不知她动用了什么关系或者花了多少钱，她在高院也有了一间独立的办公室，虽然那里面几乎没看到过她的身影。马轩这才感觉到，那辆脆弱的电动车是多么重要，好几次他把速度拧到最高，才勉强赶在九点钟之前冲进办公室的大门。虽然女领导不在那玻璃隔间之内，但她无处不在。

　　李倩越来越频繁地缺席。有好几次，紧急分析和送印的报告放在她办公桌上，几个小时没有动静，隔壁工位的年轻人才后知后觉地递来一句"请假了"。他默默地把报告从桌上拿了回来，一个个敲开领导们的大门，把报告递送过去，但却是他挨了训斥。

"快下班了才想起送过来？"

他虽不情愿，但还是给女领导打了一个电话，告诉她这边的情况，以及需要对接工作的人。

"你以为省高院归我管？"女领导甩来一句。

但终归还是新派了一个，据说是从县城借调来的，留着短卷发的女人，看上去四十岁左右，记不清楚是叫王丽还是王娟。他对她印象不错，她是唯一会对着他笑的，也许她就长了一张笑模样，但看见她总觉得舒服一些。

"你的意思是她长得挺好看的？"珍珍问。

"不好看啊，快四十岁了，怎么会好看呢？"

"四十岁也有好看的女人呐。"

"怎么样，对她有没有……"珍珍笑着捏他的肩。

"我要吐了，今天非揍你不可。"

王丽的到来似乎也没有改变什么，有时他叮嘱她打印的资料，到了下午又会忘掉。放在她桌子上要送给领导审阅签字的文件，一上午放在那里纹丝不动，工位上空空如也。

他的办公室在四楼，不临窗的角落，阴天暗暗的气氛很像电影院。下雨的时候，雨滴沙沙的声音像是从广播里面传出来，还好他不喜欢雨。三层是其他部门，二层是财务部，一层也常年阴暗，他没注意去观察过，也许也是一些不重要的人吧。六层是领导们，除了替李倩送报告，他几乎没有怎么上去过。进去办公室的时候，他也刻意地不去看那些人的眼睛，刻意忽视他们的样子。

要不是寻找王丽，他也不会把整个楼跑个遍。直到他精疲力尽的时候，才看到她在女领导的办公室里给女儿辅导作业，手机倒扣着放在身后的桌子上。她又把女儿带到了单位，那个胖乎乎、油腻邪恶的小混蛋，好几次把他刚做好的报告丢进了碎纸机里，一打开抽屉，雪花一样的碎纸片落在了他的腿上。

"对不起呀，孩子不懂事。"她总是笑着对他说，好像已经料定了他不会有任何脾气。

他还是把那些不属于他的工作做了，他不知道自己是在惧怕什么，路过那个玻璃门办公室，他下意识加快了步伐，好像怕她看见他在做的是她本应该做的事情。也许是惧怕她的笑脸。他观察过她的笑，两只眼弯弯地向下，好像画上去的，他从没有见过有人的眼睛可以那么弯，厚厚的嘴唇也是弯的，笑起来不像别人那样横七竖八的满是皱纹，连眉毛也是柔善的。

午餐时候，父亲打来电话，告诉他樱桃熟了。他知道，是采摘樱桃缺人手了。可是父亲为什么不喊哥哥呢？他不就在老家吗？他知道他一定会说，哥哥店里在忙，可难道他也不是在忙吗？他忍不住为这些事情开始烦恼，下午的舆情监测又漏掉了两个。正好碰上女领导过来，她穿得很厚的风衣，脸还是没有消肿，但也没戴口罩。

"怎么回事？你就不能不出错吗？"她在走廊里大声呵斥他。

"就不能认真一点吗？"

回到工位上的时候，他觉得眼睛痒得厉害，让他忍不住想笑，他张着嘴巴，像是喘不上气似的。电脑的屏幕又变成了蓝色，他茫然地盯着这片蓝色，然后听到了笑声。好半天他才确定这笑声不是来源于自己，那是他每天都倍感熟悉的笑声。

"你看他的眼睛，像不像动物，羊啊什么的，你觉得他能听得懂你说话吗？"是笑的人在说话。

"我真怀疑他是不是个真人？"是女领导的声音。

"难道是机器人？我女儿说现在的机器人比人还要聪明，莫非他是个坏掉的？"

他也想问，眼前的世界是否是真实的，他无法理解他面前这些所谓人类的情感。屏幕闪出的荧荧蓝光背后也许才是真实的世界，不是 A 指向 B，那不是可以捉摸的东西，也许这停滞的、没有意义的蓝色才是最真实的。

他不喜欢吃樱桃，总觉得有一种血浆的味道，母亲总说是因为缺铁。但小时候他也没怎么吃过，樱桃金贵，树很难养活，养活了又要好好伺候着，像孩子一样。结了果就得赶快趁果实还硬硬的时候，一只手轻轻托着果子，另一只手摘下，不然就会开裂，或者被鸟儿啄食。摘的时候要聚精会神，不然会把旁枝的叶子扯下来，影响来年的产量。可能还是觉得亏欠哥哥吧，自从哥哥来了县城以后，再也没有喊他去村子里摘过樱桃，反倒每次都是离得远的马轩去。父亲为了避露水，总是天黑的时候就把他喊起来，开车回村子。他从不留指甲，每次摘完樱桃，拇指和食指都划出了血痕。

幸好他不喜欢吃樱桃。但哥哥喜欢吃，每次拎回家准备拿去售卖的樱桃总是会被哥哥偷吃一些。母亲看见心疼得要命，有时候生起气来大吼大叫，"你们又偷吃？嘴怎么那么馋"。可所有人都知道，他从来不吃樱桃，哪来的"你们"？母亲走了以后，他会把一两只樱桃藏在衣兜里，趁他们不在，他在田埂上把樱桃拿了出来，放在手心里，使劲地攥住它，直到红色的汁液从指缝之中流淌下来，滴进泥土里。

他和哥哥除了一两句日常的问候，已经有好多年没怎么说过话了。不知道是从什么时候开始，也许是父亲拿出二十万给哥哥创业开店，也许是哥哥还没毕业就从学校跑掉的时候，也许是更早。他已经记不清了，只记得父亲流着眼泪不停复述的那个画面。要不是因为在县城里落不住脚跟，也不会把一个带到城里，一个留在村子里。留在村子里的哥哥抱着脏狗和一群孩子蹲在村口时，父亲完全没认出来，而他也像傻掉了一样，没有认出自己的爸爸。父亲以前每讲一次这个场面，就要落一次泪，也许哥哥是因为这个不理马轩的。可害哥哥留在县城，没读完大学，组织别人当枪手差点被抓的又不是他。

当他随口向珍珍提起来这件事的时候，没想到她会那么兴奋。她吵闹着要去看樱桃长在树上的样子。

"樱桃很贵啊，可以随便吃吗？"

"为什么你不愿意回去啊？"她又问。

"为什么？是因为我本来就不爱吃樱桃吧。"

"怎么会有人不喜欢吃樱桃呢？我只嫌它贵，总是几颗几颗地买，老是想着家里要是种樱桃就好了，这样就可以随便吃了。"珍珍露出了很馋的表情。

他想了想，还是提前给父亲打了电话，说要回去，会带一个同学一起。他想起哥哥曾经也带过女孩子回家，父亲和母亲都很高兴，做了很多菜，但那个女孩子很傲慢，通过她的神情，他知道，他一定给她留下了很古怪的印象。

4

父亲说会在车站接他们。果然一下车门就看见了站在车旁的父亲，看到珍珍，他脸上露出了吃惊的神情。怎么会是个女孩子，难道不应该是找个帮手？况且这样的货车，怎么让她坐得进去。

一切都还不错，父亲带着他们吃了火锅，回家母亲又新买了女式的拖鞋和粉色毛巾，腾出他的房间铺了一条新床单。母亲坐在客厅里和珍珍聊着天，珍珍抢着要去洗碗，母亲也拦着不让。

但他总有一种隐隐的恐慌感。

家里新换的壁灯光很暗，好像一根根蘑菇从墙上生长出来，但却是冷冷的机械银色。

"是你哥设计的，很棒吧。"母亲说。

哥哥终于从房间走了出来，对着沙发远远说了一句，"回来了？"又对着珍珍问，"马轩的同学？"

他这才看见哥哥的右臂打着石膏。

"骑摩托车摔倒了，很严重，右手骨折，背上腿上都是擦伤，趁他住院，我赶紧把他那个大摩托卖掉了，为这个还气得把东西都砸碎了，都怪我，那也是没有办法啊，住院的护士说，这个月医院已经收了两个骑摩托摔死的了。"

"都是我们不好，小时候没早早把他接过来上学，以前你们想吃点樱桃，我还打你们，实在是太心狠了。"母亲又掩着脸哭了起来。

"我不吃樱桃，你忘了。"他想说，但终究没有说出口。

母亲坐在他和珍珍中间不肯走，他想找点话说，但想了半天，话题又回到了樱桃的产量上，好像除了这些，他们不知道还能说些什么。

母亲好像突然想起来什么似的，"你和马轩是什么时候的同学？"

珍珍的脸红了，"是大学同学。"他说道。

"哦，那认识挺久了，那你有对象了吗？"

不知为什么，母亲总会对他说出类似的话，好像永远对她看见的东西不确定似的，非要从他的嘴里讲出来才可以。明明看见了他工作的文件，还要问一句找好工作了吗？这是谁做的饭？明明他手里还拿着菜勺。他和哥哥已经这么多年没有说过话了，她还是那样视而不见，好像什么事情都没有发生。

珍珍尴尬地笑了笑，还好她没再追问下去。

马轩其实想过很多次回到村子里去，和父亲像真正的农夫一样守着樱桃树。他老是觉得城市的空气闷得厉害，他从来没有抱怨过那个暗狭的工位，是因为觉得无论在哪里都是一样的沉闷，好像被人摁在脏水里一样。其实很喜欢侍弄樱桃树吧，引水、剪枝、除虫，就算是在大太阳下面劳作，累得不得了也不觉得有多难过。母亲总是说晒太阳可以补钙，他想到自己清晨的时候总是膝盖痛，是不是已经有了骨质疏松的前兆？但为什么没有回来，不是因为他割舍不下现代化的生活，他只是惧怕村子里的人。有时在路上遇见了，会向他投来古怪的目光，有时候遇见熟识的，也会笑着打招呼，但他离开的时候，就会听到窃窃私语。他在看樱桃园的时候，总是有人从矮墙上探出头往里面窥探，但当他直起身时，那个脑袋又消失了。也有几次，他与那些人四目相对，他笑着问，要不要进来看看？或者吃樱桃吗？那人也只是咧着嘴对他笑，脑袋又消失了。

但他最不能忍受的是村子里那么难以捉摸的人际关系，好像永远处于极度热情或者极度冷漠之中。为了樱桃园引水的事情，当年他和父亲跑遍了村子，想到那些人得意洋洋的表情，他就想吐。直到最后他们也没有把水引给他家，父亲只好花高价请人打了一口井，几次有人或明或暗地过来填井，有段时间他们甚至要日夜轮班地盯着它。一回忆起那个氛围，他就不寒而栗。

但摘樱桃总归是最幸福的时候了，他攀在爬梯上，把果实投掷下去，珍珍张开围兜在下面接着。掉在地上的，她就捡起来擦一擦放进嘴里。这是他幻想过无数次的场景，以前总是他背着围兜或者筐子，把摘好的樱桃一捧一捧丢进去，多想有个妻子在下面接着他丢下的果子，这样他的手臂也不会酸得那么厉害。他无数次幻想着的脸，在阳光下面，仰面微笑着望着他，他希望樱桃园只属于他们两个。

不知怎么的，他瞟到另一棵树下的父亲脸上露出了失望的神色。

母亲喜欢珍珍，他看得出来。或许是因为珍珍总是大惊小怪的性格。母亲曾经说一直以来都想要一个女儿，她羡慕邻居家的女孩总是一天到晚吵吵嚷嚷，"家里有人气儿"。没承想家里三个男人都沉闷寡言，坐在一起吃饭好像在开人大会议。

看见粉色毛巾上的猫咪图案，珍珍直呼可爱。拖鞋上的钩花毛球，她也不住地俯下身用手去抚摸。临走的时候，父亲让她带上一盒包好的樱桃，她脸上马上袒露出惊喜的神色，"真的可以吗？太好了！"

像狸猫一样，母亲说。

5

也不是没有想过要辞掉现在的工作，"不干了吧"，"甩开这一切"，这样的声音常常在他的心里叫喊着。但他的头脑是冷静的，萧条的就业状况他是看得到的，本来能找到工作已经算是走了大运，怎么能够随便抛弃？女领导也承诺了给他涨工资的事情，更何况没有了收入，珍珍那可怜的工资也许连房费也付不起。

他爱珍珍，但他总觉得不了解她。有时深夜醒来，她的两只手紧紧地抱着他的脖子，额头上满是汗水。但早晨醒来的时候，她突然用陌生的眼神看着他，好像他是深夜侵入的敌人。

"做噩梦了吗？"

"没有。"

她有时会一整天什么都不说，他问，她也不回答。他几次看到她身上有伤痕，像是割伤。问起来，她露出了茫然的神色。

"不知道怎么弄的。"

"怎么会不知道？不痛？"

他想起了自己骑电动车摔伤的情形，那只不过是一片纽扣大小的擦伤，她在晚上拉着他跑了好几家医疗室，终于有一家开着门。她不住地问那个穿着脏兮兮工作服的二流大夫。

"要不要打破伤风？要不要打消炎针？"

用消毒水冲洗的时候，他在她的脸上看到了痛意，就连医生也忍不住说，"看把人家心疼坏了。"

但回到家之后，她又玩闹似的把手指摁在他刚刚包好的伤口上，他痛得叫出了声。珍珍咯咯地笑起来，"试试还会不会痛。"她伸出手指又要去碰，他急忙闪到了一边。

她自己身上的伤口，就感觉不到痛吗？

一个星期后，马轩发现工位对面来了一位新的年轻人，比他小两岁，也是同所学校毕业的。他一走过去，叫小白的年轻人就站起来对他微笑。

第二天在电梯里，小白就迫不及待地询问他对工作的看法。

他迟疑了半天，最后还是说了真实的想法，"要做好加班准备"，"没什么前途"，"工资很难有改善"。

一直说着这些，直到看到小白脸上犹疑的神情，他才暗暗责备自己的失言，随便搪塞几句就过去了，何必要这么较真。

但若不是忙着和小白说这些，他也不会不知不觉走到大楼后面的花园，第一次看到楼后面一整面交错覆盖的绿色枫藤，撤掉大楼一定会留下一座翠绿的方形结构，下面的金钟花和迎春花还没到季节，好像受到了什么召唤似的一反常态向上生长着。从大楼的正面，竟然看不见一点端倪，在背面也看不出这是多么威严的一栋楼。旁边是木头颜色的回廊，两边种着冬青、鸡冠花和女贞，水池里生长着小巧的白色睡莲和一小片水葫芦，没有鱼，倒也显得干净。

以前怎么就没有发现这里呢？好像一走进这个院子里，就像屏住了呼吸一样，所有的感觉器官都失灵了。在这里快一年了，从来没有想过看看楼下面是什么，附近都有些什么。一下班发动电动车飞一样地逃离这里，直到骑过了桥才感觉呼吸变得平稳下来。

他坐在回廊上，全然忘记了要去吃午饭。院子里是他一直渴望的安静，但越是安静，他越感觉到一阵恐慌，害怕有什么东西会冒出来打破这来之不易的宁静。阳光洒在没有被修剪整齐的草地上，有很多斑鸠在那里晃晃悠悠地走来走去，不时低下头在地上啄两下。

仔细看时，才发现草丛里紧贴着地面趴着一只黄色的长毛猫，正紧张地盯着那群在原地兜圈的斑鸠，随时准备着行动。它沾满灰尘的耳朵往后竖着，压根没有注意到他的存在。

"吁——"尖锐的口哨声响起，斑鸠们扑啦啦地飞了起来，黄猫回过头看着他，带着一种人脸上的怒意。他的脸上泛起了难以察觉的微笑。

虽说新招了员工，但分在他身上的工作量也没有减少，只是细分了。女领导一副要好好整饬一番的架势，为此还请他和小白喝了两次咖啡。

"打起精神来啊，一定不要出错，要和高院的人好好配合。"说到后半句的时候，她的眼睛扫了扫马轩。

自从电梯里的那番谈话之后，他发现小白开始有点提防自己。小白工作很认真，但却有个弱点，他总是习惯性地隔一段时间要照看自己在手机上饲养的电子宠物。果然，不久之后小白因为工作失误被叫出去训斥，回到工位的时候，他看了马轩一眼，就像要在他脸上探寻是否会幸灾乐祸的痕迹。马轩的眼睛紧紧地盯着屏幕，就像根本没发现周围发生了什么。

他总是久久地盯着电脑屏幕，一点也没有发现事情已经发生了变化。直到看到小白笑盈盈地和王丽一起去送报告的时候，他才发现，最近几次小白的失误，都被轻描淡写地略了过去。早晨到工位，小白的电脑桌上已经放着冒热气的牛奶咖啡。

"你应该把小白争取过来。"珍珍说。

但那有什么必要呢？他只是觉得困惑。骑在电动车上时，马轩时常觉得自己好像漂浮在死海之上，轻飘飘的，总是与一切擦身而过。那真正重要的，影响一切，令人珍视的东西到底是什么？他始终觉得不能明白。

中午回去一躺在床上，他觉得整个人被抽空了一样，久久不能动弹。珍珍没有睡午觉的习惯，何况她下午可以盖着毛衣在沙发上打盹儿。她一回去就把腿搭在他的身上，吻他的脸，抚摸他，再把手伸进他的衣领里去。他任由她柔软的手掌抚摸着，让他想起了小时候睡觉时咬着的安抚巾。但当珍珍趴在他身体上的时候，他忍不住狠狠推开了她，大发脾气。

"你有完没完，我下午要很忙，很累，你还要烦我，你倒是没事做。"他对着她大声吼叫起来。

她为什么就不能理解理解他？

他时常也在想，到底是怎么回事？难道是他的欲望减退了吗？可是他在街上看见那些扭着屁股的陌生女人，甚至是内衣店的模特，也有忍不住把她们的衣服撕碎的冲动。为什么面对着真实的肉体，他却一点反应也没有？他去看过医生，"没有任何问题，完全不用担心"，医生这样说，"特别是不用焦虑"。难道他不爱珍珍吗？答案却是相反的，他几乎怀着一种绝望的心情爱着她。也许正是因为这样，因为他的依恋，那种在一起的欲望演化成了一种不可割舍的温情，和她在一起的时候，他总是怀着一种爱的忧伤。有时候他真想对珍珍说，你知道吗？要不是你我绝对没有办法活下去，甚至想过和她一起赴死。但欲望不是这样的。面对珍珍的欲望时，他感到一阵战栗和自责。

晚上回去，他特意买了珍珍爱吃的点心。她的气已经消了，笑着和他讲下午办公室里发生的事情。他最喜欢看她咧着嘴笑和模仿别人说话时的神情。但到了后半夜，他听见了身边传来抽泣声，"怎么了？"他打开灯，试图把她的身子翻过来。但她把被子紧紧裹在脸上。他只好把珍珍抱在怀里，直到抽泣声变得微弱，成了浅浅的呼吸声。

6

若不是回家拿考试报名要用的户口本复印件，也许一直不会有人告诉马轩，哥哥要结婚的事情。因为没有提前打招呼，他和珍珍已经到家了才发现，房子正在翻修，准备作为哥哥的婚房。父母搬回了曾经居住的平房。

珍珍总是说想养一条狗，但他们朝不保夕的出租屋，连自己都照顾不好，哪里还有余力去照顾一条狗呢？回到平房的院子，珍珍觉得很喜欢，悄悄在他耳边说过几次这里多么适合养狗，还可以种一院子郁金香和桃花。他没告诉珍珍郁金香有毒，养了它就不能再养狗；桃树在这里不能成活。

珍珍带了礼物送给母亲，到了晚上，母亲非要塞给珍珍两千块钱，但她坚持不肯收下。一会儿预备嫂子来了，看着桌上母亲做好的饭菜和零食罐头，开玩笑说，"妈妈真是偏心，弟弟一回来就弄这么多好吃的，我来的时候都没有了。"

虽然是玩笑话，但他的心被狠狠地刺痛了。

夜里珍珍敲开他的房门，说自己不敢一个人去院子里的旱厕。他迷迷糊糊地跟在她的后面，这些天一直疲于准备好几个考试，睡眠严重不足，经常洗完澡之后，地漏就会被脱落的头发堵住。

　　"嫂子漂亮吗？"珍珍突然问。

　　"还行。"

　　"想没想过和她？"她又露出了那种笑容。

　　"去你的，别乱说。"

　　珍珍搂住了他，松垮的睡袍里面什么都没有穿，热乎乎的嘴巴挨住了他的脖子。

　　"别这样，他们会看到。"

　　"他们早就睡着了，你的家人，你还怕？"

　　"说不准没睡呢。"

　　珍珍放开了他，走进了木门的厕所里。虽然很快就出来了，但身上还是沾上了臭味。

　　"什么时候给你买房子呢？"珍珍扇着鼻子问道，"难不成我们以后要住在这里？"

　　"肯定会有的。"

　　在工位上时，马轩绝不敢打开考试复习资料的网站，有时趁人不注意在洗手间的隔间里播放网课视频。晚上睡觉之前也看，左眼睡起来就长了针眼。工作想当然地出现了几次失误，虽然并不严重，但也不像小白那样好运，还是被训斥了好几次。

　　一个下着雨的下午，他穿着单薄的雨衣往单位里赶着，雨水顺着濡湿的发丝往下流淌，他的眼睛变得又辣又痛，建筑变得模糊和可怖。他拼命想睁大眼睛，但还是冲撞上了桥梁，万幸他没有从桥梁上面翻滚下去。但当他用摔痛的右手扶起电动车，再次坐上去时，发现怎么也无法重新启动。雨越下越大，雨水汇聚成巨大的水流，从桥面上翻涌下去，像瀑布一样向桥下流去。密集的车辆狼狈地拥堵在一起，烦躁的鸣笛声和巨大的雨声交汇在一起，耳道随着一起发出嗡嗡的响声。

他焦急地打开手机，期望能在约车软件上叫到一辆出租车，然而在密集的车流之中，就算真的能等到车，它也不可能跻身进来。他急得眼里要冒出火来。

坐在坏掉的电动车上，他把手机塞进雨衣的袖子里，给珍珍打了个电话。

他听到她睡意蒙眬的声音，"干吗？"

"下大雨了，你没看到吗？电动车坏了，我被困在了桥上，打不到车，马上就要迟到了，怎么办！"

"那怎么办？请假啊。"

"怎么可能请假？怎么办啊？"

"我哪里知道怎么办？你干吗给我打电话？我能过去接你吗？有用吗？"

是啊，他怎么会下意识地就给珍珍打电话倾诉起来了，不是完全徒劳的吗？反而给她增加烦恼。他看着停滞在桥上的、紧挨在一起的车辆，疯狂的鸣笛声好像一声又一声的咒骂。

他突然安静了下来，扶起了倒在地上的电动车，推着因损坏而变得异常沉重的车子逆着雨水往前走去。当他推开大办公室的门时，所有人都被他的脸吓到了。他的眼睛红肿着，露出可怕的眼神。就算在电梯里擦过，还是能看见雨水顺着鬓角流下来的痕迹，衣服和裤子基本都已经湿透了，紧紧地贴在身体上。

就连前厅从不和他说话的女孩也问了一句，"不要紧吧？"

女领导从办公室中赶过来正准备要质问他，但看到他的脸的时候，她愣了一下，嘀咕了一句，"怎么搞的？不行就早点下班回家吧。"

他什么也没说，坐回了他的工位上。

没有人知道他是怎么推着车子，被利器一般巨大的雨点击打着，一直走了将近五公里。下班的时候，经过大厅的穿衣镜，他才发现，胸前的衬衫被勾出了长长的一道裂痕，向上弯着，像一个微笑的符号。

回到家里的时候，珍珍已经睡着了，怀里紧紧地搂着他的枕头。当他触碰她的身体时，她开始微微颤抖。

不知从什么时候起，珍珍开始抗拒他的身体，他搂抱她时，她的肩膀变得僵硬，他亲吻她时，她的嘴巴也因为用力而变得发皱。他以为她还是为以前的那些事情生气，于是开始不住地亲吻她，抚摸她的脖子，把舌头伸进她的耳朵里。但不论他怎么侍弄，珍珍都没有反应。有时候好不容易配合他，但当他一进去，珍珍就大声喊痛。他不禁恼火起来。

"怎么老是痛？生病了吗？是不是有炎症了？"

"没有。"

"那怎么会痛？"

"我不知道。"珍珍说。

"以前怎么不痛。"

十月的时候，他偶然间发现生殖器上有一圈小小的凸起物，亮亮的，看上去像是皮疹，但是不痛也不痒。他赶忙在手机上搜了搜，跳出来的图片和文字将他吓出了一身冷汗。

是珍珍，珍珍有问题。她在欺骗他。

他的脑子开始发烫，一把把珍珍扔在了床上，自始至终他只有过珍珍一个女人，而在他之前不知道她和多少个男人厮混过。可能就是最近这些天的事情。

"干什么啊？"她大声喊叫起来。

他没有回答，只是把她的两只手使劲压在床上，用脚快速地

　　　　　　　　　　　微风吹起黑色帷幕　|

蹬掉了她宽松的睡裤。她的两条腿不断地乱蹬乱踢，险些把他踢翻下床，嘴里不住地说着咒骂的话。但他一点也没理会，继续脱掉了她的内裤，使劲扳开了她的腿。她的两只手挣脱了，在他的背上和脸上使劲挠打着。

"乖一点，乖一点。"他说。

然后他看到了珍珍平滑的皮肤，没有血印，也没有皮疹。

生殖科的医生在检查完之后告诉他，那是珍珠疹，很正常，大部分人都会有，让他不要过分紧张，做好基本的清洁就可以。从医院出来的时候，他感觉到整个人还是眩晕的，阳光照在他的脸上，刺目的温暖。他感觉到几个月以来鲜有的轻松。

回家的路上，他买了花和生日才会吃的蛋糕，还给珍珍买了一条粉红色的羊绒围巾。回到家里时，他不住地跟珍珍道歉，讲着事情的经过，但她背对着坐在床上一言不发。他把花和蛋糕递到她的面前时，她抬起头看了他一眼，眼神之中只有空洞的冷漠。

从那之后，珍珍就几乎不再同他说话了。她没有搬家的意思，但看见他，就好像只是空气一样。他对着她说话，她也像听不见。

"珍珍，求你了，是我不好，你和我说句话吧。"

"求你了，哪怕是骂我也可以，你想打我也可以的。"

他看见放在她枕头上的粉红色围巾被扔在了马桶里，她对他的厌恶已经遏制不住地从身体里散发出来，也许他做什么都于事无补，他再也得不到她的原谅了。

下班的时候，他路过了每天都会经过的巷子。那几乎是全城最脏的地方，地上一不留神就会踩到排泄物，两旁的建筑破败不堪，傍晚的彩灯也散发着衰落的色彩。以前经过这里的时候，他总是头也不回，今天他第一次注意到了站在房檐下的那些女人。他和其中一个穿着亮片裙子的对视了，女人对着他笑了一下。

和谁不可以呢？和珍珍可以，和别的女人也可以，有什么不一样？珍珍可以和他，也可以有过别人，有什么不一样？

"多少钱？"他问女人。

"六百全包。"女人露出了粗俗的微笑。

"便宜点儿。"

女人大笑起来，其他几个人也跟着哄笑，"你想多少？帅哥，五百你看行不？"

他发动了引擎，车子迅速地向前驶去，把女人们的声音甩在了身后。

回到家里，珍珍还没有回来，他给她打了两个电话，都没有接通，也许今天夜里是不会回来了。他从柜子里拿出曾经的朋友入伍前送他的白酒，打开瓶盖，一股脑地往嘴里灌去，又辣又热的液体顺着喉管一直流到了他装满蛋糕的胃里，他感觉到一阵飘忽，好像在做梦一样，身体也不觉得那么痛了。一会儿，他把刚灌进去的东西随着之前的食物一起吐了出来，他又灌了两口，现在浑身都是灼热的感觉了。恍然之间他听到了开门的声音，似乎是看见了穿着套裙，化着一贯浓妆的珍珍的身影。他对着那个影子傻笑了一下，嘴里嘟囔了一句，"回来啦，不要离开我"之类的，然后看到了珍珍的眼泪滚落到了她布满尘土的皮鞋上。

7

哪个年轻人会不喜欢圣诞节呢？金色的麋鹿灯牌早就挂满了每一个商家的店门，纸折的圣诞老人的立体图案贴在玻璃窗上，商场门口立起了三米多高的圣诞衣白熊的雕像，熊的眼睛暧昧地眨着。就连骑着车经过荒凉的大桥时，也看到两边的灯杆上挂上了闪烁的小灯。情侣们早就策划好了圣诞节的计划，这是他们不用和父母在一起，可以独自热闹的节日。

也是临近圣诞节的时候，父亲打来电话，告诉他哥哥确定好了结婚的时间，婚房也已经装修好了。母亲给他拍过来照片，天花板刷成瓦蓝色，墙壁上蒙着轻柔的纱幔，上面点缀着海星、贝壳和木头雕刻的小鱼。阳台的纱网和栅栏都被拆掉了，墙上、地上、架子上都摆满了密密丛丛的植物，绿萝一盆一盆从天花板上垂下来，下面是一个长条形的大花盆，里面种满了形态各异的多肉植物。母亲说那是哥哥准备种好了拿去售卖的。客厅的墙上是哥哥和嫂子大幅的写真，哥哥左手勾着她的肩膀，两张脸贴在一起，露出了甜蜜的笑容。

去女领导办公室请假时，她竟意外地一点也没有为难。她正忙着再招新人的事情，也让他们都在朋友圈里转发了招聘启事，来的人倒是不少，但没几个靠得住的。一次偶然之间，他看到了小白的工资条，原本比他进公司晚的小白，但工资早已在他之上超过很多。回到工位上时，小白笑着从电脑下面递给他一根香蕉，他惊讶地接了过去，发现周围每个人的桌上都放着一根。香蕉的皮已经变薄，软绵绵的，根部开始出现黑色的斑点，今天要是没有吃掉它，明天一准会变成一摊泥。

珍珍把香蕉喂给了楼下的流浪狗。她没有再提起过养狗的事情，但看见楼下院子里的杂毛流浪狗，她总忍不住掏出身上有的食物喂给它们。她提过想要两只鹦鹉，玄凤或者是葵花，最好是体形大一点的，太小的总归还是要关进笼子里面，免得落在床上一不小心被压到。

"太闷了，太闷了。"她不停地说。

马轩去花鸟市场看了看，找到一家卖葵花鹦鹉的，放起音乐还会跟随着节拍跳舞，但看到价格，他悄悄地溜出了店门。

一开始，流浪狗们只是远远地等待珍珍把食物丢过去，或者等他们走远了，才敢过来吃地上的食物。后来慢慢地敢靠过来了，咀嚼的时候，两只眼睛还是警惕地望着，珍珍伸出手去摸，它灵巧地躲开了。但其中有一只黄色的，顺从地接受了珍珍的抚摸。她惊喜地伸出另一只手召唤马轩，但黄狗以为是要落在它头上的巴掌，咬了珍珍一口，慌忙逃开了。

"怎么回事？"他慌忙跑过去，看着手指上那两个青白色的洞慢慢地渗出了血珠。

打过狂犬疫苗的后半夜，珍珍的身体开始发烫，不断地把被子往自己的身体上卷。就算把家里所有的被子都压在她的身上，她还是喊冷。他拨通了医生的电话，那边不耐烦地告诉他这只是正常副作用的一种，不需要吃药，多喝水促进体液排出就好。

他把毛绒睡衣也脱下来，盖在了最上层的被子上面。把刚烧开的热水一点点地吹凉，扶她起来喝。一趟一趟换冷毛巾，敷在她的额头上。

他看见珍珍因发烧而通红的脸，和盯着他的含满泪的眼睛。

"我爱你珍珍，"他突然冲动起来，"你根本无法想象我对你的爱，"他死死地盯着她的眼睛，"我不止一次地做梦，梦到没有你的世界，梦到你死掉，我每天不知道该做什么，整个世界都变成灰色，我每天只能在狭窄黑暗的走廊上像动物一样来回徘徊……"

他看到珍珍的眼睛里透出难以掩盖的恐惧、痛苦和厌烦。他没有意识到，这也许是他潜意识里的对她死亡的一种渴望，和永恒的占有。

夜里他又听到珍珍抽泣的声音，在黑暗之中让他想起了夏日末尾的蝉鸣。他理解不了她的悲伤。他有时候想，人是否能够真的理解另一个人：倘若真的可以理解别人的不幸的话，那么怎么还能够处之泰然？倘若真能理解另一个人的爱的话，怎么能不感到一种坠入深海的绝望？

他真的了解过珍珍吗？

8

十一月底的时候，天气已经变得相当冷，终于有一家公立单位通知他去面试，是传统媒体，但工作地点已经几乎快要到了城市边缘。母亲听到消息很高兴，私下里和父亲说那里的房子便宜。面试的末尾，面试官问他对于将来的规划，他像突然被切断了电源似的，沉默了许久，才慌张地说道，要好好工作，以事业为主。面试官的脸上露出了不满的表情。

回去的时候，最后一班公交车已经停了，破败的街道难得地被叽叽喳喳的年轻人围堵着，路过的车子都坐满了人，头也不回地驶过挥着手的人们的身边。

终于，一辆灰红色的面包车在他的面前停了下来，驾驶室里伸出了一位中年人带笑的脸。

"去哪哇？"

他看了看车里面，椅子都被拆掉了，铺了几堆乱七八糟的稻草，散落着手套、工作服和铁锹，副驾驶上坐着一个头发已经全白的老妇人。他犹豫了一下，说出了要去的地方。

"二十块，走不走？"

最终他还是上了车，坐在了微微有点潮湿的稻草堆上，车里面弥漫着一股皮革混合着草腥味儿，他不知不觉竟然睡了过去。等司机把他叫醒的时候，他发现自己靠在草堆那一边的衣服已经湿透了。

"累坏了啊？"中年人笑着说道。

是啊。这些天，压倒一切的疲倦感不断地向他袭来，他感觉随时都会眼前一黑，沉入永久的黑暗。在睡梦中他一直听见雨的声音，追寻着声音，他找到了一条奔涌着的黑色河流，沿着河流的方向，一直走到了尽头，河流坠入虚空，他知道这就是世界的尽头，空无一物，只有他一人。

9

下起雪了，房屋和地面上，树上都落上了薄薄的一层，中午经太阳一晒，结成了亮晶晶的冰壳。

珍珍穿上了白色的棉衣，她总是那么怕冷，当她把头整个缩进空荡荡的棉衣里时，他才发现珍珍瘦了那么多，他还能记起这件棉衣以前穿在她的身上撑得蓬松的样子。他怒视着那空荡荡的棉衣，好像那里面空出来的部分正剑拔弩张。因为痛苦而不断散发的愤怒包围着他，每天都在一起，他怎么能对她的变化视而不见？她对食物的厌恶，以及饭后频繁的胃痛，每当她轻描淡写地说"没事"，他也就佯装没事了吗？

"去给你买件新棉衣吧，这件都不合身了。"

"不用了，"她拽了拽身上的棉衣，"我还有其他的可以穿。"

"买一件吧，回去哥哥的婚礼上穿。"

她没有再反对。当她面对着镜中穿着新衣的自己时，脸上孩子气地露出了久违的笑容。那是淡紫色的衣裙，像是鸢尾花一样，轻轻地包住她的身体。他越发觉得脸上的浓妆那么格格不入，他忍不住又说道：

"很美啊，婚礼那天可以不化妆吗？"

她露出诧异的神情。

"就那天，可以吗？不化妆的样子真的很美。"

他没想过她会有那么大的反应，"为什么又说起这个？"她哭喊起来，一旁的店员和顾客都纷纷向他们侧目，她哭泣的声音越来越大。

"是嫌我丢你的人，对吧？"

"为什么又提起？还嫌不够吗？"

"你永远都不懂！"

她的脸因为痛苦和扭曲而肿胀着。他突然想到，珍珍哪怕是痛哭一整夜，第二天脸上也不会显现出一点痕迹。刚刚陷入悲伤，但只要一有让她振奋的消息，脸上的神情就会立刻转变。多么惊人的愈合力啊。她生性随意，没有什么执拗的人格和非做不可的事情，唯独化妆这一件，好像有着不可取代的位置。他突然想起，自己从未试图去理解过浓妆对于她来说不可或缺的意义，在他看来那是那么地幼稚、无聊和可笑，他只是觉得她没有长大而已。

在下第二场雪之前，空气变得愈发干燥和寒冷，骑着车子的时候，戴着手套的双手依然被风沙刺得开裂了，放在热水里，开裂的小伤口被电击一样刺痛。尽管珍珍买了新的毛毯，他还是发现了她在偷偷收拾东西的痕迹，但他只是佯装什么都没有看见。中午的时间，他也不再急着赶回去休息了，有时候窝在逼仄的工位上打个盹儿，有时候他会冲一杯热咖啡，坐在楼下院子的回廊里，这样的天气，那里更是寂静。

墙上的枫藤一半变成了黄色，另一半被风吹得只剩下了透明的叶脉结构。鸡冠花还是红的，只是顶端有一些发灰了。池塘里结了一层薄冰，中间的睡莲已不知踪迹，池子边缘的地方微微晃动着，探出一些水痕。但斑鸠们还是狂妄地在干枯的草地之中啄食着，也许是正午太阳出来的缘故吧，它们看上去还是那么活跃。

他站起身向草地走去，斑鸠们毫不在意地继续踱着步子，他想起珍珍过去一直吵闹着想要一只宠物鸟。他蹑手蹑脚地走近，斑鸠们伸着脖子往林子里逃窜，但也不飞起来，只是看上去匆忙了一些。他看准了一只，追着它绕着冬青树兜了几个圈子，直到它终于失去了力气，窝在了冬青树的根部。他一把握住了它。

他兴奋得忍不住给珍珍打了个电话，"你不是想要鸟吗？晚上送给你"。

"什么？"

"一只斑鸠，我刚刚在院子里抓到的。"那边已经挂断了电话。

那只灰褐色的鸟儿探出头，想要用尖嘴啄击马轩的手腕，但都落空了。它的眼球恐怖地旋转着，他能感觉到它的小心脏在他的手心里突突地跳动。它企图缩着翅膀逃走，但没能成功。它安静了一会儿，看上去好像接受了自己的命运。他的手稍稍一放松，它就拼命地挣扎起来，他紧紧地握着它的身体，它怎么挣扎也不会有办法逃脱的。突然，它的脖子怪异地扭动了几下，头重重地垂向了一边，毛茸茸的眼睑还微张着，露出了可怕、冰冷的眼神，像是来自地狱的凝视。

他仍旧紧紧地握着它，另一只手轻轻扶起它的脑袋，但一松手，它又重重垂了下去，偏向了一边。

"它在装死，"他心里想，"这是动物的一种策略，很多鸟儿都会这样，它在假装罢了。"

那个小身体被他握在手里已经发汗了，他终于摊开了手掌，但另一只手还护着，担心它飞速地逃走。

带着朴素花纹的灰色小鸟静静地躺在他的手心，一动不动，两只脚伸得像深冬的枯枝，眼睑仍旧如刚才一样，轻轻盖在还能看见一小半的黑色眼珠上。

"不会的，是装的，是装的吧。"他心里默念着。

他把鸟儿放在了刚刚发现它的草地上，自己跑出了很远，蹲在地上偷偷观察着。他心里渴求着它能够透过那佯装的、微闭的双眼，发现自己已重获自由，展开它那急不可耐的翅膀，一股气飞到高高的树枝上面去，飞到云的上面，飞到他再也看不见的地方。

但那个小身体仍旧躺在那里，好像一块没有生气的石头。那是斑鸠自杀了，他查看了资料，那是一种会自杀的鸟。斑鸠最后的眼神一直停留在他眼前。

他一下午都心神不宁，斑鸠的体温似乎还留在他的手心里，无论他怎么用洗手液搓洗，用毛巾擦，左手还是不断地冒出汗水来。

下班的时候，他远远地朝那里看了一眼，渴求着那东西能够消失不见。但那个灰黑色的身影还在原地，一点也没有发生改变。

回到家，珍珍问他，"斑鸠呢？"

"一不留神就飞走了。"这是他提前编好的谎话。

"喊，我就知道。"

他没有解释。夜晚的时候，他在被子里嗅到了一股腥臭难忍的味道，他知道那来源于他的左手。他拼命地把手伸出被子之外，好像那不是他身上的器官。那种感觉还在他的血管上微微地跳动着，突突。

第二天，他还没有骑电动车走到单位，就接到了女领导的电话，她在电话里歇斯底里地咆哮着，他已经能想象到她脸上那狂怒的表情。他有一种很不好的预感。

"为什么总是出错？为什么总是不认真？我是不是跟你说过一百遍了？我对你还不够好吗？不是都答应要给你加工资了吗？为什么一次一次的这样？为什么？"

愤怒的声音随着寒风的呼号被一点点消磨。他在回去的路上想着，该怎样和女领导解释，那也只不过是一个不大的失误而已，或者他应该跟她道歉，说一些好话，甚至买一些礼品贿赂她。

斑鸠之死

但走进办公室的时候，她只是冷冷地说了一句"自己去辞职吧"，就把他在嘴边所有的话都挡了下去。

他递交了辞呈，几乎没有办什么复杂的手续，他回想起了进来时候的重重关卡。办公室一如往常地忙碌着，没有人注意他收拾东西的样子，他听见隔间里传来王丽咯咯的笑声，人人都喜欢她的笑，觉得亲切，有感染力，每当她笑，总会有人跟着情不自禁微笑。

他背着包下电梯之前，想去一趟洗手间。洗手池里温热的水流留在他寒意还未消退的手上，什么感觉都没有。他从卷纸机里拽出卷纸擦着手上的水滴，一个秃头的男人走了进来。男人捻起卷纸末端被他的手弄湿的部分，厌恶地扯下去，迅速地丢到了垃圾筐里。

那一刻，他终于爆发了。他对着镜子里的男人的脸吼道，"就这么让你恶心吗？"

"我就这么让你恶心吗？"

男人惊诧地看着他，嘀咕了一句，"精神病吧。"转身走进了厕所的隔间里，重重地锁上了门。

珍珍曾经说过想要学习油画，"色彩多美啊，很难想象没有颜色的世界"。她穿衣服也总喜欢鲜亮的颜色，第一次看到山茶花时，激动地啜吻着花瓣。"总要先学习素描才行，但是讨厌灰色的结构，讨厌一个样子的石膏像和水果，没有色彩的东西让人害怕。"

墙上挂满了珍珍随手画的东西，只有花蕊的葵花、蓝色背景上的橙黄色斑点和雪地上鲜红色的"我爱你"。他从来没有仔细看过珍珍画的这些画，以前她向他展示的时候，他总是笑着说画得很棒。其实他早就发现，那幅"我爱你"下面，不属于珍珍的小小签名。

他起身打开了煤气炉，煮了白米粥，里面放了很多红枣，珍珍总喊着腹痛，母亲说红枣是温性的，最适合女孩子吃。暗红色的大枣在白米粥里面上下翻滚着，跟墙上那幅只有红色和白色的画又有什么两样。他不理解那样的东西怎么能称得上是画，那只是一句话而已，就像他也无法理解珍珍喜欢的一幅画，一些黄色、红色和紫色的油彩乱七八糟地组合在一起，题目却叫作 *Mood*，她竟对着那幅画泪流满面。

粥发出了咕嘟咕嘟的声音，红枣的皮绽开了，把粥染成了淡黄色。白米的香味充斥了整个屋子，他把粥盛进了碗里，又开始在平底锅里炒莜麦菜，把炒出来的黑色汁水倒进下水道里。

直到深夜，他才听见开门的声音，珍珍穿着他们一起新买的衣服，浑身香气，脸上好像被霓虹灯照射一般发出彩色的亮光。她吃惊地看着扣在写字台上的两碗粥，和已经氧化看不清内容的莜麦菜。

"去哪了？怎么才回来，我做好饭，一直在等你。"他从床上坐起来，对她露出了讨好的笑容。

"我吃过饭了。"

"去哪里了？"

"需要跟你汇报吗？"她轻描淡写地说。

"和谁在一起？"

"跟你有关系吗？"

"到底去哪了？"他忍不住对她怒吼，她被吓了一跳，打开门准备逃出去，可是被他一把拽过去，狠狠丢在了床上。

他掐住她的脖子，对着她的脸吼道，"到底去哪了？为什么这样对我？"她带着浓妆的眼睛死死盯着他，他突然想起了那只鸟的眼神，那充满恐惧、厌恶、鄙视、冷漠的黑色的巨大的眼珠。

"不要那样看着我！"他打了她一巴掌，接着又是一下，他感觉到她颈部的脉搏在强烈地跳动着，好像握着那只斑鸠的小小心脏，在他的手心颤动着。一种怪异的、从未有过的欲望将他包裹住了，他使劲拽开珍珍的衣服。"干什么？"她哭喊着，使劲捶着他的肚子，但他全然不理会，然后进入了她，他第一次感觉到那里充满了力量，一种从来没有过的快感让他沉醉了。

"是这样吧珍珍？你要的就是这个吧？我可以给你的，对吧？"

他终于第一次品尝到了快乐，那是他从未得到的东西。他捏着她脖子的手越来越紧，使她不由得咳嗽起来。她的指甲在他的手臂上留下了一道道血痕，疼痛的感觉更让他觉得刺激。他甚至喜欢她的反抗，那是一种可以达到极致的暴力。

最后，他流着泪瘫倒在她的胸口，"我爱你，我不会离开你"，他呢喃着，然而，珍珍满含着厌恶的手掌使劲将他推开。

"滚！"

他看到的是她红肿、扭曲着的脸。

10

后来，珍珍消失了。他去过她的单位，门房拦住他，说她早已经离职了。写字台、浴室、衣柜和床上到处散落着她的东西，好像某个死去的人的遗物。她的电话变成了忙音，所有社交软件中发出的消息都石沉大海。

母亲打来电话，叮嘱他不要忘记哥哥结婚的日子，一定要带上珍珍一起回去。母亲不知站在哪里，那边的听筒随着她的说话声传来了铃儿响叮当的音乐。他这才注意到，便利店的收银员也戴上了红色的不织布圣诞帽。

"圣诞节来店会有礼物送哦。"面色苍白的年轻人强打起精神说。

又一次下雪了，他把电动车推到了废品收购市场，用几乎是废铁的价格把它卖掉了。他又往珍珍家里打了一次电话，那边传来了此机已停机的提示音。

有时躺在床上的时候，他望着珍珍的画，想到她也许会成为一个知名的画家，这样无论如何他都可以找到她。临走之前，他把那些画一张一张从墙上撕了下来，小心翼翼地夹在了电脑包的夹层里，除了那幅"我爱你"，留在满是胶痕的墙上。

他坐上了火车。因为下雪，火车一直走走停停。今天原本是另一场考试面试的日子，这场面试他排在第二位，胜算很大。他在火车摇摇晃晃的行进之中睡了过去，梦中他站在一片白茫茫的雪地上，什么都没有，只有厚厚的积雪，他一直往前走着，仿佛没有尽头。奇怪的是，他一点也不觉得没有耐心，反而心无旁骛地一直往前走着。

到站之后，他按照曾经寄快递的地址，顺着地图的指向坐上了去往小城的车子。车上的人们说着他听不懂的方言，但他一点也没有觉得紧张，反而觉得特别亲切。小城的广场上也摆上了用塑料制作的假松树，有几个女孩子向路人兜售着装在礼物包装纸里的苹果，他知道，就在这平安夜的当天，一颗普通苹果至少可以卖到五块钱。

他的手机屏幕不停地闪动着，但他不去理会。终于，车子停在了他的目的地，这是他说过无数次要来的地方。他看着高大的楼房，外面的墙壁覆盖着半新的瓷砖，楼下的松树并不是低矮肮脏的，被雪覆盖的浓绿色散发出崭新的色彩。这和描述中的场景全然不同。

斑鸠之死

他被一种全然陌生的氛围包裹着，但他仍旧鼓起勇气走进了楼里。楼道里散发出岩石的味道，一种从未有过的疏离感环绕在他的身边。他突然意识到，自己从来都没有了解过珍珍。

他看到了那扇暗红色的防盗门，他想象着自己敲开那扇门后，怎样和她的父母介绍自己，怎么样措辞以求得珍珍的原谅。有那么一瞬间，他几乎要敲开那扇随时可能打开的门。突然，不知哪户人家传来了扭动门锁的声音，他不知怎么的，一种巨大的恐慌促使他飞快地逃离了那扇门。

他从黑暗的楼道里跑了出来，看见立在院子里褪色的大象滑梯。珍珍曾向他描述过它，她只要在家里受了委屈就会躲在里面，那个狭窄的空间让她觉得安全。但它与他想象之中的全然不同，那么低矮、破旧，就连一只猫也钻不进去。他突然感到一阵恐惧，害怕那个被他凌辱过的、陌生的珍珍从后面钻出来。在那之前，他竟从未这样想过，他急切地赶到她的家里，只是为了找到她，只是因为爱。

他逃一样地离开了那个院子。街上的雪已经被车子和行人辗成了黑色的泥浆，还不到吃午饭的时间，街边的店铺已经拉下了卷帘门。若不是因为珍珍，他永远也不会知道有这样一个卑琐的小城。他终于冷静了下来，用手扫掉落雪，坐在一个冰凉的椅子上，过了片刻，他才想起看手机上纷至沓来的信息。

"去哪了？你哥的婚礼你又跑到哪里去了？"

他关上了手机。就在这时，雪地上出现了唯一一个熟悉的身影，它在洁白的、泛着荧光的雪地上一如往常地兜着圈子，啄食着雪粒，和那天斑鸠的样子毫无二致。

他伸出手在空气中抓了一把，他感觉到抓住它了。他喜欢那种感觉：它像是那么轻易地就被他俘获。现在他似乎感觉到手心之中那个圆乎乎的身体，软绵绵的，"扑通，扑通"，那个小心

脏安然无恙地被他握在手心里，那个小小的跳动弄得他痒痒的，
"扑通扑通扑通"。他感觉到了它微微的挣扎，但也是那么柔弱，
"扑通扑通"，就好像在他的指尖。他用指尖轻柔地抚弄着它，接
着他就亮出了长指甲，深深地嵌入肉里，把那颗扑通扑通的东西
挖了出来。还有那颗眼睛，那颗冷峻的、恐怖的一直盯着他的黑
色眼球，连带它一起，像挤破一颗葡萄。他感到了一些暖乎乎的
液滴顺着他的手心开始流淌，好像他的身体渐渐开始复苏，他的
脸上慢慢出现了笑意。

斑鸠之死

酸　鱼

　　三年后的今天，米米终于成了我的妻。当我们再次重逢，紧紧相拥在一起的时候，我知道自己一定会娶她。现在她就躺在我的枕边，安然地睡着，脸侧向一边。柔软的被单悄然滑落，露出她紧致的胳臂、锁骨和光洁的肚皮。我终于俯身靠近她的腹部，颤抖着将耳朵贴在上面。哗啦哗啦流水的声音，美得像瀑布一样，恍惚之间，我确信自己听到了鱼鳍拍打和咕噜咕噜的气泡声，甚至我额前的汗水啪嗒滚落在妻子肚皮上的声音。当抹去汗水的时候我才意识到，手里一直握着的细柄手术刀……

　　米米，我们因死亡相识。在同事张磊的告别仪式上，我第一眼看到米米，眼神再也没有离开过。那时的米米丰腴、结实，过于突然的噩耗使她还没来得及开始消瘦。我从不相信一见钟情，但我相信生物之间存在一种自在的吸引力，也许是气息，或者荷尔蒙，或者是其他。张磊的身体躺在我们中间，他的脸比平日里年轻、紧致、光滑，但我能想象到身体的另外半边惨不忍睹的裂痕和纵横交错的缝合线头。在悬崖下面发现他身体的时候已经面目全非。嘴巴紧闭，后窍也被塞住，避免散发出臭气，细菌正在他的体内以惊人的速度繁殖。作为遗孀的米米紧握着他的手，我很不建议这样做，但为了接近米米，我也握住了张磊冰冷的手，连同米米的一起。那是我们第一次接触。

三个月后，我们住在了一起。那段时间，我使出全力拼命消耗出所有的热情。将新鲜的花草摆满屋子的每一个角落，绞尽脑汁变换食物的花样，陪着她一起去捕捉昆虫，制作标本。待她睡着的时候我将做好的标本装裱，期待她醒来时惊喜的神情。终于她的嘴巴里自然而然地倾泻出爱我的语言，但她仍旧整日眉头紧锁，忧心忡忡。她的忧虑传染给了我，以至于我在给学生上课的时候，忧愁像阴云一般盘踞在教室中央，赶走了一个又一个曾经痴迷于细胞或者生物结构的学生。

　　终于有一天，米米拿出了一个布满划痕的牛皮本，我才重新想起有张磊的存在，我的前同事，米米的前丈夫。在他支离破碎的遗体旁边，村民们发现了水壶、绳子和这个笔记本。

　　米米把牛皮本递给我，"我们应该去找它"，她说道，第一次，她的眼睛里有了兴奋的光芒。

　　"它"指的是谁？我翻开了笔记本，纸张因为潮湿散发出奇怪的味道。我立刻明白，这是张磊的旅行观察笔记，他一路向北，上面写满了关于天气、植物和动物的观察和描述，断断续续记录着时间和坐标。一些细小的植物标本随着纸张的翻动扑簌簌地从中掉落。我俯身去捡拾，但米米制止了我，"直接翻到最后一页。"

　　我按照她说的，看到最后一页的纸张上画着一个坐标和一张潦草的地形示意图，明显地可以看出是火山的结构。下面模模糊糊地画着一个条状的小东西，像是眼镜蛇或是铁铲之类的。随着纸页的翻动，一个轻飘飘的白色树叶状物体滑了出来。

　　"毫无疑问，新物种。"米米指着它说。

　　"你怎么能确定呢？"

　　"他这么多年外出就是为了这个，我相信，如果不是他不会写得这么详细。而且，它一定非常特别。"

酸鱼

我不愿回忆起张磊面目全非的脸，米米殷切的目光使我感到恐惧，她对我伸出手，像是在说着"来吧"。我迟疑着，但我的双手不受控制。

　　"我们会以你的名字命名它的。"我听到米米真切的声音。

　　从火车上下来之后，我和米米在镇子里补给了食物和水，吃了最后一顿饱饭。在之后的三天里，我们开着车像无头苍蝇般绕着镇子寻找着，直到耗光最后一滴汽油之前，精疲力尽地回到了镇子。

　　在休整了一天一夜之后，我们向旅馆老板打听地点，老板豪爽地为我们指明了方向，"山上可是很冷的，你们可要备好厚衣服。"

　　听了老板的叮嘱，我们又在旅店多买了一床毛毯，以表示对他的感激之情。

　　这次没费多少工夫，我们找到了旅店老板所说的山脉。从一个林子的入口往上攀爬，我估摸着最多六个小时，我们就可以爬到山顶。越往里走，林子里的树木愈加葱郁，我兴奋地发现了很多曾经一直在寻找的植物样本。空气变得愈加湿润和凉快，一只伯劳鸟在我们的头顶大声叫着，悦耳的啼叫声在寂静的山林之中就像是站在人的肩膀上一样。我尽情呼吸着这在城市中难得一遇的新鲜空气，米米在我的前面走着，马尾随着步子的节奏高高甩起。走到半山腰时，我们穿过一排厚厚的密林，空间瞬间变得开阔，一座小瀑布出现在我们眼前，阳光照射进来，空气中的水汽让我的肺觉得很舒服。瀑布下面的小湖清冽澄澈，湖边覆盖着厚厚的落叶，踩在上面就像温暖的地毯一样，看来这里鲜有人光顾。

　　"是温泉。"我的手触碰到温热的湖水，一股暖意从指间升腾起来。

米米也惊喜地将手伸进了湖水里，"好暖"，接着她脱掉了衣服，还没等我制止，她就跃入了湖水之中。她的长发犹如水草般漂浮在水面上，闪出诱惑的色彩，浅浅覆盖着雪白的肩。我不愿将这个画面讲述得太过狎昵，我跟着跳进了水里，温暖的水流没有一点缝隙地包裹住我的身体，周身的疲倦像是溶解在了水里。我们在水里相拥，就像从来未曾分开过一样。

我知道在这个时刻，想起张磊是不合适的。很久以来，我几乎已经忘却了曾经有过他的存在。而在这个和米米无限接近的时刻，我却不由自主地想起了他。他那平凡的脸早已在我的记忆里褪色，唯独留下的只有他那曾经在实验室之中试图跨越伦理和道德的危险试验，幸好并没有成功，只是变成了一次警告。多年以来，他很少在集体中出现，对于诸如寻找新物种之事我完全相信。同事们称他为沽名钓誉之人，但我想，张磊有着可怕的好奇心，而有些事情是不可探寻的。这个世界是微妙的，就像一只蝴蝶翅膀的抖动会影响整个太平洋的季风。

我在水下牵起米米的手，我在这时明白了，这里是永远不会通向米米要去的地方的。无论旅馆老板的目的是什么，这个地方令人流连忘返，会让人忘记所有的目标。谁也没有办法舒适地离开这温暖的流水，我想如果可以，我愿意和米米在这片温柔之海之中长眠。也许，她也已经将我们此行的目的抛在了脑后。

"我们该走了。"米米唰地从水中站起身来，寒气瞬间让她的皮肤变成了青紫色，她一定会忍受不了继续坠入湖中的。然而米米却没有再潜下来，她搂着双肩瑟瑟发抖，但仍旧跨出了湖岸，并把手递给了我，"要抓紧时间了。"

我们裹着毯子继续向前行进着，米米的心里有着可怕的热情，我难以捉摸这些热情的来源。两个小时之后，我们终于爬上了山顶，但这里正如我想象的那样，除了零零散散的树，空无一

酸 鱼　　　　　　　　　　　　　　　　　　　　175

物，寒鸦在枝头啼叫，发出骇人的嘲笑声，米米终于意识到我们受了旅店老板的骗。

看到我们再次返回，旅店老板的脸上露出了诧异的神色，他难以相信那样的温柔乡没有留住我们，让我们还能够回头再次寻找。但这次我们什么都没有说。晚饭的时候，旅店里只剩下两三个客人，老板把热菌汤放在我们桌上，在柜台后面默默地观察我们。

终于，他忍不住问道，"山里景色如何？"

"很美，但不是我们要找的。"米米喝着菌汤漫不经心地说道。

"不是吗？"

"不是我们要找的。"

老板沉默了。空气里只剩下吮吸菌汤的声音，"你们是来挖硫黄的吧？"

"不是。"我看到了老板充满戒备心的表情，把工作证拿了出来，告诉了他我们的目的，但他仍旧充满了怀疑。

"我们的队友之前来采集过，出了意外，我们来完成他的遗愿，你肯定听说了。"米米的眼睛望向一边，语气平静地说道。

老板不再言语，默默地给我们画了一张地图。我想也许张磊也曾经住在这家店里。当我们上楼准备休息的时候，老板拉住了我，"你找了个好老婆。"他没头没脑地说道。

我们按照老板画的地图往前行进了四个多小时。终于远远看到了连绵的火山群。我们把车子停在了山脚下，根据矿工们的指示艰难地在乱石之中攀行。渐渐地，空气中的硫黄味儿越来越浓烈，植被肉眼可见地变得稀少。到了傍晚，天空开始下起酸雨，我们钻进早就准备好的橡胶帐篷里。这样恶劣的环境让我质疑起米米的判断，几乎很难有生物能够在这种环境下生存。但已经走到这一步，能做的只有找到那个坐标，让她死心。

第二天，当我们从帐篷中钻出来时，浓雾和烟气已经将我们团团围住，能见度极差。我们只好继续等待，到了正午的时候，雾气稍稍散去，强烈的紫外线刺伤了仅仅小部分露出的皮肤。刺鼻的气味更接近了，没有任何生物留下的痕迹。我们终于走到了火山口的附近，可以确定的是这是一座活火山，虽然规模很小，但并不阻碍黄色的烟雾轰隆隆地向外喷射。我们的眼睛都因浓烟的刺激红肿起来，眼泪倾泻而出，试图保护脆弱的眼球。

路越来越险陡。米米突然停下了脚步，随着她的目光，我看到了挂在石壁上的一小片深蓝色的布片。"那是他的衣服"，米米的声音颤抖。这是张磊跌落的地方，我的心也跟着颠簸起来。虽然我不敢往崖下张望，但仍犹豫要不要替她摘下这旧日情人的碎片，但她毅然决然地加快步伐向火山口走去。路已经完全消失，我们艰难地在碎石之中摸索着，远处浓稠的云雾和烟霭交连在一起，沾染上令人不安的颜色。当我们终于站在火山口边缘时，远处的烟云已散乱成了一片。淡绿色的火山湖从渐渐消散的雾霭之中露出端倪，在阳光的照射下，发出神秘且深不可测的闪光，犹如切茜娅的眼睛。

湖面宁静得令人恐怖，没有一丝涟漪，这是个连飞鸟和昆虫都遗忘了的地方。一片死寂，除了张磊的蓝色碎片，没有任何生物能够留下痕迹。我们绕着火山口行走了一圈，除了硫黄、矿石和凝固的岩浆之外一无所获。湖水静静地凝视着我们。

米米突然俯下身，把整只手伸进了湖水里面。

"水也是热的。"她喊道。

"快拿出来！"

湖水重新回归了平静。半小时后，米米的手开始发红、脱皮，出现灼烧感。我将测量器放入湖水中，上面显示 pH 值为 1.8左右，和胃酸差不多，温度 37.6 摄氏度。毫无疑问，除了细菌，几乎没有生物能够在这湖水里生存。

太阳刚一落下，气温便骤然下降。我们在稍平整的地方支上了帐篷，赤裸着相拥钻入睡袋。我亲吻着米米发烫的脸颊和颤抖的手，张磊也许正在不远处的空中静静地望着我们，想到这里，我们的身体情不自禁地交缠在一起，任凭剧烈的喘息将有毒的气体吸入体内。到了后半夜，奇异的闪光将我们惊醒，我们裹着厚厚的外衣钻出帐篷之外，眼前的异象使我们睡意全无。蓝绿色的火焰星星点点地从冒着黄色浓烟的火山口周围跳跃而出，有如地狱之火。湖水之上氤氲着浓重的雾气，厚厚地压在水面的上方。我们蹒跚着往火山口靠近，烟气喷出的声音越来越大，蓝绿色的闪光越发清晰，刺鼻的气味越发浓重。遗憾的是，我们没有能够拍下这令人惊异的画面。我突然想起，据说地狱就是充斥着硫黄味道的，那此刻的我们正站在鬼门关之外。

突然，湖里传来一个小小的咕咚声，像是有什么东西从中迸溅而出。我赶忙护住米米，担心湖里的液体再次落在她的身上。但她执意推开我，往湖的边缘走去。不知是不是眼花，我看到平静的湖面上划过了一道小小的涟漪。

米米跪在地上，将脸贴近湖面，有那么一个瞬间，我感到她的脸已经探进了湖里。我也效仿着往湖里看去，黑漆漆的，连我们的倒影都看不到。

米米再次把手伸进了湖里，我想阻止，但终究是晚了一步。她的手迅速地从水里捞了一把。

"你在干什么啊？！"我喊道。

"嘘。"她摊开了手掌，两个透明的生物在上面跳动着。

"真奇怪。"米米带着狂喜把它们传递到了我的手心，在温热的湖水中生长的小生物的身体却如同冰一样寒冷，这诡异触感让我想起了张磊的手指。

"是他先发现的，我们应该以他的名字命名。"我听到了米米狂热的、笃定的、不容置喙的声音。

这种生物通体透明，看上去像鱼的形态，形状类似于柳叶刀，它有一对鱼鳍，如果不仔细观察，它那微小的身体很难被人发现。在水中游动时的样子，也和鱼差不多。但无法解释它为什么能够耐酸和耐热，米米猜想它可能以硫化物为食，这也许是它们夜间出没的原因。然而到了白天，我才发现这种生物没有骨骼，换言之，它并不是鱼，而是属于无脊椎动物，却通体覆盖着美丽的鱼鳞。

"我们看上去的透明色，其实是光的折射罢了。"我说。在阳光的照射下，这只小小的生物很快变成了一片轻飘飘的白色薄片。

我们用袜子做了一柄简易的捕捞网，倒是捞上来不少"张磊鱼"（米米已经开始这么叫它）。我们试着用壶里的淡水将它们煮熟，加上盐和味精，吃起来倒有一股鸭肠的味道。趁着太阳完全升起之前，我们筛选了十条最活跃的活体，装进了灌满湖水的密封玻璃瓶里。

在返程的路上，我们谁都没有率先开口，像是赌气般埋头往前走着。我想对米米说些什么，但看着她的背影始终不知道该如何开口。到了傍晚，我们钻进冰冷的睡袋，面无表情地盯着帐篷顶部，身体僵硬地睡去。清晨时分，我迷迷糊糊地被米米的尖叫声惊醒，以为出了什么危险，迅速从睡袋里钻了出来。

米米跪坐在地上，手里失魂落魄地捧着棕色玻璃瓶，瓶盖被粗鲁地扔到了一边。

"不见了……"米米的声音犹如梦呓。

我夺过玻璃瓶，里面黯淡的液体没有一丝生气，我把液体从瓶中倾倒在我的手上，液体从我的手心里四散而开，没有任何东西留存。

"是你没有拧紧瓶盖。"米米喊道。

"冷静点，就算是瓶盖没拧紧，它们也没办法逃走的。"我也毫无头绪，是我亲手将这十条鱼放进瓶子之中，现在它们竟然一夜之间不翼而飞，令我感到了一丝恐慌。

当灼烧的感觉从手心传来时，我意识到是温度的改变和静置的水流改变了它们的生活环境，虽然仍旧难以解释具体是怎么回事，但应当是改变了的液体溶解了它们的身体，但为什么沸腾的水却可以煮熟它们，而不是溶解，这使我陷入了困惑。我相信，是我们带走它们之后某个微妙的温度和酸度使得它们的身体消失不见。

"我们要再回去一趟。"看着米米坚定的神情，我没有再多说什么，幸而之前我们已经摸索出了一条路，上去的难度总算是减去了一半。

夜幕终于降临，我们静静等待着蓝绿色的火焰再次闪起，越来越多的烟雾往湖面之上蒸腾，深入骨髓的寒意透过外衣一丝一丝侵入我们的身体。眨眼之际，鬼魅的火焰从石缝之间钻出，在湖的周围跳动。当我们用手电筒照射湖面时，犹如丝线一般银色的涟漪在水面呈弧形泛动着，光源逼近时，闪出冷色的眩光。米米的眼中不知为什么，涌出了泪水。

我们再次把鱼装进了玻璃瓶，并放进了隔热袋里面，准备在火山口度过最后一夜。也许有赖于"张磊鱼"的魔力，我再次贴紧了米米滚烫的身体。

等到第二天清晨，我们查看玻璃瓶的时候，再次发现里面除了液体之外空空如也，这些诡异的小生物再一次消失不见。米米沮丧地举着玻璃瓶，我过去搂住了她的肩膀。

"看来它们对环境要求非常高，我们带不走它们了。"我说。

"不行，我一定要带它们回去。"米米说。

"你带不回去它们的，为什么非要把它们带回去？"

"我一定要让别人看到'张磊鱼'的存在。"

米米的话让我的心剧烈疼痛起来，在这种鱼出现之前，我早已将张磊遗忘在了我的生活之外，好像这个人从未存在过一样。我不应当抹煞米米和他之间的感情，只是几个月前她曾经躺在我的臂弯里，眼含着泪水说道，张磊这些年一直投身于寻找新物种，除了工作时间，他把所有的精力都花在了上面，他们的感情早在多年之前已然缺席。谈及张磊对于新物种的狂热和迷恋时，她的言语里满是鄙夷和不解。

水袋里的饮用水和干粮只够回去的路上可以消耗的余量，我们最多只能在这里停留一晚。我看着米米痴痴地望着湖面的样子，默默地坐到了她的身旁，她的心中是否闪过一次悔意？

"我知道了，"她突然说道，"太多了。"

"什么？"

"这次我们只带一只。"她看着我的眼睛说道。

米米的答案和我心中的并不相同。我猜想湖中也许特殊的矿物质或者微生物，依靠流动的水才能存活，这种鱼也一样，一离开流动变化的湖水，它们的生存环境立刻会发生变化。我突然有了一个奇异的想法，经过测量后湖水的温度、成分和酸碱值竟然和胃液差不多，而胃也在无时无刻地蠕动着，是不是理论上讲，这种鱼可以活在人的胃里，就如同蛔虫一样。也许这样，我就可以把它带走。

这个可怕的想法不断地在我的脑海中缠绕，和米米决断的话语一起。这世上很多匪夷所思的事情都是在冲动的驱使之下完成，甚至于当事人在事后都无法理解自己当时的想法和心情。我不是为了自己开脱，但是，我的确那么做了。当黑夜再次来临，趁着米米小心翼翼地摆弄瓶子的空当，我将手伸进湖里，捞出一条鱼丢进嘴里，感觉到冰凉的触感随着喉管滑向了胃里。另一只小得几乎看不见的鱼，放在手掌上，像个微弱的影子一样，如果它不跳动压根就看不见。我将它悄无声息地放进水袋里，递给米米，看着她仰着头一饮而尽。

"我们确实该走了，这里真冷。"米米说。我紧张地看着她，但她没再说什么，只是裹紧了身上的外衣。

我接过她手中的水袋，将手电筒贴在上面，里面除了一两滴水珠以外，空空如也。

清晨的阳光刚刚照进帐篷，米米就急匆匆地将瓶子拿了出来，她脸上失望的表情印证了我的猜想，但我们已经没有时间再做停留了。我紧紧地搂住米米，告诉她我们将来一定会带它回去的，无论是研制出什么装置还是调配出适当的液体。她终于在我的承诺之下振作起来，收拾行囊，这也是无可奈何的事。

临行之前，我在远离米米的岩石后面仔细地观察了自己的粪便，在逐渐强烈的紫外线照射之下，有星星点点细小的彩色闪光，那是它的鳞片。它还是被我的身体消化了，我失望地回到了米米身边，观察她的粪便也没有意义了，我们应当不会有任何分别。

我和米米沮丧且疲倦万分地回到了镇子里，在经过一整天昏天黑地的睡眠之后，终于吃上了一碗热气腾腾的饭菜。久违的食物香气使我情不自禁热泪盈眶，大快朵颐起来。米米虽不如我这么夸张，倒也吃了不少东西。到了夜里，我被她疼痛的呻吟声惊醒，她面色苍白地蜷缩在床脚，双手按在肚子上面，额上布满了细密的汗珠。我紧忙敲开了店主的房门，向他讨来了胃药和止痛片，她喝下之后，终于平静了下来，缩在我的怀抱之中缓缓地睡去。我想是几天的生冷食物和巨大的昼夜温差让她的肠胃变得虚弱了，毕竟只是一个柔弱的女孩。于是第二天，我们买了最早的飞机票，回到了家里。

回归正常的生活之后，无论是我们之间，还是对外人，关于火山湖鱼的事情我们默契地保持沉默。米米的身体迅速地毫无缘由地消瘦下去，我对此非常担心，一直鼓动她去医院检查，但她却对这件事怡然自得，什么都不用做就得到了苗条的身材，好像是上天对她的特别眷顾。但我总觉得这样下去不是一件好事。

一个深夜，米米再次把我推醒，剧烈的胃痛已经让她发不出声音来。我赶忙打电话叫了救护车，医生诊断为急性肠胃炎，要留在医院输液治疗，我整晚陪在她的床边，看着她痛苦的样子自责不已。突然，一个恐怖的想法闪现在了我的脑海里：是那条鱼！那条鱼，也许还活在米米的胃里。这个突如其来的想法把我吓了一跳，我看着熟睡之中米米的脸，这个可怕的猜想在我的脑袋里变得越来越真实。不知什么缘故，那条被我消化殆尽的鱼，在米米的身体里存活了下来。她始终寻找的，想要带走鱼的方法，此刻或许真的实现了，用作为容器的她的身体。

米米醒来之后重新焕发了生机，吵着要吃油条和糖饼，好像前一天夜里的疼痛压根没有存在过。医生和我都建议她应该做一个胃镜检查，但她对此万分抵触。

"太难受了，我不要做，你看看，我什么事都没有。"

我感觉到自己的双手在颤抖，"还是检查一下比较好"，我听到自己这样说。做了胃镜检查，我就能够清楚明确地知道，那条鱼是不是真切地活在米米的胃里。如此一来，她也就会知道这件事了，我不知道会发生什么，想到那个后果，我的牙齿都兴奋得打战。

"我不，"米米永远都是那么固执，"我都说了我没事。"

夜晚，我将脸贴在米米的肚子上，听着里面传来细碎的声音，我的额头开始不受控制地发烫。看着她吞下药片，我不由自

酸 鱼　　　　　　　　　　　　　　　　　　　　　　183

主地担心那是否会损伤那条鱼的身体。我开始留意食物，避免豆腐、香蕉和柿子等食物出现在餐桌上。看着她喝冷饮，我的心总会咯噔一声。

有一天，米米突然大发牢骚，"为什么我们天天吃酸汤面，就算我是北方人也架不住你这样吃啊"。

我这才意识到我那恐怖的狂热，那条看不见的鱼透过米米的身体，不断地在我眼前游来游去。夜里，米米躺在我的旁边时，我情不自禁地想要探寻，那并非作为寄生体存在的生物到底是不是正在漂浮着食物残渣的胃液里艰难地游动着。

突然，一个惊惧的想法出现在我的脑海里，当它不断在我的脑子里浮现时，我终于忍受不了，从米米的身边仓皇逃离，匆忙之中，除了身上的衣服，我什么都没有带走。只要留在她的身边，我就情不自禁地透过她的身体，去探寻那条是否存在的鱼。它到底活着还是死了，只有亲眼印证，我才能够确认。我断掉了与过往所有的联系，如游魂一般在不同的城市里流窜，靠着打散工维持生活。我开始饮烈酒，试图让意识陷入迷蒙之中来逃脱对米米的想念。然而，当我躺在廉价的旅店床上时，窗外被风卷动的白杨树哗啦啦的声音如同流水一般，在我的额前流淌。当我在烈日之中骑着送货的摩托车向前飞驰时，米米的发丝在我的脸上拂来拂去。每当夜晚我闭上眼睛，黑暗中银色的闪光，在平静如海的夜色之中游弋，尾端拖出长长的银色丝线，发出清脆的叮咚声。

无论我走到哪里，那粒银色的闪光都犹如鬼魅一般驻扎在我的心里，愈加频繁地在我的梦中闪动，在那不可探寻的位置，我伸出双手，一瓣又一瓣地扯下罩在上面朦胧的部分。我向着更南的方向出发，离米米越来越远。

三年之后，当我和米米在热带的机场四目相对时，我终于明

　　　　　　　　　　　　　微风吹起黑色帷幕　｜

白了这是不可抗拒的命运，于是不再躲藏。她远远地望着我，眼睛的周围慢慢浮现诅咒般的红色的圆圈，我的呼吸在那一刻几乎停滞了。我们再次紧紧拥抱在了一起，我嗅到她身上干枯玫瑰花和眼泪的腥味儿，我知道，我们再也不会分别了。

一个月后，我和米米终于走入了婚姻的殿堂，弥补我们三年之前的缺憾。我从未如此贪婪地跟米米待在一起，她终于如往常一样躺在了我的旁边，我不由自主地用手抚摸着她的肚子，我的心犹如鼓点般疯狂跳动，使我久久不能入眠。有一天，我终于准备了一把细柄手术刀，那是我教学时用过的，它是那么熟悉，它微妙的弯度使我觉得，我的命运就依存在那个闪光的弯曲的细柄和锋利的刀刃上。我必须拼命抑制那个不断涌动的渴念，抵抗我看不见的魔法。等到那一不可避免的时刻，我知道自己已经完全失去了理智。

那天晚上，米米醒了过来，她把脸侧向我，微笑着说道："我们再去一次，好吗？"

接着她又说："去把'张磊鱼'带回来。"

听到那三个字，我的脊椎里划过一道闪电，我难以自控地听到腹中细碎的水流声，仿佛有一种魔力，将我吸附在米米的身上。我把头贴紧她的胃部，温暖的水流声和令人舒服的咕噜声包裹着我，往更深的地方坠去。

米米的眼神清澈，坚定，让我想起了那绿色的深不可测的湖水。我像往常一样，先是轻轻抚摸了几下她光滑的腹部，接着，我感觉到那把细柄手术刀像是自动般轻轻划开了米米的肚子，我没有理会那一阵阵无关紧要的叫喊。接着，我看到了像红薯形状一般的胃，之后，我终于看到了，在混着红色血液的、清冽的胃液里，那个小小的生命正在欢快地游动着，鱼鳍轻轻甩起两朵黏

酸　鱼

稠的水花，如同被冻结的海浪般，闪出银色的光芒，几滴温热的
液滴飞溅到了我的脸上。一块重重的石头从我的心头坠落，我感
觉到了前所未有的轻松。

永生的电光

　　和我父亲认识的时候，我已经过了二十三岁。他对我很客气，称呼我小肖，听起来像笑笑，好像我是个女孩。我并不觉得不高兴，反而有点亲切，也许是因为我实习期间的领导也这样称呼我，而且那人对我还不错。我对他也是，我不喊他"爸"，而是叫他"爸爸"，就像我还是个依恋父亲的小孩子，实际上我认识他才不过三天。

　　他突然的出现像正午不经意间从窗外投射进来的一缕光线，带着不可辩驳的姿态。我该怎样形容他走进门的神情——一只高贵的毛虫？总之他留了下来，带来了不小的轰动。

　　在一段时期，我的姨妈狐疑地站在我家门外，她的警觉使她的耳朵都支棱起来，父亲坐在沙发上，对着她点点头，她才露出了一丝古怪的笑容。过去她总是觉得母亲很可怜，时不时带上很多吃的，一副接济我们的样子，并像抚摸一只狗那样抚摸我，然而姨妈的婚姻也并不幸福。

　　我们招呼她进门，但她摆摆手，对着我使劲挤眼，就当父亲看不明白。我走到门口时，她一把把我拽到了一边。

　　"你看过他的体检报告了吗？"这是姨妈最关心的事。

　　"一定要看到体检报告，不然过两天他病倒在床上，你说你是赶不赶他走，阴谋。"

但父亲并不像身体不好的样子，反倒看上去皮肤黑亮发光，肩膀像伐木工一样结实，和同龄人比起来，他至少要年轻三到五岁。我们第一次出门就去吃了他一直惦念着的家乡食物咸汤面。他要了大碗，汤本身就又咸又烫，他又额外放了两勺油辣椒和小葱，并且很快就吸完了面条，连带汤一起喝干了，我猜他没有胃病和肾病，也不需要扎胰岛素。

　　舅舅扬言说要不是怕蹲号子他一定要把这个×养的脑瓜子给扭下来，但自打父亲回来他一次也没有去见过。我对舅舅强烈的情绪感到疑惑不解，并且我也没有他们想象之中那么可怜，甚至几乎也没有因此受过任何影响，这听上去似乎不可信。小城很小，可供选择的不多，与此同时，烦恼也少了许多。母亲在体制内有一份不错的工作，收入不仅足够我们的日常开销，剩下的还额外在新城区买了一套房子。在小城里我并未受过什么歧视和伤害，从某种程度上说我还因此受到了不少优待，老师们对我更和善一些，朋友谈话也小心翼翼地避开父亲的话题，但我一点也不在乎，有时候我觉得没有父亲更好，特别是邻居惠子的父亲吸毒被抓的时候。有时候去姨妈的家里，看见姨夫露着鼓鼓的肚子窝在沙发里，姨妈蹲在地上给他洗脚而表姐在另一个房间里洗他的袜子，我觉得没有父亲更好。

　　"你们应当善良一点，这个人，你们不知道他这些年经历了什么，为什么急于否定。"事实上，至于父亲经历了什么，我也不知道。

　　但没什么不能理解的，这么多年来，无论是负债累累的舅舅，还是又有了新生活的母亲，那是我最值得骄傲的东西，就像海一样，没有什么是不能容纳，不能被理解的。也许我是一个冉阿让式的人物，我用孤独换取了母亲的幸福。她后来又结婚了，继父是个农夫，却是正经八百农林大学毕业的，人还不错，弹得一手好吉他，我猜就是这一点迷住了母亲。他思维活络，和一般人不一样，在别人苦于考事业单位的时候他回到了乡下，继承了家里的土地和宅院，日子过得很闲适。那段时间，母亲犹如信使般在小城和乡下来回奔波，因为晕车反应迅速消瘦。终于我忍不住放走了母亲，让她毫无顾虑地投入继父的怀抱，那是她应得的生活。母亲搬到了继父的院子里，接着开了一家生态农家乐。我有时候会去那里住几天，院子很大，满是房间，我想住哪间都可以。院子有一大片种着豆角、黄瓜、西红柿和辣椒，旁边散养着鸡和鸭子，剩饭剩菜吸引来络绎不绝的野猫和野狗。有点夸张的是门口还拴着一只鸵鸟，它什么都吃，经过的时候尤其得小心它会吃掉你的帽子。另一边是草莓棚，草莓成熟的季节他们会让客人进去采摘，这是一年之中生意最好的时候。

我给母亲打电话的时候，她正在草莓地里，一只手接起电话，另一只手还挎着客人的草莓篮子。

"谁回来了？"她轻轻把篮子放在田埂上，走出了嘈杂的草莓田，我听到话筒那边传来了孩子的尖叫声。

"我爸爸，他回来了。"我下意识地还是称呼他"爸爸"。

"噢，我知道了。"母亲的声音里没有任何惊讶，显然早已有人告诉了她这件事。

"你怎么想，我想听听你的看法。"

"你有自己的主见了，我没什么意见，按照你的意思来吧。"

就这样，父亲彻底住回了家里，尽管不少人依旧反对，我终于找到了一个让他们稍稍安心一点的理由——父亲还有一份退休工资，这也许是唯一一个能说服他们留下父亲的方式。当然这也是真的，父亲回来第一天就把工资卡交给了我，连带卡上一万多块的存款。

我的生活并没有改变太多，父亲在家的时候非常安静，他不用手机看小视频，也不听音乐。母亲很喜欢九十年代的港台流行乐，为此她专门买了一台黑胶唱片机，在挑选唱片机的时候，母亲提到父亲曾经也有一台，那个年代这玩意儿还是奢侈品。她说他极其喜欢维瓦尔第和斯特拉文斯基，我问母亲他是不是个文艺青年，母亲回答她不知道。在结婚之前，他们甚至都没有见过面，一切都是一个偶然，所以对他的出走反而觉得庆幸，但从音乐的喜好上她对他们的不可沟通性已经了然于心，他身上那种混合着陈腐的非流动性的阴郁气质也让她觉得屋子里整日笼罩在梅雨之中。后来再谈起他，就好像在讲述一个电视屏幕里的人物，遥远得就像一个梦。

也许是受了某些言论的感染，我的邻居坚称他是个同性恋，他跟我母亲结婚就是为了骗婚。那个瘾君子信誓旦旦地说我的父亲曾经抚摸过他的屁股还故意当着他的面撒尿，他的出走就是因为他的骗婚行径已经败露。我看着他那因为吸毒而常年溃烂流血脓的下巴，胸前全是横七竖八的挠痕，隔得好远就能闻到他身上一股令人作呕的味道，本来不想和他一般见识，谁知道他继续说，"小子，我敢打包票，他回来对你绝对没怀好心。"

我一拳揍在了他的鼻子上，瘾君子的骨头早就酥了，他的血瞬间飙了出来，惠子在门缝后面立刻报了警。

我被拘留了十五天，父亲去警察局掏了罚款，但他没有过问我暴力行为的原因。在拘留所里我和醉酒者、惹是生非的人和家暴者关在同一个阴森的屋子里，看着不远处电视屏幕里的教育视频，人物的行动在我的眼睛里变成了毫无意义的动态图像，而我正细心分辨着嘈杂的对话背后那毫不引人注目的背景音乐。有时候是摩顿的 *The Crave*，有时是贝多芬，或者《水边的阿狄丽娜》，多么令人奇怪。十五天之后，父亲来接我回家。我们在回家的途中又吃了咸汤面，父亲的食量丝毫不减。

"爸爸，您现在不听音乐了吗？"我说。

"音乐？"他像是被吓了一跳。

"是的。"

"好久没有听过了，怎么问起这个？"

"听妈说您以前喜欢听来着。"

"年轻的时候很爱听呢，"他有点羞涩地说道，"只是后来唱片机在擦家具的时候从高处摔下来，唱盘一下子就摔碎了，真可惜，放在现在也是个老物件了。"

"您可以用妈妈的唱片机继续听的。"

"可以吗？不会影响你吗？"他的眼中透露出喜悦的亮光。

于是安静的家里开始时不时飘出音乐声，细小柔和的弦乐声钻进了家里所有的缝隙，管乐和钢琴则总能吓人一大跳。我坐在躺椅上，被乐声在屋里推来推去，渐渐地，它也变成了一种奇怪的背景乐。

我们总是那么和谐。父亲几乎和我同一时间起床，我们一同出门，然后在街边吃早餐。前一天傍晚，他为我准备好第二天的午餐。当我在众多同事之中打开便当盒紧扣的盖子，里面的糙米混合着白米搭配着味道寡淡的西蓝花牛肉就如同一个慈祥老人的絮语。他中午也许会去散步，但一定会在七点之前回家，在八点左右洗完澡坐在餐桌边上，打开音乐，用最小声，安静地喝一壶淡茶水，然后早早地上床睡觉。在他回房间之后，就不会发出任何一丁点儿声音，哪怕是上厕所，也好像是蹑手蹑脚的。我们的关系以礼貌保持着，这使得亲密的称呼显得有几分超前。

舅舅倒显得亲密多了，他隔三岔五地打电话过来询问，事无巨细。

"他很正常。"我似乎只能这样向舅舅描述。

"他无缘无故跑回来，肯定是有鬼，说不定他在外面欠下了高额赌债，等着你回来替他还债呢。"

"感觉不像是。"

"等你明白过来就迟了，债主找上门来，你妈和你一个都跑不掉。"

一说到妈妈，我有点犹豫了，我的事倒还好，妈妈和继父好不容易过上了无所忧虑的生活，要是真的被影响了，那比任何事情都让我受折磨。再说了，舅舅说的这种情况并不是没有可能，更何况我对父亲的了解还不如我家门口餐厅的上菜员多。

为什么父亲从来不谈论自己。我探寻着个中缘由，但同样感受到其中潜在的危机。人是很能隐忍的动物。

父亲像往常那样，喝完了淡茶之后早早回了房间。房子里的爵士乐戛然而止，顿时静得可怕。我没有像往常那样打开投影仪看电影，为什么父亲不和我坐在一起，两个人痛痛快快地看一场电影呢？我想我不应该埋怨他，我把手放在椅背上，睥睨着屋子里被黑暗笼罩的家具，好像眯着眼坐在老爷椅里的维托·柯里昂。父亲为什么不肯放心地把过往交给我呢，难道是我做得还不够？

我没有打开灯，但眼睛已经适应了黑暗。我披上衬衫，在黑暗之中借着腿脚的记忆来到了父亲的门前，里面同往常一样寂静无声。我轻轻旋开门钮，门闩从里面上了锁，"咯噔"一声，我的心好像被重重地敲击了一下，这听上去似乎太过矫情。还未等我敲门，门就从里面开了。父亲站在门里，他下面穿着棉麻睡裤，上面却穿着一件长袖衬衫，几缕头发在静电的裹挟之下向空中竖起，好像电影中走火入魔的科学狂人。

"进来吧，小肖。"于是我坐在了床边，这里过去是妈妈的房间。

"好奇怪的发型。"我说。

父亲羞涩地抹了抹头，"怎么还没睡？"

微风吹起黑色帷幕 |

"睡不着，"我说，"不知怎么的，我突然想起来小时候的一些事情来，想起来我周日经常去河边，躺在石头上，躺一天，什么也不干，想着明天怎么想个理由不去上学，结果第二天还是会去。"

"有段时间回到家，家里老有个叔叔，蹲在沙发前面看电视，我以为他要追求妈妈。后来有天我故意当着妈的面说，这个叔叔好烦，怎么每天都来。从那以后他再也不来了，很久之后我才知道，他是在等每天晚上七点四十分的电视台讯息，找他走失的女儿，这件事我一想起来就愧疚得要命。"

"那也不是你的错。"父亲抚弄着我的肩膀。

沉默了许久，父亲终于开口。

"过去的事，我也都不大记得了，唯独有一件。那是在和你妈妈认识之后，虽然在那之前，我也极度痴迷音乐，那是唯一能将我从别人嘈杂的声音之中隔绝开的东西。那时我固执地认为，音乐是世界上最好的艺术，它比其他任何事物都更具有感染力。那也是我忍受不了你妈妈的原因，在这方面我没有办法认同她，抱歉，我不该这样说。但重要的是后来的事情。那是非常偶然的一次机会，也许是唱片机漏电，也许是电视，我也弄不明白，只是感觉像被很多很多根针刺中，在恍惚的乐声之中，我痛得快叫出来了，但就在那一瞬间，我感觉到一种玄妙的力量，一种贯通宇宙万物、接连过去与未来的知解力，然而只有一瞬，那是一种永远不会孤独、永不枯竭的感觉。"

"后来呢？"

"或许这对于你来说微不足道，但是，小肖你明白吗，这是别人绝不会有的经验，这也是别人绝不会告诉你的，但这需要体悟和苦修，也许你能够找到。"

"找到什么？"我说。

"真正有力量的东西。"父亲朝我眨了眨眼睛。

父亲脸上的神情让我厌烦，我想我没有义务向他承诺什么。

"这个故事您跟妈妈讲过吗？"

"这不是故事，"父亲严肃地说道，"我没有跟任何人讲过，也许那个时候，你妈妈突然觉得我脾气似乎好了一点，仅此而已。"

父亲很少和我谈论过去的事情，我虽然好奇，但也从来不主动询问。我一直等待着父亲哪一天会告诉我他这些年都去了哪里，做了些什么。但我没想到父亲会是个编故事的高手，他精彩绝伦的故事就像激流上的一艘小船，我是那艘船里一根微不足道的芦苇。也许父亲是个讲故事的高手，他的故事能够随意地将任何人裹挟其中，像橡皮泥一样可以任意揉捏。

在父亲回来之前，我从未认识到生活会发生如此巨大的变化。曾经同情并照顾我的一些人，诸如班主任老师和校长，他们一见到我就担忧地望着我，好像眼睁睁看着我坠入泥淖，却无力施救，这让他们的脸上呈现出痛苦与愤懑。我想我得找一个法子，让他们能够理解我，以让这件事看上去不那么令人费解。于是我告诉他们父亲对我很好，但是我却没有办法去证明。

是的，我该如何去解释呢？诸如有人会问出这样的问题："你怎么可以信任他？你了解他吗？"我不能说自己不了解，但我也没办法跟其他人讲那个弗兰肯斯坦式的奇妙故事。

另一些人认为我愿意把父亲放回家是为了从他的身上得到些什么。我的一些高中同学们，一群就算天塌下来也要晒着太阳在街上游荡的游民。他们一见到我就开始吹口哨，模仿出甜腻腻的口吻。

"小肖，你亲爱的爸爸今天给了你多少零花钱呀？"他们怪声怪调地说。

这真是让人感觉奇妙，他们就像是父亲精心构筑的故事中的典型反面人物，听到他们这样的口气我总是很想笑。

另一些人只是单纯地因为这件事情感到愤怒，其中就包括我的姨妈。她自始至终认为，父亲当年抛妻弃子在外面逍遥快活，现在老了就应该像小说上一贯写的那样，百病缠身，无依无靠地死在街头。而我却将父亲带回了家里，从她的逻辑出发，这种行为并不代表仁慈与理解，而是一种懦弱、残忍、背叛。我应该面对着母亲以及多年以来像她一样照顾我的人们，发出深深的忏悔。

她的火气外显出来，使得她的唇周都上火溃烂。

"都是被你给气的，你迟早要把你的姨妈给气死。"她见了我，使劲拉开嘴唇向我展示，"里面还有三个疱呢！"

"姨妈真想不明白，你到底为什么会接受他。"

姨妈的话突然使我意识到，我从未真正直面这个问题。或许我接受父亲，只是因为在那间空荡的房子里，尽管我们不怎么交谈，也有了一个静默无声的陪伴。事实上这样的理由并不具有足够的说服力，我想起父亲的脸，我们长得并不相像。加上他的模样依然有些陌生，他同大街上那些形形色色的陌生人几乎没有区别。我想我只是在习惯他。

渐渐地，他开始用挑剔的目光看我，比如我将吃剩的苹果核放在桌子上，而不是扔在纸篓里。或者我不自觉地抖腿时，他皱皱眉头。这表情令人心悸。因为那几乎还是一个陌生的表情，之前他是多么亲切和蔼，似乎要将我融化掉。他那样看着我，我在他的盯视下，极不舒服地把苹果核扔进纸篓。

一天下午，他端端正正坐在沙发上看一个旧皮本，等我知道那是什么时，我一下子毫无预兆地冲动起来：他读的是我初中的日记。里面记载了我对某个姑娘的向往，我记得，还仔仔细细记录了我的春梦。里面还有令我羞愧的话语提到从未见过的父亲。

永生的电光   195

那些话语一下子勾起我的怨恨，好像只是在此时此刻，那些怨恨才找到了我。

我一把夺过日记，突然间，我发现自己的嘴角抽搐起来，我激动地说：

"别翻我的东西！"

父亲的表现更令人意外，他的脸一下子变得煞白，羞惭又不安。还有一种从未见过的威严。他一声不吭，走了出去。当天晚上一直没有回家。

我对父亲这些年的过往一无所知。或许父亲真有私生子吗？或者有情人，也许他们真在某个地方私会，这也不是没有可能。父亲应当有自己的隐私这没有错，每个人都应当有，但倘若父亲一直将我蒙在鼓里，我就不得不考虑他真正的意图了。或许他不准备伤害我，但是这种姿态本身已然变成了一种伤害。

我发现，我希望找到他伤害我的证据。这或许变成我存在的一个理由。

我决定跟踪父亲，为此我请了整整一周的假。早晨我佯装和父亲一起出门上班，吃完早饭，我绕了一圈远路又回到了家里。前面两天，父亲如往常一样，吃完早饭就回到了家里，看书，喝茶，听音乐，然后像个老年人那样躺在沙发上睡觉。终于在一个午后，父亲一反常态地出了门，乘上了小城里唯一一辆公交车。在驶过了十二站之后，车子停在了一个干涸的河滩边上，我看着父亲下了车，沿着河岸头也不回地往前走。太阳的直射使所有物体都变成白色，并且不安分地摇晃起来。幸好来往的人并不算少，父亲没有注意到我。终于他停了下来，酷热的阳光不断从树叶的缝隙投射出来，犹如一只机械抓手将空气一把掠夺过去。河滩白花花的一片，和光线互相博弈。渐渐地越来越热，河岸上已经没什么人经过了。父亲矫健地迈过河堤，灵巧地走下斜坡，踩着光溜溜的鹅卵石和板结的河泥，艰难地走到河对岸，迅速隐没在一根歪斜的电线杆后面。我赶忙紧跟了上去，尖锐的石子像通往地狱之路的障碍，但稀疏的白桦林之中空无一人，父亲好像凭空消失了。我迷茫地站在树林中间，汗水不断地从我的额头滚落，刺进眼睛里，我不得不眯起眼睛。树林里安静极了，只听见阳光炙烤着树叶发出"嗞嗞"声。

我困顿地站在河岸边，感觉自己被世界整个抛弃，我没有办法任由自己在那里等待，绝望的感觉和不可知的狂怒充斥着我。我狠狠地将一只啤酒罐踢得飞上天空，残余的啤酒在空中画出了一道完美弧线，作为一天之中唯一一次安慰。回到家的时候，父亲已经坐在餐桌前等我了，桌上甚至放着打包回来的紫薯饼和玉米稀饭。他一如既往地招呼我过去吃饭，好像什么特别的事情都没有发生。

"爸爸，您今天去哪了？"我努力忍受着家里的音乐声。

"去寻找灵感。"父亲眨巴眨巴眼睛。

我很怀疑他的说法。

"既然如此，为什么不去妈妈那里找一找，她邀请我们去摘草莓。"

我试图让他亲自去到母亲跟前，在那里，他或许会显露出过去的某些印记。

他迟疑了一会儿，露出一种可笑的探寻姿态，"可以吗？"

我立刻给我妈打了电话，电话之中的电流掩盖了她的情绪，让她听上去至少是高兴的。母亲说他们酿的草莓酒最近已经能喝了，我们去了刚好可以大饱口福。接着我又听见她让继父抓一只鹅，提前就杀好，等我们回去。

夜晚我迟迟不能入睡，想到父亲古怪的行为，和我冲动之下所做的安排，不仅颠覆了我对自我的认知，这也使我隐隐产生愧疼感。这些念头让我彻夜未眠，直到闹钟响起，我才疲惫地从床上坐了起来。

母亲和继父的生态农家乐离小城仅有四个小时的车程，它掩藏在谷底，显现出一种逃离现实的姿态。母亲也是以这种姿态逃开烦琐的日常生活之中，但好在只需要一天的六分之一，就可以随时回归，选择开始新的生活，或者重启旧的生活。我和父亲到了的时候已经正午。母亲和继父在门口迎接我们，父亲见到母亲突然变得惊慌失措，但他还是镇定下来说"早上好"，好像他们分开只不过一个夜晚。

"你好。"母亲微笑着回答，并且接过了我们手里的行李和礼物。

父亲和继父握了手，院子被草莓的香气覆盖着，气味完全侵占了人的意识，以至于我们看上去和谐如一家。

"快吃吧。"母亲揭开了罩在食物上的纱网。

"真好吃，我十多年没吃过这么好吃的饭了。"

母亲把饭菜又往父亲的方向推了推，我突然注意到母亲手上的钻石戒指，在阳光的照射下大放异彩。

"真的很好吃。"父亲又说。

"嘿，伙计，能喝酒吗？"继父说。

"当然，我什么酒都能喝。"

"红酒，可以吧。"继父晃了晃手里的红酒瓶子。

一对中年男女从院子外面走了进来，"原来有客人啊，来得不巧了。"男人说。我猜他们是熟客了。

"是亲戚，不影响的。"母亲赶忙站起来说。

"不如一起吃吧。"继父招呼他们。

这两人扭捏了一阵，但还是坐到了席间，突然间男人注意到了父亲，他像明白了什么似的观察起他来。

"这就是那个？"他对着继父压低声音说道。

"喝酒喝酒。"继父开始往他面前的杯子里倒酒。

"这可是好酒啊，"男人说，"这酒可不便宜。"

父亲微笑着对他点了点头，品尝了一口酒。

"小肖他亲爸可是大音乐家。"我没想到继父也会突然叫我"小肖"，这让我不自在起来。

"没有，没有的事。"父亲赶忙摆摆手。

"这么些年一直在大城市做音乐。"继父接着说。

"没有，没有。"父亲惊慌起来。

"来一段吧。"男人说。

"来一段，来一段。"女人也跟着说。

"不，不。"为了掩饰自己的窘迫，父亲喝了一杯又一杯。

我也恶意推波助澜，"你们应该听听我爸的见解，很神秘。"

"没想到这么多年过去了，你还是这一套啊。"母亲笑着说道。

"那是什么？"继父问道。

"胡说八道而已。"父亲又灌了一杯。

"那是独家秘技，只有我才可以继承。"我说完，大家哄然大笑，父亲也跟着笑了起来。

到了午后，父亲醉倒在了干净的客房床上。母亲说，这是父亲第一次喝醉。母亲和继父执意要让我们留下过夜。那个晚上，我睡在父亲旁边的床上，平生第一次听到了，前夜之中，母亲愉悦的呼喊。想必父亲也听到了，因为恰恰在声音响起之后，父亲翻了一个身。

第二天早晨，父亲和我拎着一大筐草莓和两瓶草莓酒上了大巴车，是继父开甲壳虫汽车送的我们，母亲没有来，理由是说因为车上坐不下那么多人。继父把草莓拎上大巴，看上去像个老朋友一样拍拍父亲的肩膀，"有空常来玩啊。"

永生的电光   199

"一定一定。"父亲说道。

然而，我知道，父亲变了。他再也不会来继父的农家乐。他变得有些颓丧，带着满嘴酒气。后面被压的头发支棱着，以往他总是非常留意自己的形象，如今显得毫不在意。或许母亲勾起了他的无数回忆，而继父有意的作为，使他受到了伤害。他也不像以往那样频频亲热地看我，而是笔直地看着前方，像是他真正想要的生活是在那里。

一晚上，父亲都没有积极回应我提起的话头。第二天我还是佯装去上班，吃过早饭之后，我绕远路从后门回到了家里，接着不一会儿，我在房间听到了父亲进门的声音。又是开门的声音。我临时决定，一定要看看他到底去了哪里。我紧跟了上去，"不管他在做什么，这是最后一次了"，我在心底这样想。

父亲依然上了那辆公交车，十二站之后停在了河滩边，下了车。天气阴沉沉的，风吹过来河道特有的腥味。我依旧远远地跟在他后面，一直到走到那根歪斜的电线杆后面，父亲又凭空消失了，和那日一模一样。我期望着能看到他消失的端倪，但他好像一缕透明的烟气，消失在了雾霭重重的白桦林之中。我决定要耗尽自己的耐心，直到看到他再次出现。

天越来越阴沉，乌云迅速地盘勾在了一起，这是暴风雨来临之前的征兆，但父亲依旧下落不明。狂风集结成了一具强有力的翅，白杨树的叶子被扯下一大把，粗暴地甩在光溜溜的河床上。河岸对面的桦树几乎拽起来一样使劲摇晃着。大自然并不给我们做出反应的时间，硕大的雨滴砰砰砰砸了下来，一道闪电急速掠过，白桦林的周围若隐若现闪起了电光，我终于看见了父亲的身影。我大声喊道，"爸爸，爸爸。"

父亲终于转过头来，头发已经全被雨水打湿了，脸上满是迷狂和沉醉的神情。

"小肖？你怎么会在这里？"

"爸爸，别说了，我们赶快回家。"

我和父亲刚坐进出租车里，暴雨将车窗完全扭曲了形状，在闪电的亮光之中散发出五颜六色的光彩。司机不停地抱怨着我们的衣服弄脏了他的车子，但回去的路上，我们俩都缄口不言。

我觉得既愧疚又伤心。

回到家之后，父亲先去洗了澡，然后是我。等我从浴室出来，父亲已经泡好了茶在沙发上等着我。

"小肖，快喝点姜茶，别感冒了。"

"爸爸，您还要瞒着我吗？"

"您到底是在做什么，河边，您到底去了哪里？这些年您到底在干什么？请您如实地告诉我，我不想再听您那浪漫主义的可笑故事了。"

父亲吮吸着茶水，好像这声音能够产生一种令人遗忘的效果，使我能忘记刚刚发生的事情。

终于，他像鼓起了巨大勇气似的，说道，"其实我在二十三年前就死了。"

"我刚有了工作，就和你妈妈结了婚。我越来越感觉到自我消失了，我的思维开始慢慢变得迟钝和僵硬。后来，在那次偶然被电击之后，我在那一瞬间有了完全不同的感受，被洗刷一新的感觉。但只有一两秒，就消失了。后来我试过各种方法，在贝多芬的音乐里，把手指插进电阀门，或是用电容笔，但是都只是转瞬即逝。我希望能获得永久的灵动，能理解贯通一切的力量。后来，我终于想到了一个方法，你一定见过随身听吧，对你来说是个老古董了，在那个年代可是个新鲜玩意儿。那个暴雨夜，我戴着随身听，站在空旷的河道上，渴望在闪电的效果之下能够获得那梦寐以求的力量。但现在你就明白了，我失败了，我的身体消亡了，而悲哀的灵魂还留在世间，从时间的缝隙之中逃逸出来，但我还是没有放弃，你明白吗？我还是没有放弃，那是因为有你的存在。"

"不要道德绑架我，您现在不是活得好好的吗？"我使劲地捏着父亲的胳膊，"我摸得到您，对吧，您真是个编故事的好手，但这就是让我受不了的。"

"我本可以理解您的，我可以包容一切，但我忍受不了您那不真诚的态度，太让人恶心了。"

父亲悲哀地看着我，嘴唇颤抖着。在他的身后，大片的白桦林在血色的晨光之中轻轻摇晃着，变成了淡淡的橘红。我似乎能够看见，被雨水淋湿的树干显现出一片一片褐色的潮痕，昨日积累的雨水在鹅卵石的缝隙之中游走着，然后往上，是成群在河堤上走来走去的乌鸦、花喜鹊和灰喜鹊，它们一边低头啄食着，有几只扑啦啦地飞到了天空，落在白桦树和歪斜的电线杆上，这一切都是真实的场景。

我想也许父亲病得很严重，医学上把这种症状叫作癔病，不过我不知是不是应该这样说服自己，至少父亲并没有影响到他的日常生活，也不会伤害到别的人。但我没办法接受他那无厘头的欺骗和诡怪的故事。

那是之后的一天下午，父亲看见我正在翻一本叫作《癔病诊疗指南》的小册子，他突然激动起来，"小肖，你知道吗，这是第一次看到你拿起一本书！"

"那又怎么了？"

"你妈妈最反感我的就是这一点，她忍受不了任何严肃的东西。但我还是希望你不一样。你知道……"

　　　　　　　　　　　微风吹起黑色帷幕　|

"我不知道！"

很多年来，我的耳边早已没有各种教诲了，我下意识反感各种教诲。

"年代不一样了爸爸！"我语气温和了一点说。

我发现，父亲微微佝偻了一点腰，他一声没吭。父亲还是像往常那样，吃饭、散步、睡觉，唯一不同的是，他心事重重。他不再去河边了，不再消失在那片稀疏的白桦林和歪斜的电线杆后面。

我想，这一切都是正常的。正因为每一代都不同，才有叫作代沟的东西。父亲虽然近在眼前，然而却像是已经走远。我放下书，觉得有癔症症状的父亲，变成一个奇怪的陌生物。我第一次有了一种无法忍受的惊异感。

一天夜晚，那正是父亲喝淡茶水的时间，他一个人坐在那里，我既没有叫他，也没有特意看他，就像他不存在一样。我刚刚离开客厅，就听见，突然像什么东西发生爆炸，一声巨响之后，房子里面陷入了黑暗。我赶忙出门查看，整个小城似乎都暗了下去，从来都没有这样黑过，黑暗像成群的乌鸦般向我们迎面袭来，我摸索着回到了房间里面。

"爸爸，全城都停电了，没事的。"我对着黑暗说道。

没人回答我。

"爸爸？您在吗？"

我突然想到了什么，发了疯似的往河滩跑去，整个城市都陷入了混乱。我像应召女郎一样在街边疯狂挥手，希望在黑暗之中能有人感受到我的呼唤，终于，一辆出租车停在了我的脚边。我们沿着漆黑的河道不断地往前行驶，我在黑暗中呼喊父亲的名字，但他不在那里。我把手电筒往四周晃了晃，终于，我发现在

永生的电光

203

河岸的对面，在稀疏的白桦林之中，有几支小小的火光。那根歪脖子的电线杆折断了，但还没有完全倾倒，上半部分像探寻似的偏在了一旁，几根还未被完全扯断的电线连着下半部分，就在我照着它的时候，"啪"的一下，燃起了一朵小电花，然后很快就回归了黑暗。

接着，雨点在黑暗之中轻轻落在我的头上、脸上和身体上，发出沙沙的声音。后来，我不知是否我的记忆出现了偏差，但我再也不记得自己有见过闪电。也许这也正常，因为气候会变，气象也会变。

父亲消失了。姨妈说早料到会这样，他们都固执地认为父亲回来欺骗并伤害了我的感情。母亲打电话过来说我的工作问题解决了，只要参加一个打幌子的考试就可以直接坐上岗位。继父还托人给我找了一个相亲对象，让我赶紧辞了实习工作回去见一见。对于父亲的消失，母亲什么也没说，就像他回来的那个时候一样。

但我觉得，好像是我遗弃了父亲。当我再次走上那条河岸的时候，我惊讶地发现，那里已经立上了一根新的电线杆，同样是灰色，但刷着橘黄色的油漆，几十根电线重重地压在它的头顶。在那一刻我感到从未有过的哀伤，我知道，此生我再也不会见到父亲了。他再也不会重临人间。

奇怪的是，每当我回忆起父亲时，我想到的是若干年前，他第一次从家离开时的情景，那是一个年轻的父亲，也是二十三岁上下。他面容模糊，但看得出，他真的非常年轻。

飞鸟出现的时间

　　书这种东西，读好了是学问，读不好是谈资。总之，多读是没错的。

　　进入八月时，任梓在微博上发了这样一句话。她的微博没有认证，平常发的也只有一些零零散散又琐碎的话语，关注的人也寥寥无几。这句话也似乎是发给自己看的。话里有一些得意，也有一些庆幸，而这一切所感都源于那个人的出现。

　　初次见面的时候，他在灯光迷离的台上，她在影影绰绰的台下，吉他在他的手里声音嘶哑，他唱的是一首林夕的老歌——《半生缘》。

　　　　别来还无恙
　　　　那年少轻狂　却让岁月背叛
　　　　流转的时光
　　　　照一脸苍凉　再也来不及遗忘
　　　　两个人　闹哄一场
　　　　一个人　地老天荒
　　　　迷惘是唯一的答案

　　声音很沧桑，像是喝了几大杯隔夜的冷茶，她却从中听出了性感，听出了故事。唱完后，他不顾台下人的呼声，拎着吉他默然而去。其实她还想听他唱的，但是却没有一个理由去要求他，虽然她是这家酒吧的老板，准确来说，是老板娘。

酒吧是丈夫孟强开的，他是经商能手，大学毕业后就和人合伙做生意，几年就大赚了一笔，酒吧是他为她开的，他不让她工作，又怕她无聊，大手一挥就买下了这个酒吧。她生性懒散又不善打理，于是又雇了几个管理学毕业的大学生帮忙经营，她的工作只是兴起之时按自己的意愿改变一下店内装修风格，在类似圣诞节这样的节日里策划一些小型的活动而已。用孟强的话来说，随她开心。

那个男人走了之后上去了一位年纪尚轻的小伙子，头发染得很入时，一把吉他弹得油腔滑调。她听了一首，觉得索然无味，也兀自离开了。

回到家时，任梓发现孟强已经洗过澡了，正坐在沙发上一边用毛巾擦着湿漉漉的头发，一边拿着遥控器胡乱地换着台。

"回来了？"孟强抬头看了一眼正在脱高跟鞋的她，说道。

"嗯，今天去酒吧了。"

"我知道。"孟强回过头去，继续从各个台之间跳来跳去。

"妈的，什么真人秀节目，鸡飞狗跳的，看着恶心。"孟强嘟哝了几句粗口，把遥控器往沙发上一甩，进了卧室。

任梓把微微泛潮的连衣裙褪了下来，也随手甩在了沙发上，内衣裤直接丢进了浴室门后的脏衣篓，夏天的时候她从来不用浴缸，只是在淋浴下冲一冲汗气。她打开开关，却只有几滴水落在了她的手上，她才想起，今天停水。

她把开关关掉，慢慢地坐在了浴缸的边缘上，耳边又想起了那首歌的旋律。

迷惘是唯一的答案。

　　　　　　　　　　　　微风吹起黑色帷幕　|

酒吧里歌手的招募她是不管的，这些人就像一些没有脚的鸟，要不停地漂泊，店里的歌手也是走马灯似的换，他们大多数人用着假的名字，却在不同的地方唱着真的故事。她想去问问孟强，兴许他会知道呢，但却不知该怎么开口。

　　"你傻傻地坐在这里干吗？"突然推门进来的孟强把她吓了一跳，差点从浴缸边上滚下来。

　　"没水了……"

　　"没水了你不会叫我呀，坐在这等水来啊你，傻不傻。小区说了今天晚上停水，浴缸里的水是我今早接的，干净的，你今晚就用那个将就洗洗吧。"孟强一说，她才发现浴缸里盛着小半缸清水，刚刚在那坐了好半天都没有发现。

　　她一边用一个小盆把水舀出来浇在背上，一边想道，还是问问他好了。

　　洗完澡从浴室出来，孟强已经关了卧室的灯，在昏黄色的床头灯下跷着脚玩手机。任梓把浴巾叠了叠放在床头柜上，蹭到孟强跟前。

　　"喂，玩什么呢？"

　　"斗地主。"孟强头也不抬，手在屏幕上快速地点着。

　　任梓把头靠在孟强的胸前，湿漉漉的头发贴在他的肚子上，她踌躇了一下，假装不经意地问道：

　　"老孟，咱们酒吧新来了个歌手你知道吗？谁招进来的呀，看起来年纪不小了。"

　　孟强刚好打完了一局，把手机随手往被子里一塞，眯着眼睛似笑非笑地说道："你说的是林庚吧，他是我大学同学。"

　　任梓吃了一惊，但还是强装镇定，说道："不会吧，这个年纪了还做酒吧歌手，不怕饿死呀，学什么年轻人玩文艺啊。"

　　"哈哈哈，那你可就小看人家啦，"孟强一把摁灭了床头灯，把枕头往下摁了摁，继续说道，"人家可是 A 大的研究生导师，桃李满天下，还写过几本书呢，前几天还拿来给我看过，名字太长记不清了。这小子，上大学就是个文青，也给好多小姑娘写诗呢，也不知道他怎么想的，到现在也没结婚。前几天遇见他，听说我有个酒吧，就说要过来唱，不用给他钱，这小子就是想玩一玩……"

孟强还在喋喋不休地说着，任梓的思绪却以光速不停地往后倒退。A 大，那是她梦寐以求的地方……

和孟强是高中的时候就在一起了，大学两人考到了不同的城市，标准的异地恋，每个月最多能见一两次面，维持着不远不近的恋爱关系。也不是没有背着他找过别人，然而终究因为种种原因没有继续发展。孟强有没有背着她找过呢？她不知道。有也好没有也罢，两人的关系也就这样维持着。大学毕业后，孟强就向她求了婚，她想不出有什么理由拒绝他，也就顺理成章地接受了。毕业后孟强没再继续读书，事实上大学期间，他就已经开始创业了，到了毕业之际，别人都在忙着找工作，而他的生意早已经风生水起。大学期间任梓考研失利，婚后她几次还抱着一腔热血想延续自己上 A 大中文系的梦想，但是孟强坚决反对。用他的原话来说：

"女人，就应该在家好好相夫教子，读那么多书有什么用？要钱花？我给你！"

几次争吵之后，任梓不再挣扎了。生活中的琐事也像一根结实的绳子，将她牢牢地捆了起来，吊在空中。她只感觉自己双脚离地，上头是遥远而缥缈的梦想，下头她却死也不肯低头看一眼。

这晚，任梓失眠了。黑暗中只有空调的指示灯在闪动着，她感觉到远方忽远忽近的歌声将自己包裹着，那歌声从她的脸上轻轻拂过，从锁骨一直滑到小腹。孟强早已经睡熟了，鼾声震耳欲

　　　　　　　　　　　微风吹起黑色帷幕　｜

聋，却让她倍感安全，这鼾声盖过了她心里的悸动和呐喊。她在黑暗中坐起身来，看了一眼孟强熟睡的脸，很好。手却鬼使神差地摸向了他的手机，黑暗中突如其来的强光刺得她的眼睛眯在一起，挤出了两滴酸涩的泪液，她的手指却在屏幕上快速地滑动着。

林庚。这个名字一闪而过，手指生硬地停了下来，任梓觉得自己的指尖有点黏腻，屏幕上都是她的指纹印，那一行数字也被印在了她黏腻的指尖上，滑进了她的手机里。

手机一晚上被她紧握在手心里，慢慢地变得湿滑，就像是一条刚刚从海里打捞上来的鳗鱼，几次趁她不注意，从手掌中一跃而出，从黑暗的被窝中游走了。凌晨五点钟，她终于还是按捺不住，编辑好的文字删了又输入，一狠心按了发送。

"你的歌很好听。"任梓看着这句话被装进了一个小小的信封，信封上还贴着一颗红心，长着小翅膀飞向了这城市不知哪个角落。

一觉醒来，任梓发现墙上的钟已经跑过了十点钟，孟强已经上班去了，被子被胡乱卷成一团堆在床头。手机还紧紧地握在手中，绿色的提示灯伴随着时钟的嘀嗒声一闪一闪。有新信息，是他的信息。

"你是?"简短生硬的疑问句。

"任梓，孟强的……"踌躇了一下，她又一个字一个字地删掉了，孟强走的时候应该把空调关掉了，她感觉自己有点冒汗。

"你没必要知道我是谁，我知道你是谁就行了。"

她把空调遥控器按了一下，"嘀"的一声，风就从草原上吹了过来。她坐在床上紧紧地盯着手机，一动不动。

"你见过我?"他回过来。

"昨天还见了。"

"你姓任？"

任梓差点从床上跳了下去，原来昨晚他也看见她了。黑暗中，他居然穿过层层人群，看到了她。

"你看见我了？"任梓急切地发了过去。

"嗯，看见了。"

"你知道我？"

"嗯，店里见到过你几次。"

原来他早就注意到她了啊。她把自己近来去过店里的所有模样都回忆了一遍，前几天穿的裙子好像有点紧，花色也不时新了，早知道去店里就应该好好化个妆的。她突然想起之前在微博上看到的一句话，"女人就要随时随地保持最美的状态，哪怕只是出去买个菜，谁知道哪一秒你会遇到对的人"。

她一边想，一边摁出发送键。

"你唱得很好听，弹得也好。"

"这没什么，娱乐而已。"

"听说你是 A 大的教授？"

"副教授。"

"真厉害，A 大一直以来都是我的梦想。"

"考进来啊。"他回过来如此简单轻松的一句话。

任梓怔怔地看着手机屏幕，在她的注视中一点点暗了下去，好像在躲避着她的目光。她呆坐了良久，重新拿起手机。

"种种原因，没有机会。"含糊而又意味深长的一句话。

"嗯。"一个字的回复，平静而又漠不关心。

"你是什么专业？"

"社会学，第二学位是当代文学。"

"我本科也读文学专业，自己也写一点东西。"

"哦，作家啊。"任梓的心里跳了一跳，作家，多好的称谓。

多么光鲜又充满文艺气息。可惜她配不上这样的名号。

"算不上的，只是在一些不太知名的杂志上发过一些书评而已，小说写过一点，只是自己娱乐而已，从来没有发表过。"

"那也算。"

阳光透过窗帘的缝隙轻轻打在她的脸上，让人不由自主地眯起了眼睛。这阳光打在脸上的感觉是那么温暖，新鲜，和手机里射出的冷冰冰的光截然不同。她突然想动一动尘封已久的手指。

"上课了，再聊。"

任梓对着电脑在家呆坐了一下午。她的手指僵僵地打出几个字，又迅速地退格，删除。有一年没写了吧，手指的关节好像都生锈了，脑子里也是一片空白。她悻悻地把电脑扔到了地毯上，靠在了床头的羽毛靠枕上。以往这个时候，她早就拉上窗帘，空调开到二十摄氏度盖上薄被睡得昏天暗地了。而今天，她却精神格外饱满，甚至可以说有些亢奋。她看了看墙上的挂钟，四点二十分。

才四点多钟，为什么时间过得这样慢。她在心里不禁抱怨起来。他几点下课呢？五点半？还是六点？该不该给他发信息呢？他会不会烦呢？他万一不回那要多尴尬啊。

太阳慢慢向西挪动着，厚厚的隔音玻璃阻挡住了树叶下燥热的蝉们嘶哑的叫声，空调嗡嗡地运作着，任梓把薄被往肩膀上掩了掩，打开了短信编辑页面。胡乱编辑了一句"下课了吗？"，心一横，发了出去。

五分钟，没有回复。十分钟，还是没有。任梓觉得手机握在手里有点烫手，像是桑拿房里正在被炙烤的石头。她把手机扔在床头，打开电视机，眼睛的余光却全被吸附在了那半尺宽的床头。她一怒之下把手机塞进了床头的抽屉里，却在提示音响了一声时，像被打开电源的机器一样，瞬间运作起来。打开抽屉，拿出手机，查看信息，一气呵成。但结果却令她失望至极，是一条垃圾短信。她愤愤地把手机扔在了地毯上，赌气似的一头埋在了枕头里。

任梓醒来时，天已经黑了，孟强还没有回来。她不知道自己是什么时候睡着的，电视和空调都还大开着，她把自己裹在薄被里，像一只蛹一样地缩在床脚，要不是空调的冷风吹醒了她，她可能还会睡下去。房间里一片黑暗，地毯上手机的绿色提示灯在一闪一闪发出诱人的光芒，任梓一把把它从地上捞了起来，果然，是他的信息，时间显示在下午六点半。

"抱歉，刚刚睡着了。"任梓顾不得开灯，急急地回了过去。

"没关系的。"他很快回了过来。

"下午上什么课呀，好辛苦啊。"

"当代文学史。"

"噢，改天给我也上上课吧，我也爱文学。"

"不行。"

"为什么？"

"我没有白给别人上课的道理。"

"那要怎样？我付钱给你。"

"把你的钱收起来吧，太太。"

"那你要什么？"

"把你写的小说给我看。"

任梓愣了一下，她确实发表过文章，但是只是一些书评和影评之类的，小说写了不少，但却从来没有拿给任何人看过，甚至是最亲近的朋友也没有。她写小说完全就是在写自己，把这样的作品拿给别人看，就好像赤身裸体的自己被别人观赏，指点，评价一样。可是一种奇怪的力量驱使着她，她想拿给他看，她希望他了解她，窥探她，她甚至愿意把这样赤身裸体的自己给他看。

"成交。"发送出这句话的她几乎是毫不犹豫的。

"说真的，太太，为什么发短信给我？"

对啊，为什么发短信给他，给这个只有一面之缘，几乎完全陌生的男人。

"我想可能是好奇。"

"女人的好奇心可真强。"

"好奇心让女人年轻。"

"好奇心让女人堕落。"他反驳道。

"堕落也好过在平庸中老去。"

"人都追逐光鲜。"他回道。

"你什么时候会再来酒吧唱歌？"

"有机会吧。"

她想起孟强说过他还没有结过婚，这样优秀的男人不应该乏人问津的，他难道不喜欢女人吗？她太好奇了，甚至忘记了礼貌。

踌躇了一下，她还是问道："冒昧地问一句，听说你还没有结过婚？"

"是的。"

"为什么？"

"没有为什么？"

"这个年龄了，不结婚有点奇怪。"

"奇怪？那你告诉我，结婚的意义是什么？"

任梓愣住了。意义，结婚的意义，她还从来没有想过。只是觉得年龄到了，就应该结婚生子，组建家庭，这就是伦理纲常，天经地义。就像太阳东升西落一样，只是前者是正常的社会现象，后者是正常的自然现象罢了，没有什么意义。到了适婚年龄而不结婚的人，就像是打西边升起的太阳，在社会中是不正常的。

"没有什么意义，就是伦理纲常，祖祖辈辈都是这么过来的。"她回复道。

"伦理纲常都是人定的，不是每个人都要遵守这种潜在的社会规则。为什么要结婚，若爱上一个人，想在一起就同居，不爱就分开，利利索索，总比那些同床异梦的要好吧。"

"还真是理想主义呢，不过，没有女人愿意陪你这样吧。"

"那不一定，兴许也有这样理想主义的女人。"

"你身边也是莺燕成群吧。"

"没有。"

"我不信。"她说。

"我曾经爱过一个人。"

月亮慢慢升起来了，今夜的月色朦胧，像是罩着一层厚厚的毛玻璃。无数归人把灯点亮，无数盏灯把城市点亮。

又有一条信息发了过来。

"她写得一首漂亮的好字，楷书，隶书，篆书，草书，甚至是甲骨文，她都驾驭自如。她的字就像她的人一样，漂亮却不落俗，就像是清晨五六点钟吹来的清新的风，谁嗅到都会心旷神怡。把她的字扔到一本中外大辞典中我也认得出来，就像把她扔在除夕夜的外滩我也能在人群之中一眼找到她。"

任梓把这条信息看了一遍又一遍。这该是怎样的女人啊？天底下真的有这样的女人吗？

"那为什么没有在一起？"任梓问道。

"她结婚了。我认识她的时候她已经结婚了。我不需要婚姻，或许我也给不了她婚姻，我只想让她存在于我的世界中。她是爱我的，我知道，她像个孩子一样爱着我。我们同居了半年，相敬如宾，我可以什么都不在乎，不在乎她有丈夫，不在乎她有家庭，不在乎她的心里不止有我一个人。"

"那为什么没有继续保持这种关系？"

"她怀孕了。她要回去相夫教子，过普通女人的生活了。"

"那孩子是……"

"不是我的。"

窗外的月色依旧朦胧，星星却一颗也没有，一切都显得那么安静，只有挂钟在嘀嗒嘀嗒地走动着。

孟强回来的时候已经深夜了，他打开灯时惊讶地发现，任梓像一只小鹿一样盘坐在床上，脸上毫无倦容，甚至还有几分兴奋。

"你疯了吗，这么晚还不睡觉？"孟强一边脱衣服，一边漫不经心地问道，顺手把脏衣服甩在地板上。

"啊……中午睡多了……睡不着……"任梓趁孟强一个转头，一把把手机塞在了枕头下面。

孟强并没有注意到任梓的举动，他转身径直走进了浴室。

在听到浴室响起洗浴的水声后，任梓才把手机从枕头下面拿了出来，她习惯每次都给聊天一个正式的结尾，例如现在，她给他发了一句"睡吧，晚安"作为聊天的正式结尾。

半晌他回过来，"晚安"。

她把手机扔进了床头柜里，一头扎进了枕头里。

任梓钟爱睡莲。孟强为此买了一个仿制的鼎状大缸，买了好几株不同颜色的睡莲养在里面。水生植物在夏天里极易招虫，特别是蚊子。虽然卧室里插了电蚊香，蚊子的嘴被香熏软了，咬人不易，但却总是在人的耳边嗡嗡作响。任梓对这小虫子翅膀振动的声音异常敏感，夏天也因此睡得很不踏实。

虽是这样，但也不至于烦恼，因为白天酒吧里基本没什么人，也有人照看着，她在白天的任何一个时间，有一丝丝疲倦大可以倒头就睡，无需顾虑什么。而且，她很喜欢在凌晨醒来，看着这半梦半醒的城市，在湿漉漉的雾气中显得更加真实，安全。她细数着这城市的轮廓，在落地窗上用指尖描绘它的样子，在这个时候，城市属于她，它默默倾听，对她露出怜爱的颜色。而一旦太阳升起，百鸟出巢，它便立刻脸色一转，把她狠狠地推在冰冷的地板上，拂袖而去。

她在清晨时决定要去 A 大看看。

大学城离家里还是有一段距离的，任梓决定开车过去。车是一年前孟强买给她的，一辆小巧玲珑的白色雪佛兰。任梓不喜欢开太好的车，总觉得自己无法驾驭，有一次孟强在外面喝醉了酒，没办法她只好把孟强的车开回去，一路上她好几次险些撞到了隔离带，好不容易回到家，一整晚手都一直抖个不停。

任梓出门时，正值车辆出行高峰期，一路走一路堵，平时十几分钟就能走完的路段，半个小时过去了却才走了多半。

走到学校的时候，第一节课也已经上了几分钟了。盛午的骄阳下，学校里显得分外空旷，偶尔有几个学生走过，却也是行色匆匆。任梓几次想上前询问，看到那些学生只是埋头向前走，也只好作罢。

太阳疯狂地炙烤着大地，地面被晒得都有点微微泛红。任梓只觉得口渴难忍，汗水不停从额头上冒出来，她只好走进旁边的一栋教学楼里，哪怕是碰碰运气也好，她心想。

教学楼里虽然没有空调，也比外面要凉爽许多。任梓在卫生间里用冷水洗了把脸，上课期间，卫生间里也是空荡荡的，她又趁机补了补妆。

楼道里非常安静，偶尔在角落里看到几个女生，也只是窃窃私语。一阵又一阵的蝉鸣从大开的窗户中传进来，时起时伏。教学楼是半环状的设计，楼梯在中部从一楼以螺旋状一直通向顶部。在这里遇见林庚，概率实在是太小了，不过来也来了，就当

是好好逛一逛 Ａ 大好了，任梓想。

　　她顺着楼道漫无目的地走着，一边探头向经过的教室里张望着。现在正值一天中最热的时候，学生们都有点漫不经心，昏昏欲睡。任梓在后门的窗户望向他们，心里突然涌起了一种奇怪的感觉，她觉得自己仿佛置身其中，和他们一样，未来光明，前路漫长。

　　走到三楼楼梯口时，她一下就在众多讲课声中听到了林庚的声音，虽然和他的歌声大相径庭，但她确定，那一定是他。她趿拉着高跟鞋，循着声音蹑手蹑脚地走到那间教室后面。果然是他！任梓的心一下子挤到了嗓子眼，胸腔里仿佛塞了一大块海绵，吸走了身体里所有的水，胸腔里沉闷闷的。

　　课间休息时间刚巧到了，好几个学生说说笑笑地从后门走了出去。任梓看没有人注意她，就低着头从后门偷偷溜了进去，林庚一直低着头，好像是在整理课件。她找了一个靠墙的位置坐了下来，前排有两个男生转过头来看了她一眼，低下头窃窃私语了几句，她趁机伸长了脖子看了看他们桌子上的书，社会心理学。她大学的时候读过几本这方面的书，也算是略知一二。

　　刚刚出去的学生陆陆续续地回到了座位上，林庚也很快抬起头来开始讲课。任梓拼命地听着，可是她只能听到他的声音，忽远忽近，环绕着她的左右，却听不清他在说些什么。她保持着一种少女的姿态，万般虔诚地望着他，教室里仿佛就只剩他们两人，在这空荡荡的教室里，他教导着她，直到忘记了初衷。

　　教室里突然静了下来，她不解地看着他，他却只顾盯着下面的学生。这时，他的声音又响了起来，虽然遥远，听起来却格外清晰。

　　她这次完完全全地听清楚了整句话，他在提问："晕轮效应理论是谁提出的？"

这个对于她再熟悉不过了，底下的学生却只是拼命地翻着书，她在心里不停地说着，是凯利，凯利啊。

"凯利！"她情不自禁地喊出了声。

几十双眼睛齐刷刷向她望来，好奇，不解，鄙夷，太多太多目光瞬间淹没了她。她越过那些灼人的眼神，看到了讲台上的林庚。他也在看着她，从他眼里丝毫看不出来任何感情来，平静得好像秋天山谷里波澜不惊的湖水。

任梓以为他会假装不认识她，责问她是哪里的学生，甚至是当众把她从教室里赶出去。可是他没有，他什么都没有说，直接跳过了这个问题。

她在恍惚中度过了后半节课。坐在结实可靠的实木椅子上，却像在荡秋千，脑海里都是他那张不动声色的脸，她用力地回想着他任何一个细微的表情，却找不到任何蛛丝马迹。

下课之后，他很快拿起书兀自走了出去，连一个躲闪的眼神都不肯留给她。她急忙追了出去，潮水般的人流却立即将她淹没了，然而她没有能力从涌动的人群中一眼认出他的身影，她只能任由着这人群将她推搡着，越走越远……

回到家里的时候，太阳的余温已经渐渐褪去了，燥热渐渐转化为了闷热，更让人透不过气来。从学校出来后，时间还尚早，任梓就近胡乱吃了顿饭，又到酒吧里走了一遭，顾客寥寥无几。任梓和一个服务生打了几杆台球，不出几回合，台球杆也被汗水浸得黏腻恶心，她也一下子兴致全无，随便交代了几句便回家了。

她百无聊赖地打开手机，发现有一条新消息的提示。

是林庚发来的。

"为什么来我们学校？"他显然是对课堂上发生的事情有点

不满。

"想见你。"她确实是想见他，毫无理由，毫无征兆地想见他，她想好好看看他的生活。

她想进入他的生活。

"哦，原来你对我抱的是这种心思？"

任梓感觉有点窘迫，她不知道他所说的"这种心思"是什么意思，事实上，她也不明了自己对他抱的是什么心思。

"喜欢你的女人很多吧。"

"只能说是有的。"

"你也真谦虚。"

"不说这个了，我的课你也听了，什么时候把你写的文章给我看。"

任梓心头一紧，他居然还记得这事。

"我怎样拿给你看？"

"发到我的邮箱就行。"

紧接着另一条消息就发了过来，是他的邮箱地址。

任梓犹豫不决地翻看着那几个经久未动的文件夹，最终还是挑选了几个自认为还拿得出手的文章发了过去。这些写的都是她大学时期周转于几个男人之间的往事，其中包含了她所有春心萌动的少女情怀，也少不了初尝禁果时的甜蜜与晦涩，就连一些羞于启齿的小癖好也毫无保留地展示其中，读它就像是在读任梓自己。

暮色正在一点一点地下沉，天却陡然变了脸色，暴雨不期而至。开始只是豆大的雨点颇有节奏地敲击着玻璃，接着一波又一波的雨水用力向窗户上撞来，在瓷砖砌的窗台上撞得头破血流，水花四溅，庭院里的梧桐树也被风雨刮得摇头晃脑。然而顷刻之间，风雨却戛然而止，万籁寂寂，天空像是水洗过一般澄澈透明，几乎能映出大地的倒影来，太阳也在城市的不远处探头探脑。

任梓从沙发上坐起身来，用力推开了窗户，一阵泥土混着雨水的腥味儿扑面而来，空气中弥漫着青草的气息。

他还没有回信息。

文章都不长，他应该很快就能看完才对，她想。是不是他觉得写得太差了，根本就不知道该怎么评价。还是太矫情，让他觉得反胃。

正在她胡思乱想之际，他的短信发了过来。

她打开看了一眼，滚烫的眼泪就落了下来，手机差点被她扔到了地上。

他说，"你真的是作家。"

之前给不少杂志和报纸写过评论，也在一些市级的文艺刊物上发过几篇散文，有人夸过她文笔好，也有几个不怀好意的男人给她发过邮件，但从来没有人称呼她为"作家"，也从来没有人认为她有资格担此名号。虽然曾经也想过要以此为生，但是却在现实的种种压力下，打消了这个念头，加之孟强给她罩了这样一个温暖安全的玻璃罩，她也慢慢倦怠了。

而现在，有这样一个学问不知高自己多少倍的人，称自己为作家，就像是一个五星级酒店的高级大厨，夸一个路边卖煎饼的小贩煎饼摊得好吃，她觉得自己遇上了知音。

"你真这样觉得？"

"我从来不骗女人。"

她相信他说的话，他绝不是在敷衍或者调戏她，她情不自禁地写道：

"我现在觉得我好像是鲁迅笔下的子君，而你是涓生。"

"好好写文章。"他并没有接她的话，没有像别的男人那样，沿着她悸动的心绪给她更深一击，只是秋风拂叶般扫过她的身边。

可是这让她更加急切而热情地想要用更多的言语去刺激他，得到他的回应。她相信这个男人与众不同，她觉得自己爱上他了，她急不可耐地想要跻身于他的生活之中，她想得到他更多的肯定，就像一个迫切等待老师夸奖的孩童。

"我爱上你了。"她说。

发出这句话时，她的心一瞬间全部涌上了嗓子眼，额头上也冒出了一层细汗，时间突然慢了下来。

"爱我什么？"他回道。

"我所知范围内的所有。"她忍不住说出了一句又傻又矫情的话。

"他对你不好吗？"她心里明白，这里的"他"当然说的是孟强。

"很好。"

她说的是实话，孟强对她确实很好，她从来不用操心家里家外的任何事，衣食无忧，整天过着疗养院一般的生活，孟强也体贴，除了工作比较忙，别的方面对她也算无微不至。

"房事也和谐吧。"

"嗯，他那方面很没问题。"

"那你还有什么不满足的，果然是女人一无事做，就想着出轨。"

"不是这样的！"任梓有点恼羞成怒，脸憋得通红，她手指飞快地在屏幕上滑动着。

"是遇见了你才……"

"班里有个女学生喜欢我，天天都给我发短信打电话。"他没有理会她，只是自顾自地说着。

"然后呢？"

"没有然后，我从来没有理过她，发的信息也从来没有回过。"

"你也是脂粉队里的英雄啊。"任梓有点酸溜溜地嘲讽道。

"我可不是贾宝玉。"他回复道。

"喜欢你的女人可真不少。"她说。

"可是却没有一个留下来的。"他回道。

"很多年后，老男人林庚回想起年轻的时候，也被很多女人爱过。"

"他有时候浅尝辄止。"

"有时候羞羞答答。"

"有时候道貌岸然。"

"却——把她们都放过了。"

"这或许就是命运吧。"她回道。

"我像蜘蛛，命运就是我的网。"

"对啊，任凭风雨把网蹂躏撕碎，还是要一圈一圈地把它补起来。"她回道。

"对啊，正如史铁生所说，人生这把琴，只要弹好了，就够了。"

他就是我的涓生，任梓痴迷地想。

"我想见你。"

"今天不是见了吗？"

"不是这种场合，我想单独见你。"

"不行。"他几乎是想也没想就拒绝了。

"为什么？"她问出这句话时，其实心里已经有了好几个答案。

"我没有理由见你。"

"可是我有。"

"什么？"

"我爱上你了。"

"可是我并没有爱上你。"

"你要是不见我，我就和孟强离婚，然后去找你。"她恐吓他。

"不行！"他显然是被吓到了，急切地回复道。

"那你见我一面。"她狡黠地说。

"要我见你，也可以，我有一个条件。"

"什么条件？"

"去投了你的那些文章。"

她犹豫了，以前也不是没有过这样的想法，但是想到要把自己的心绪袒露给任何一个陌生人去揣摩，评价，她就有点忐忑。况且，他提的条件居然是这个，她感觉这简直就像是一种隐晦的暗示，他在勾引她。

想到这儿，她觉得有点兴奋。就凭这一条，这个交易也太值了。

"成交。"她说。

"好。"

"明天见面可以吗？"

"这……太着急了。"

"不行吗？"

"也不是不行，反正我明天没有课，去哪里？"

任梓想了想，附近的公园和游乐场肯定是不能去的，咖啡厅更是不行，孟强的人脉圈实在是广得可怕。

"去你家好吗？"

"不好。"他立刻就拒绝了。

"那也没有地方去了，一出门都会碰见孟强的朋友。"

"那……好吧。"看到他还是勉强答应了，她有点兴奋。

"把你家的地址一会儿发给我吧。"她回道。

窗外的夜空格外晴朗，星星亮得有点刺眼，月亮的周围没有一丝云雾，明朗得有点不真实。屋内的灯蓦然灭了，房间却没有立刻黑暗下来，清凉的月光顺着窗帘的缝隙洒了一地，夜深了。

第二天一大早，任梓就从床上爬了起来。昨晚孟强没有回家，直到早上才打电话回来，说是不小心喝醉酒了，就直接睡到了朋友的家里，任梓随口叮嘱了几句，无非就是记得吃早饭，早点回家之类的话，就把电话挂掉了。

她有更重要的事情去做。

林庚的家很远，准确来说，基本上是处于城市的边缘地带，在这之前她是从来不知道还有这样一个独立于城市之外的小区伫立在城市的边缘。平常上班他不会觉得麻烦吗？她一边开车一边想。车子穿过一座低矮的立交桥，风景瞬间变得迥然不同，城市上空的灰色雾霭渐渐淡去，远处的山也显出几分颜色来，从高速路上下来直接通向了一条小道，越往路的深处走去就越是逼仄窄小，路的两旁绿树成荫，浓浓的绿叶汇成一片又一片天然的屏障，几枝树枝焦急地伸出手臂想拦住她的去路，她却只是轻盈地擦身而过。从小道一路俯冲下去，两边瞬间豁然开朗，满眼绿意，尽收眼底。几座建筑物稀稀疏疏地分布在浓密的绿色植被中，看起来有点怯怯的。她把车停到了旁边的空地上。

一条碎石铺成的小路弯弯曲曲地通向树林深处，另一条红砖铺就的小道，一旁种满了桑葚树，这个时节果子差不多都落光了，还剩有一些倔强地挂在树上，等着鸟雀来啄食。两条小径在尽头处汇集到了一起，中间略微开阔了一点，竟是一座假山，水源由一根暗管引到假山的上面，流水一泻而下，轻击池面，溅起水花在阳光下闪闪发光。

在这城市的一角竟有如此美妙的地方，如果不是他，自己可能一辈子也不会找到这种地方吧，任梓想道。

从假山的背后绕过，是一条长廊。说是长廊，细看来却只是搭了一个粗糙至极的水泥架子，厚厚的紫藤萝盖在上面，恣意地向四周生长蔓延，走在里面，只觉得遮天蔽日，神清气爽。

长廊的尽头通向一栋灰白色的建筑物，任梓看了看短信，就是这里。

他住在六楼。电梯缓缓地升起的过程中，她的心也在瞬间被一只手慢慢托了起来，他会以什么样的表情来迎接她？她怕他对她太客气，冷冰冰地以礼相待。她更怕他过度热诚，让她心潮澎湃，无所适从。

门铃看似已经坏掉很久了，她刚轻轻敲了敲门，房门就"嘭"的一声打开了。

他在等她吗？她痴痴地想。

然而他却是一副不动声色的模样，和那日讲台上的表情如出一辙，他微微侧了侧身子，示意她进去。

她刚一抬脚，脑子却"哄"的一下炸开了。

房子里有女人。

房子里满满的都是女人的香水味。任梓也用香水，各大品牌的香水她也几乎都有尝试，但这个味道却极其陌生。这是一种极易招惹是非的香味，花香过于浓郁，闻得多了似乎还隐隐有种呛人的胡椒味，喷这种香水上街一定会赚狠了回头率。

"你家里还有别人吗？"任梓假装不经意地问。

"没有啊。"林庚正在摆弄着咖啡机，听到这句话他回过头来看了任梓一眼，很快从她的表情中读懂了含义，接着说道，"房间里我喷了香水，是她以前留下来的，我就当空气清新剂来用了。"

对了，她想起来他曾经说过那个清新脱俗的女人，她居然会用这样的香水，她咋舌。

"喝咖啡吧。"他把泡好的咖啡递给她，他在家的穿着跟学校和酒吧里完全不同，一件肥大的对襟麻质半袖衫，洗得雪白雪白的，下身是同样松松垮垮的灰色休闲裤，随意得就像海边的捕鱼者。

"谢谢。"她接过咖啡，轻轻抿了一口，奇怪，比例刚刚好符合她的口味，简直比她自己泡的还要好喝。

要是天天有人泡这样的咖啡给她喝就好了，她想。

"开车过来，路不好走吧。"他说。

"也还好。"

"对了，你怎么会发现这样一个秘密花园一样的地方，我之前根本不知道附近会有这样的地方。"她突然抬起头来，兴奋地问。

"也是缘分吧，"他一边搅动着咖啡，一边看着她说，"之前有个朋友要出国了，就把这间房子低价卖给了我。一开始我也没有买房的打算，但是他带我过来看了一次，我就下定决心买下它，之前的房子虽然离学校很近，但也毅然决然地卖掉了。"

"噢，也算是奇遇。"任梓有点羡慕地说。

"是的。"他一只手抚摸着刚剃过的青色胡楂，神色平和地望着任梓。

"我也多想有这种奇遇啊。"她天真地说。

"你会有的。"

"你这么美，一定会的。"他继续说道。

她凝视着他，脸上显出欢喜的神色来，她的眼睛中闪烁着动人的光亮，脸颊红扑扑的，透着夏日的朝气，毫无疑问，她是美的。

"对了，我带了红酒来。"她一边说着，一把从包里往外拿，"虽然不是什么昂贵的品牌，但是口感还是很棒的。"

"我平日里不喝酒的。"

"不过你既然带来了，也罢。"说着他打开电视机下面的柜子，拿出两个高脚杯来，给每个杯子里分别斟了一点。

"干杯。"他把其中的一杯递给任梓。

"这个时候该说点什么才对。"

"说点什么？"

"比如，将这杯与你一同饮下。"酒中倒映出她迷离的眼神，她热烈而诚挚地望着他，阳光从她的背后直射过来，整个脸颊都被笼罩上了一层金灿灿的光芒。

"将这杯与你一同饮下。"他果真这样说了，她在一瞬间就被点燃了，大火熊熊燃烧起来。

两个人在静默中不知不觉地对饮了好几杯，她平时很少饮酒，几杯下肚脸上就泛起了红晕，只觉得脸上一阵发烫，嗓子也变得干渴起来。

"酒吧墙上的画是你画的吧？"

"啊？"她吃了一惊，有点害羞地低下头说，"是的，你是怎么知道的？"

大学时期她曾经和一个流浪画家暧昧过一段时间，他教她画画，而她确实也在这方面很有天赋，特别是油画。后来那个画家离开了这座城市，她偶尔会在想起他时画上一两张，酒吧里挂着的那一幅是她最好的作品。

清晨浓雾里的铁轨，一双纤细白净的腿踩在一边的铁轨上，一只脚轻轻踮起，上半身却被黏腻厚重的雾挡得严严实实，只有一袭黑发从画的一角飘了出来。

"猜的，"他把杯里残余的酒一饮而尽，把酒杯拿在手里把玩着，接着说道，"和你的气质很配。"

"什么样的气质？"她抬起头来，深切地望着他。

"说不准，反正是与众不同的气质。"

而大火已经燃烧到了她的脚下，正在以燎原之势向上蔓延着，桌子上的咖啡杯、高脚杯、烟灰缸都突然变得遥不可及，这火势太旺盛烧得她坐立难安，她不由自主地握住了他的手。

他一把把她揽入了怀中，对着那微张的嘴唇准确地吻了下去，对方仿佛等待已久，没有任何停滞地迎合着，像一只搁浅在岸上的鱼，奋力地汲取着。他的嘴唇太柔滑，就像冬天冰封的水下那温暖湖底的水草，她正被这水草柔柔地缠绕着。

他的手也变得无处安放，在她的身上滑来滑去，空气中掀起了一阵巨大的旋风，两人在高空中摇摇欲坠。她被这风吹得大胆起来，纤细的手指变成了一枝春日的嫩柳，轻轻向他的身体拂了过去。

他突然一下把她推了开来，她猝不及防，整个人都倒在了沙发里，半天才回过神来。

"为什么？"她的呼吸稍稍平稳了一些，火却还在她心中熊熊燃烧着，她愠怒而不解地望着他。

"回去吧，不早了。"他的脸重新又回复到了那面无表情的状态。

任梓几乎一整天都没有吃饭。她一路上横冲直撞地回到了家里，撞开家门，鞋也等不及换就迅速在饮水机上接了一杯水，一饮而尽，嗓子里仍旧是干渴到发痒，胃里像是吞了一块烧红的石头，沉甸甸的灼烧感。她拿着杯子一杯又一杯地喝着，喝完只是往卫生间跑，不知不觉一桶水已经下肚，而那感觉却越发地强烈。

饮水机空了，她又跑到厨房里接自来水管里的冷水喝，只有在水流下嗓子眼的那一刻，她才感觉到稍稍好受一点，她拿起手机拨通了孟强的电话。

"孟强，你在哪？"

"在公司啊，怎么了？"

"什么时候回来？"她问道。

"等一会儿，什么事啊？"

"饮水机没水了，你快点回来。"

"没水了打电话让人家送来啊，叫我回来干什么。"孟强有点恼怒地说。

"哦，知道了。"任梓黯然地挂断了电话。

她站在厨房的窗边向外望去，粉红色的晚霞薄薄地笼在远处的屋顶上，几只孤单的鸟儿从霞光的上方飞过，几片残云也被它们带着向东边的方向飞去。

百鸟归巢的时间。

她突然被这灼热感弄得有点伤感。

"任梓，你在这里做什么？"孟强突然从她身后闪了出来，她正出神地看着远方，差点从窗边跌落了下去。

"吓死我了，你从哪冒出来的？"她一边用手抚着心口一边说。

"刚刚回来，水换好了，你今天怎么那么能喝啊！"

任梓斜着眼扫了一眼客厅，果真一桶满当当的水已经被换了上去，她居然一点声响也没听到。

"你不是说让送水的来送吗？"任梓没好气地说。

"本来也要回来的，顺道就捎回来了，哎，你的脸怎么这么红。"孟强一边说，一边在她脸上摸了一把，"好烫啊，你发烧了？"他又摸了摸她的额头。

"额头倒是不烫，脸怎么这么烫，你喝酒了吗？"

"喝了一点。"

"和谁一起喝的？"

"和……一个人啊。"任梓把头转向一边，望着窗外说道。

"一个人喝酒，你还真有情调。"

"在家无聊。"任梓漫不经心地回道。

"实在无聊就去学个什么插花什么的，我们现在搞的这个项目的负责人就是个老女人，插花茶道还挺有一套，你要不……"

孟强的话任梓一句也没有听进去，她被那恼人的灼热折磨着，那股滚烫的气息在她腹腔里盘旋着，又凝聚在一起一个箭步冲上了她的头顶，她一下子被激得眼泪汪汪，看着孟强嗫嚅着："孟强，我……"

孟强奇怪地看了她一眼，"怎么了？"

房间里安静极了，只有水龙头没有被拧紧，水流出来的滴答声，显得格外刺耳。

"没什么。"任梓揉了揉眼睛，拿起桌上的水杯一饮而尽。

晚上睡觉之前，任梓照例插上了电蚊香的插头，前几天刚刚下过雨，房间里也不算闷热，夜里开着窗户还偶尔会有沁人心脾的风吹来。孟强洗完了澡正在客厅里看电视，她像一条蛇一样蜷缩在床上，一条腿坚硬地跨在另一条腿的上面。

为什么他要推开她？一想到这里她既失落又愤怒又羞愧，她就是这样寡淡不讨喜吗？怎么会沦落到那种地步，却被男人一把推开的地步呢？他就这样不喜欢她吗？再一想到那个女人可以和他耳鬓厮磨，他那么心心念念地想着她，她嫉妒得简直就要发疯。她觉得自己可悲又可笑，却阻止不了自己还是不停地想着他，她越想越羞愧，恨不得坐起来奋力地大哭一场。

孟强关了电视从客厅走了进来，顺手把灯也关掉了，房间里瞬间陷入了黑暗。

也好，睡一觉起来什么都会忘了。她心想。

孟强的手却从她的背后滑了过来，她心里一阵厌烦，把他的手一把打了下去。他却不厌其烦地又伸了回来，她毫不领情地往床边挪了挪，这个举动彻底激怒了孟强。

"你今天怎么了，看起来不太正常。"孟强努力压制着心里的怒火说道。

"没什么，就是有点累。"任梓冷冷地说道。

黑暗中孟强看不见她的脸，他只好发泄般地把枕头用力一甩，背对着她愤愤地躺了下去。

任梓又失眠了，她躺在床上眼神空洞地望着天花板，虽然脑袋里像放了一台发电机一样嗡嗡作响，却一点倦意也没有。孟强的鼾声早已响彻屋顶，她把手机从抽屉里拿了出来，绿色的指示灯在一闪一闪的，显出魅惑的神色来。

是新信息。

任梓一个激灵从床上坐了起来，一定是他的信息吧，她心想。然而结果却令她大失所望，是个纠缠她已久的无赖，总是找一些拙劣的借口想约她出去。她早就看出这个人心怀不轨，根本就不搭理他，但这吸血的蚂蟥却一眼就相中了她这只鹭鸶，一心想要缠上她的脚。

她本打算像往常一样不搭理他，可是在一转念间又改变了主意。

她要接受他的邀请。

她要报复他。

她要报复林庚。

她要报复孟强。

她要报复自己。

她要用这卑鄙低劣的男人去刺激他们，去恶心他们，她在心里一想到他们看到她和这男人在一起时的表情，她的心里瞬间充满了兴奋和变态般的满足感，这种感觉甚至没必要亲身经历，只要在心里想一想就完全足够了。

和他约好了在一家不太常去的咖啡厅见面，对于见这种人，任梓也没心思好好打扮，头发随便挽了挽就出了门，因为不是周末的原因，她也不担心会遇到熟人。

在一个路口等待红灯的时候，她远远地看见一个三十岁上下的男人搂着一个打扮得花枝招展、庸俗至极的老女人从人行道上走了过来，身边还跟着几个更年轻一点的男人，几个人一边走一边还说着些什么。

小白脸吧。任梓不屑地撇了撇嘴，心里想道。

一行人走得越来越近，任梓才发现搭着老女人肩膀的那个男人看起来有点眼熟，她把头伸到车窗外看了一眼，好像是孟强。

没错，是孟强。

他搂着那个老女人的肩膀，一路有说有笑，那个老女人却板着个脸，一脸严肃又傲慢的样子。他们一行人穿过人行道，径直走到马路对面的一家会所去了。

任梓的脸一瞬间涨得通红，她觉得自己就像是一只在黑夜里被手电筒照到的青蛙，在突如其来的光亮下双眼呆滞，动弹不得。后面的车不耐烦地按动着喇叭，她这才意识到自己还占据着车道，双手却已经颤抖得握不住方向盘，费了半天的劲才把车停靠到了路旁。

她呆坐在车里，半天缓不过劲来。这对她简直是天大的羞辱！像孟强这样的男人，在外面有女人不奇怪，可是对方不是年轻漂亮的小姑娘，却是一个庸俗恶心的半老徐娘，听起来都让人觉得可笑。

那个约她的男人可能是在咖啡馆等不及了，不停地打电话过来，挂断了还是不知廉耻地继续打进来，任梓一怒之下，一把将手机从车窗外飞了出去。

晚上孟强回到家时，看见任梓直直地坐在沙发上，僵硬的样子看起来有点可笑，房间里的灯都大开着，四壁都被照得通透明亮。

"吃饭了吗？"孟强一边换鞋一边问。

任梓没有回答他，而是用一种奇怪的口气问："孟强，你和她是什么时候开始的?"

"什么?"孟强扭过头来看着她,才发现她脸上似乎挂着怒容。

"和那个老女人啊。"任梓面无表情地说。

孟强感觉有点好笑,他哭笑不得地说:"你又听谁乱说些什么了,我最近确实和一个老女人走得近,那是对方公司的项目经理,为了签这合同,还不得把她哄得高兴点啊。"

任梓斜着眼睛冷冷地看了他一眼,说道:"孟强你哄谁呢,你当我好骗吗?"

孟强愣了一下,脸色旋即就变了,他把手中的外套往沙发上一甩,阴阳怪气地说道:"任梓,你装什么清纯啊,你以为你和林庚发的那些信息我没看见啊?我体谅你在家无聊,让你和他玩玩,你现在还倒质问起我来了,还真是蹬鼻子上脸啊,你还真是不要脸。"

任梓的后背瞬间凉了一大片,眼泪不由分说地从眼眶里喷涌而出,说不清楚是气愤、羞愧还是痛苦。她只觉得在这家里一分钟也待不下去了,她飞快地说了一句"离婚吧",抓起车钥匙夺门而出。

背后传来孟强那愤怒的声音:"任梓,你想好!"

她开着车毫不犹豫地飞速向城市边缘驶去,她渴望那片绿色,渴望那净土,渴望着见到他,渴望着他的灵魂。车子飞速地行驶着,把她的所有恐惧和懦弱全部都留在了身后。

她用力敲着他家的门,整个楼道都是震天响的敲击声。门咔嚓一声开了,林庚惊讶地看着她,她气喘吁吁,眼睛里还闪动着泪光,整个脸却笼罩在一片柔光里,就像夕阳里妖冶动人的萤火虫。

"任梓,这么晚了你来干什么?"

她一句话也没有说,一下子扑进了他的怀里,吻住了他的嘴唇，林庚没反应过来，想要一把推开她，却被她箍得紧紧的，任由她绵软柔滑的嘴唇奋力缠绕着他，她的手像鸟儿一样攀上了他的肩头，一颗一颗啄开了他睡衣的扣子。他的手不再抗拒，灵活地滑进了她的衣裙，她纤瘦得就像秋天的落叶，挂在她身上的那些轻薄的衣衫，轻轻一碰，就簌簌地落到了地上。

她一瞬间就被点燃了，他每动一下，她就像一只被阳光灼烧的蚂蚁，四肢扭曲在一起。世界仿佛静止了，只剩下那潺潺的流水声，若有若无的曼妙歌声，还有她那娇嗔的叫声。她是一支被点燃的烟花，从地面不停往高空中升去，只等着爆炸开的那一刻。

然而她没能等到爆炸，却在半空中就被熄灭了。他背对着她，后背轻轻地抽动着，她瞬间全部都明白了，原来那天他拒绝她，是因为这个，她不禁为他感到悲哀。

不，她不在乎的。她可以不在乎，她爱的不是他的身体他的皮囊，她深切地爱着他的思想，他的灵魂，这一切她都可以完全不放在心上的。想到这里，她立刻变得柔软了下来，轻轻地抚着他的后背说："我想和孟强离婚。"

"为什么？"他问。

"没什么，我不爱他了。"

"我跟你，好吗？"她满怀期待地说。

"不行。"

"请你以后别再说这种话了。"他冷冷地说。

她绝望地闭上了眼睛。

窗外没有一丝月光。

任梓以为自己会失眠，但是并没有，她很快就睡着了。梦里的她拿着一份地图一个人走了很远很远，翻过了阿尔卑斯山，越过了大高加索河，一直走一直走，终于走到了世界的尽头。

那里是一片净土，奇形异状的树木繁密缠绕，深不见底的黑色河流仿佛沸腾了一般翻腾着，不知名的奇怪生物在河流里探出头来，四周一片寂静。她突然觉得有一种恐怖的孤独感排山倒海向她袭来，全世界仿佛就剩下了她一个人。

她从床上"嗖"地坐了起来。天已经蒙蒙亮了，旁边的林庚还沉浸在睡梦中。任梓盯着熟睡中的他，她第一次这么仔细地看着他，才发现他的头发有点稀疏，肚子也微微鼓起，小腿上还有几道深深浅浅的疤痕。他并没有她想的那么完美，她心想。

床单上还印着他昨晚留下的一大片污渍，她厌恶地看了一眼，转身下床走到了窗户边上。

从窗户一眼望出去，一大片深深浅浅的绿色在晨光中显得格外动人，远处已经有几户人家开始做饭，抽油烟机呼呼地转动着。太阳从远处的一片混沌中探出头来，山麓，高大的白桦树，还有远处的写字楼瞬间被金色的柔光覆盖了，让人不禁感觉新鲜活泼。几只漂亮的鸟在窗外高声唱了起来。

任梓呆呆地望着太阳，脑海里不知不觉想起《日出》里陈白露的那句话来：

"太阳出来了，黑暗留在后面，但太阳不是我们的，我们要睡了。"

她一转身，重重地倒在了床上，窗外，太阳正在徐徐升起，万物复苏。

你不应如此颤抖

客人来之前，母亲喊了林晨好几声，口述了她要求他买的东西。熟透的西红柿，螺旋青椒，指定品牌的啤酒和一小罐辣酱，像单口相声那样叽里呱啦一口气报了出来。

"给我个手机，这么多我哪能记得住？"

"记不住？！记不住不会拿张纸？拿根笔？手断掉了？"母亲吼了起来，好像除了这样，他们不再能有其他的交流方式。

他没再说什么，拿了钱就往外走，母亲的声音又在后面响起来，"找的零钱都拿回来。"

他在周围的小型超市里转悠了一圈，才零星买齐了东西，那捆啤酒着实让他费了一番力气，他一只手拎着，只觉得手指的关节火燎一般地疼。

他把东西拎回来的时候，人已经悉数到齐了，几个女人在厨房忙活，男人们已经在餐桌边上围了一圈，他把手提袋放了灶台边上，母亲顺手翻了翻袋子，说，"袋子是花钱买的？走的时候怎么不拿手提袋，找的钱在哪？"

"在袋子里。"他说。

母亲把钱卷拿出来清点起来，清点完，她把钱卷又扔回了袋子里，开始抱怨他买到打蔫了的螺旋青椒。另一边，他的姑姑和阿姨们开始把做好的菜陆续端向餐桌，接着女人们喊，"吃饭

　　　　　微风吹起黑色帷幕　｜

了，"她们喊了一遍，又提高声音喊了一遍，"吃饭了。"

自从姥爷死了之后，他们几家在某次饭桌上立下一个规定，隔一段时间就聚在家里吃饭、聊天，从老大到老幺家轮着来，每次吃过饭，他的母亲还会拿出那部年代久远的傻瓜相机拍照。

林晨在第一声呼喊之后就赶忙拉了一把椅子坐在餐桌面前，接着另外几个孩子从房间里跑了出来，坐上了餐桌。他们照例是举杯，酒水在菜碟上空挥洒一番，才坐定了吃饭。他尽量蜷缩着胳膊，紧闭着嘴巴咀嚼，避免发出任何引人注意的声音，稍微大一点的孩子也都沉默着，夹着离自己最近的菜。

"娃儿们怎么都不说话？"突然大姨这样问起来，目光唰唰唰地投向他们，他感到这半边桌子都僵硬了。

"说话啊，吃菜啊"，大姨用筷子指点着，他们纷纷把杯盏推得离他们更近了一步。

他和堂妹交换了一下眼神。他发现只要他们一开始悄声交谈起来，桌子的那边就会即刻安静下来，眼神齐刷刷地投向他们，耳朵恨不得变成筷子那样伸过来。

他们也不再作声，"说啊"，"说什么呢，怎么不说啦，继续说啊？"

幸好他们又及时地陷入了自己的交谈之中，这半边桌子上的筷子也停了，生怕被卷入了他们的谈话内容之中。

"这是什么？"一个尖细的童声指着他问。

是他叔父的女儿，他的小堂妹，她指着他胸口的链子，又问了一遍，"这是什么？"

"没什么，一条破链子而已。"他把链子放进了衣领口里。

"我要那个。"她叫喊起来，却不看他，目光在他的母亲和叔父之间来回转换着。所有的目光都集中到了他的身上，他把链子从脖子上摘了下来，实际上这并不是什么值钱的项链，顶端的坠子是个放吉他拨片的匣子，他觉得这东西挺方便，就托同学买了一个。他把链子摘下来，悄悄把拨片推了出来，把链子递给了堂妹，但堂妹仍旧紧盯着他的另一只手不放。

"我想要那个。"她指了指他的另一只手。

"那是什么东西？"叔父问道。

"没什么，一个小拨片而已。"

"哟，那是啥新鲜玩意儿，拨啥的？"

"就弹吉他，扫弦用的。"

"哟，玩吉他啊，啧啧，拿出来给大家表演表演呗。"叔父喝了一口啤酒，乐滋滋地看着他说道。

"瞎玩，瞎玩，玩得不好。"他说。

堂妹还是死死地盯着他，母亲说道，"给妹妹玩吧。"

"她要这玩意儿没用。"他说。

"怎么了？多少钱，我给你。"母亲露出了隐隐的怒色。

"不是多少钱，这是我的东西，我有不想给的权利。"他说道。

"什么你的我的，你有钱吗？你有个屁！你的什么东西不是花我的钱买的？"母亲咆哮起来，一旁的大姨赶忙安抚她，并不断地向他抛出暗示的眼神。

"这个是我在便利店打工买的。"他平静地解释道。

"行，你他妈的行了，你小子，有种的以后别吃我的喝我的，都去你妈的便利店里搞去好了，你身上的衣服也是我买的，你现在就脱了自己买啊！"母亲的情绪激动起来，不知道是因为喝了酒还是只是愤怒，脸红涨涨的。

林晨看了一眼叔父，他还是一副乐滋滋的表情看着他，手中紧紧握着啤酒杯，里面的啤酒只剩下了一点底儿，他突然产生了一种想要把杯子添满的冲动。他渴望这时候堂妹突然放声大哭，这样他就可以趁着混乱偷偷溜进房间，但是她没有，只是目不转睛地盯着他，偶尔转过头去，看一看她那微笑着的父亲。

他把筷子放在了桌子上，一把把拨片掷在了地上，说"拿去吧"，转身进了房间，把门反锁了起来。

"开门！！"母亲在外面发疯似的砸起了门，砸了一会儿，又开始拎起一件什么重物摔打着，他戴上了耳机，始终没有理会。

外面嘈杂了一会儿，又重新回归了沉静，但是他还是没有把门打开，只是有一泡尿实在憋得难受，卧室里别说厕所，连一只塑料瓶都没有。他看着外面黑漆漆的夜色，拉开了窗户，对着黑夜释放起来。只听见下面三姨的声音，"哪来的水？热的？操！！"然后混乱的声音又响了起来，他顾不得关掉窗户，就往床上倒了下去。

林晨睡了很久，直到第二天中午才被父亲的敲门声惊醒，父亲隔着门对他说，"起了吗？你妈昨天气得都没吃饭，一大早也没吃东西就走了，你也老大不小的人了，脾气发发就过去了，别和娘们似的。去医院给你妈把饭送了，我放在桌子上了，我先去上班了，你最好快点，给你妈也认个错。"

他在里面回答"好"，仍旧躺在床上，听到父亲关门的声音，他才打开了门。客厅里的酒肉气息还没有散尽，但东西已经收拾干净了，地上也有明显擦过的痕迹。他突然瞥到了地垫下面有个闪闪发亮的东西，他弯下腰捡了起来，那是他昨天甩在地上的拨片，上面布满了划痕。他回忆起昨晚的情形，确实愤怒是难以控制的，或者说应该的，但是那样的行为也没必要，他有一点隐隐的后悔的感觉，但是很快就像风一样一飘而过。他打开了窗户，外面的风骤然将窗帘吹得鼓了起来，发出了呼噜呼噜的声音，这声音让他想起了楼下草丛里的流浪猫，它们无论是独处还是群居的时候，都安静得像一把椅子，但只要有人在它们身边蹲下来，就会发出呼噜呼噜的声响。

你不应如此颤抖

他慢吞吞地洗了澡，用吹风机吹干了身上的水珠。餐桌上用笊篱倒扣着一碟已经放凉的水饺，另一边是放在保温桶里已经装好的水饺。他吃掉了碟子里的水饺，剩下了几个皮被煮烂的，虽然最终还是会被扔掉，但是他依旧拿起笊篱把它盖了起来。

林晨提着保温桶里的饺子往母亲工作的医院走去，他走得很慢，医院到家里不过一公里多的距离，或许是饺子太过沉重的缘故。他一边走着，一边望着四周，路边的草堆里，有两只狗依偎在一起，它们靠路边很近，但是任何人经过也没能将它们惊醒。他忽然觉得这两只狗有一些眼熟，似乎记忆里就有着两只一模一样的，那是他的狗，那曾经与他产生过联系的，但是现在全然消失了。他记得曾经有两只狗，就像这样依偎在一起，但是他完全忘了，它们是怎样消失的，就好像是航行途中突然消失在平静海面上的轮船。

医院往往比别的地方要热闹得多，有几个男人蹲在门口的水泥台阶上吃着盒装炒面，大厅里的椅子上坐满了人。他懒得和那些身上散发着药味的病人一起挤电梯，直接走了楼梯。楼梯上几乎没有什么人，偶尔有几个护士急匆匆地一闪而过，消失在拐角的地方。走到三楼的时候，他突然闻到了一种奇异的血腥味儿，混合着一股甜丝丝的碘酒和来苏水的味道，他抬起头从楼梯的拐角往三楼的楼道里望去。楼道里面黑洞洞的，空无一人，只有手术室上方的指示灯散发着幽暗的绿光，似乎门口堆放着一袋子什么东西。他没有仔细看，在路上他已经浪费了太多的时间，这会儿大多数人已经开始收拾午餐的饭盒，林晨突然有点可怜起母亲来。

他走进办公室，母亲和同事们刚刚从手术台上下来，换下了衣服，看到他进来，母亲故意不理他，假装什么都没有看到的样子。林晨知道她还在生气，她的气劲简直比得上大象。他把饺子放在了桌子上，问一边的护士小安微波炉在哪。他把饺子倒在保温桶的盖子里，在微波炉里又热了一遍，推向了母亲所坐的桌子那端。母亲拿起筷子吃了起来，但依旧没有理他。一旁的小安和他打趣起来。

"三楼手术室门口的那堆是什么啊？"他问道。

"肿瘤啊，刚刚切下来的，真的是好大一块。"小安用手扶着额头，一副伤尽了脑筋的样子。

"是吗？那还有用吗？"

"哈哈哈，"小安笑了起来，"那还能有什么用，医疗垃圾哎，一会儿会被处理掉的。"

"患者也不要了吗？"

"咦，"她露出讶异的神色，"要那东西干吗，多恶心啊。"

母亲吃完饭后，林晨把保温桶收了起来，但他们仍旧没有说话。下楼梯的时候，他又闻到了那股奇异的味道，他朝着黑洞洞的楼道望去，顶灯都关了，只有手术室的指示灯亮着，散发着绿莹莹的光，好像是来自另一个时空。空旷的楼道里，他的脚步声显得格外沉重，似乎是从那一边的空间传来的令人心悸的敲打声。随着距离的缩短，那种味道变得似有似无了，林晨突然有一点害怕，但是很快就被另一种感觉取代了。

那堆东西依旧堆放在那里，被一些蓝色和白色的袋子层层叠叠地包裹着，看不出颜色来。他凑到近处看了看，觉得没什么特别的，他用裸露的小腿碰了碰袋子，里面果真紧紧实实地包裹着一个东西，不知是错觉还是什么，他觉得贴近的时候，腿上似乎传过来隐隐的温度。

"我一定是疯了吧。"他自言自语了一句，提起了放在地上的保温桶。

回到家的时候，父亲还没回来，笊篱下面的烂饺子还原封不动地盖着，他迅速地拉上了窗帘，打开空调，房间里的温度顷刻间降了下来。他从冰箱里拿出来一块西瓜，大口地吞咽起来，烈日下面产生的灼热感很快一扫而光。他吹着空调里的风，感觉身上的每一片肌肤都清爽起来，只是腿上那一片皮肤始终留存着刚刚那种奇怪的温度，还有那奇异的味道，始终萦绕在身边。他鬼使神差地背起了书包，往医院走去。

下午医院里的人比中午时分增加了一倍，大厅里的塑料连椅上面挤满了人，地上也被铺着报纸坐着的人占领了，护士们皱着眉头急匆匆地在障碍之间穿梭而过。他趁着下一台手术还没开始，迅速地跑到了手术室门口，将那东西塞进了包里，跑出了医院。

午后的太阳正是最毒的时候，洒水车一遍一遍地穿梭着，每每经过，地上就会腾起烟气来。他下意识地紧了紧背包的袋子，还好这个时候，路上的每个人都行色匆匆，没有人注意他。他的气息终于平稳了下来，用手抹了一把湿乎乎的额头。阳光灼烧着他裸露的皮肤，他感觉到眼睛被强烈的阳光刺得酸痛，额头上的汗水聚集到了眉毛上，刺痒得让他不得不腾出一只手去抹。背包和背部接触的地方几乎已经湿透了，经过汗水的濡湿，他的背部和那团东西贴得更近了，那里面传来隐隐的温度，和太阳晒过的感觉截然相反。

回到家的时候，父亲已经坐在了沙发上，他一边胡乱按着遥控器一边问，"你去哪了？背的那是什么？"

他下意识地伸手往背上掩了掩，"借的书，去图书馆了。"

"没事少看那些乌七八糟的书，多做做习题册。"父亲说道，他没回答，直接走进了房间里。

他把书包从背上摘了下来，没有着急着把它拿出来。屋子里的冷气使他背上的汗意慢慢退了下去，被太阳灼烧后的皮肤痒了起来，他伸出手抓了两下，感觉抓过的地方火辣辣的。他打开房门，看了看客厅里面，父亲窝在沙发上眯起了眼睛，不知道是不是睡着了。他脱掉了拖鞋，拎着书包蹑手蹑脚地走进了洗手间，顺手锁上了门。

他打开书包，把那团医疗塑料布包裹着的东西从书包里托了出来，那股奇异的味道瞬间充斥了整个房间，不知道是不是被太阳晒久了的缘故，他觉得微微有一点烫手。他一层一层地撕开塑料膜，一些橙红色的液体滴滴答答地滴落下来，他把那东西放在了一个洗脚盆里，它看上去就像个紫红色的桃子，泛着微微的亮光。他用喷头冲掉了残留的液体，他惊讶地发现，切口似乎消失了，他把它冲洗干净了之后，悄悄端回了房间里。

冷静下来之后，他才意识到了自己的荒唐，他竟然把一个从别人身上割掉的肿瘤，被视为医疗垃圾的废物，不知道是否携带致病细菌的东西带回了家里，任谁看来这样的行为都是怪异至极，或者说挺恶心的。但是那东西好像带着什么魔力一样，指引着他这样做了。现在它在他的床下，他觉得从未有过的安心，奇异的味道充斥着房间，但忽而间又消失了，他在昏暗的房间中沉沉地睡了过去。

当林晨醒来的时候，已是深夜时分，明亮的月光从未掩实的窗帘之中透露出来，像一条银鱼一样横在地上，似乎床下有什么东西像湖面那样微波闪闪，有"嘶嘶"的响动，像是撕开丝绸的声音，不知道从什么地方传过来。他屏住呼吸听着，却又好像什么都没有，只有微风轻轻刮动窗帘卷起来的声音。

"喂。"他说道。

"是你吗？"他问。

没有回答。

林晨没有动弹，也不再发出任何声音，夜里的凉风不断地从两片窗帘之中吹进来，他仰卧在床上，任凭深夜带着水汽的风在身上扫过，紧闭的房门，透不出一点门外的声音，但他突然多出了一丝安心的感觉。

野蛮的太阳，升起来了，苍白的太阳，照着满是沙土和盐粒的大地，夜里的微风停止了，取而代之的是漫漫无尽的灼烧感。林晨被那种感觉唤醒了，起身去浴室冲了个凉，母亲和父亲还没有从房间里出来，但是他听见了一些聒噪的音乐。他思考了一会儿是否要给母亲做一顿早饭以表示自己道歉的诚意，但他最终还是没有。林晨重新躲进了房间里，一会儿，他听见他们洗漱的声音，抽油烟机响起又关上的声音，很快随着一声关门的声响，屋子里陷入了寂静。他这才发现，他不由自主地在侧耳倾听门外的动静，并且怀着一种模棱两可的心情。

林晨把盆子里的东西从床下拉出来看了一眼，他担心这东西会因为炎热的天气产生异味。还好，它看起来没什么变化，他晃了晃盆底，它好像分泌出了一些橙黄色的液体，在盆底浅浅地覆了一层。他打开了电脑的搜索栏，犹豫了一下，输入了"如何保存割下的肿瘤"。没想到的是，网络上竟然有过相关的搜索，但是遗憾的是，下面却没有任何有效的相关回答。他突然想起了母亲在电冰箱坏掉时保存煮鸡蛋的方法——用浓盐水浸泡，记忆中这样的处理方式可以让鸡蛋很久都不会腐坏，虽然吃起来会带有些许咸味。

林晨起身从厨房的盐罐子里倒出了一把盐，放在不锈钢盆子里用水溶化了，把一盆浓盐水倒进了放着肿瘤的盆子里，盐水浅浅地淹没了它，一些细碎的泡沫从盆底晃晃悠悠地浮了上来。他满意地看了它一眼，从墙上取下来挂着的吉他，开始练习指弹的《卡农》。房间里很安静，一拨弦，音乐声从一个房间回荡到另一个房间，他不断地练习着，甚至一点也不觉得压弦的指头痛。开始的时候这种状态还算满意，但是林晨渐渐有了一种烦闷的感觉，他听到琴声里混合着一些低语，但他一停下来，那些幻觉一样的低语却消失了，但当琴声再次响起，那耳语似的低喃又像幽灵一样响起。

他低头往床下看了一眼，里面黑洞洞的，只有盆里的液体在突如其来的波动下微微晃动着。林晨把吉他扔在了一边，裸着身体在地上躺了下来，他侧着脸，看着黑乎乎的床下，从这个角度看过去，卷成一团的毛发和灰尘清晰得就像是放在打着光的展览柜上。他把头放平了，摆了一个舒展的姿态。

"你也有记忆吗？"林晨枕着自己的双臂望着天花板，像是自言自语那样说道。

"你曾经的朋友，或者说主人比较确切，他是什么样的？不对，或许我应当先询问的是他的性别。他留什么头发？喜欢穿什么衣服？我不太了解……你会感觉到伤心吗？或者有一种被抛弃的感觉？不过作为朋友你倒是一个很好的倾听者。"

林晨再次侧过了头，枕着胳膊面对着床下，他突然间产生了一种迫切的想要见到那个人的冲动，他渴望看到他的神情，甚至迫不及待地想要看到他知道林晨床底下的秘密之后的表情。

林晨把吉他重新挂在了墙上，穿上上衣出了门。太阳照射着白花花的大地，热度还没有上来，但行人大都避着太阳，走在建筑的阴影里。他在便利店买了一块饭团，一边走一边吃着，里面的金枪鱼酱微微有一些发酸，但他毫不在意地狼吞虎咽着。温度慢慢地升高起来，林晨感觉胸腔里有什么东西浮了起来，太阳刺得他的眼睛酸痛得厉害，他也不管不顾地闷着头往前走着，好像并不是刻意地朝着医院的方向。

医院大厅里面森凉的温度和外面隔成了两个世界。林晨仍旧没有坐电梯，不时有端着病号餐的病人和家属从他的身边擦身而过，留下一股浓烈的食物味道。他走到三楼的时候，不自觉地往手术室门口看了一眼，里面正做着手术，一个女人皱着眉头缓慢地来回走动，两个年老的男人蹲在角落里，背对着抽烟，烟雾从他们毛发稀疏的头顶幽幽地升起。

林晨走到医生休息室门口，透过门缝往里面张望着，他期望着小安或是其他什么人单独待在里面，这样他就能少一点顾虑。但是里面空空荡荡的，一个人也没有。他推开门走了进去，这里他已经来过很多次了，更小的时候，他时常放学之后坐在这里等待母亲下班，对于他来说就像教室一样熟悉。他看了看墙上的值班表，今天不是母亲值班。他随手翻着桌上散落的病历本，里面详细地写着病人们的床位号、病情和用药情况，林晨一页一页地往后翻看着。

"小林，你怎么来了？"小安突然走进来惊讶地说。

"我来等我妈。"他慌忙合上了病历本。

"咦，可是今天她休息啊。"小安说。

"是吗，可是她不在家里，我以为她在医院。"他面不改色地扯着谎话。

"有急事？要我借手机给你打吗？"小安问。

"不用了，谢谢小安姐姐，我也没什么急事，那我先回去了。"林晨往门外走去，走到门边他终于还是回过头来问道，"小安姐，那个割了肿瘤的人还在住院部吗？"

"他啊，转院了，不是咱们这边的人，好转了一点就回他们那边的医院了，你问这个干吗？"

"呃，我总觉得他像是我以前的同学什么的。"

"哈哈哈，"小安大笑了起来，"一老头，还你同学呢，你想笑死我吗？"

从医院出来的时候，太阳变得更加刺眼了，冬青树叶子的

微风吹起黑色帷幕 |

反光让林晨觉得眩晕不已，他不断地咽着口水，往阴凉的缝隙里躲。终于，他看到了一家冰店，赶忙拉开门钻了进去。

一进了店里，他松了一口气，就像把什么又重又热的东西从脑袋上卸了下来。他一边用手扇着风，一边向柜台后面的女孩点了一份冰。这种冰很廉价，就是用白糖水冻成的冰块刨出来的，上面撒了几粒花花绿绿的软糖。他舀了一大勺冰放进了嘴里，立刻打了一个寒战，廉价的冰块在嘴里化成了糖水。他"噗噗"吐掉了几粒无法下咽的软糖，柜台后面的女孩看了他一眼，他对着她笑了一下，她面无表情地把头转了过去。

林晨环顾了一下四周，店里只有他一个人，空调因为老旧，发出了虽算不上刺耳，但极具干扰性的声音，就像是有架遥控飞机在脑子里不停旋转。他来这家店的次数实在算不上多，虽然离家里只不过几步的距离，但正因如此，他才更加回避来到这里。在那件事发生之前，林晨和朋友来过这里几次，朋友家里离这里也不远，但与他却不在同一方向。也是这么热的夏天，他们百无聊赖，无处可去，缩在冰店里一遍一遍地听同一首歌，把谱子写下来，再一遍一遍地修改。回到家里，对着谱子练习，用学习机录下来，第二天再和朋友一起放音乐一句句对照。天气不太热的傍晚，他们就背上吉他去河边的橡胶坝口练习。

他们一直保持着这样的友谊，直到有一天，朋友突然对林晨显示出了刻意的疏远和拒绝的态度。他明明从他的身边走过，并且如同往常那样和他打了个招呼，可就像是什么东西将他隐形了一样，他对他的一切视而不见。他沉郁了很久，终于回忆起来，事情似乎源于母亲跑来学校，在楼梯上追着他大声咒骂、捶打，许多人听到声音纷纷从教室里出来围观。时至今日，他早已忘记母亲那日大发雷霆，大闹学校的理由，但他越来越相信，这就是造成他刻意疏远的导火索。

可是这又有什么关系呢？就算是这样令人不快的、丢脸的、羞耻的经历，也是发生在他自己身上。那些难以启齿的痛苦记忆，也不曾在他人脑海留存，那与别人又有何相干。

让林晨更加不明白的是，就这样漠视他的存在，刻意地把他像一艘漏水的破船那样推开，就能让过去他们的友谊不复存在了吗？就算是他再厌恶，他做出陌生的、抗拒的姿态，他不回应他的问候，他们就真正变得不认识彼此了吗？他这样痛苦地想着。那不就是欺骗吗？为什么？他不知道一段友谊，一段任何形式的感情是怎样走向终结，但断然不应该是这样的。

一阵尖锐的腹痛把他的思绪打断了，排山倒海的痛感瞬间把他摄住了，一直从脾胃直顶向背部。"不好"，林晨喊了一声，瞬间从椅子上跳了起来，在逼仄的店堂里漫无头绪地转悠了一番，才从店门口冲撞了出去。他紧皱着眉头，低着头往家里跑去，汗水不断地从他的额头上渗出，不知究竟是酷热还是腹痛的作用，他只觉得背上森森地湿了一片。他顾不上别的，只是快步埋头走着，脑子里面一片空白，好像只剩下一个意念，在不断地推动他往前。

忽然，他听到有个声音在不断地呼喊着他的名字，林晨以为是酷热之中产生的错觉，没有理会，仍旧埋着头快步前行。直到那个声音越发地高亢，他回过头去，看到叔父正拉着堂妹往他的方向走过来，堂妹的手中拿着一碗放着软糖的冰，正在以肉眼可见的速度融化着。

"跑什么？去哪？听不见人叫？耳朵塞驴毛了？"叔父问道。

"回家。"

"哦？去哪了，这会儿才回家？"

林晨没有回答，焦躁不安地向四周张望着。

"你怎么回事？上次我还没说你呢，那么和妹妹说话，聚会也被你给搅和了，你不应该给妹妹道歉吗？身为哥哥，一点样子也没有。"叔父说道。

林晨感觉到额头上的汗水在一点点滑进衣领里，那股疼痛的感觉已经不再尖锐，但变得越来越难以忍受。他抬起头来，他觉得自己的脸上一定是恳求的表情，但他也不顾了，他就着那副恳求的表情说道，"叔父，我有急事，着急先回去了。"

他想转身快步离去，但叔父一把将他拉住了，"你这是什么态度，你一个小屁孩，能有什么急事？"

他的大脑嗡嗡作响起来，就像是一只新鲜的蜂巢瞬间丢进了他的身体，突然，一切又变得寂静无比，阳光从他的眼睛里直直地射了进去，白茫茫的一片，一股热乎乎的液体顺着他穿着短裤的大腿滑了下去。

林晨在床上躺了很久，虽然身边环绕着芬芳的沐浴露的味道，但是那种恶心的感觉始终挥之不去。母亲照例在饭点的时候喊他吃饭，他没应声，她推了推门，没有推开，门外响起了她咒骂的声音，"什么毛病？整天锁个门防谁呢？爱吃不吃，不吃去死好了！"这样的字眼无一不钻进了他的耳朵里，但他保持着躺着的姿势，一动不动。他甚至感觉不到室内的温度，感觉不到枕头被濡湿的部分刺激得皮肤瘙痒，眼睛干涩。他闭着眼睛，却感觉到窗外的天地旋转起来，狂风大作，风沙卷起黄雾，一切都在一瞬之间暗了下来。

他听到床下传来了"嘶嘶"的声音，他把头探出来，往床底下望去。那个放着肿瘤的盆子发出了微微淡色的光亮，就像是深海里自体发光的鱼类。他把头探得更深了，一股奇异的味道飘了过来，他听到了一种无法分辨性别的、黏糊糊的声音响起，这声音似乎不是来自床下，而是来自他头顶之上的什么地方，他听到它说：

"我感受到了你的憎恨。"

是的，那的确是从那里发出的声音。

"你能说话？"林晨惊异地问道。

"是的，从你把我带回家的那一刻起我就可以，我一直在观察，我感受到了你的憎恨，即使你什么也不说，我也被它的力量影响着。"

"我要杀了他，"他说，"我不明白这是为什么，感情，友谊，那是怎么一回事。我不知道到底应该怎么做，我想象的，我理解的不是这样，为什么不能被家人当作正常人尊重？为什么不能选择亲戚？为什么友谊就能在一夜之间化为虚有，这是为什么？我们就这么轻易就会改变吗？"

"联系。"

"是的，不过只是联系罢了。很多感情，对于你我，对于我们来说都不是选择的结果，如果不是出于主观的选择，那么不能割舍的只是联系而已。没有什么样的感情会永恒，能永远维持的只有联系。就像我，从前长在主人身上，当然对于他来说，我是令他痛苦、厌恶、恶心、难受，但是无论如何他切断不了我们之间的联系，那是我为他带来的'恶'的联系。现在我被切割下来，扔在角落里，我们之间的联系就不再存在了，在我的身上，你不会再看到他的姓名。我能看到的，在他的身上如同暗下去的街一般，我的影响也随之慢慢消失。现在你将我带回家，培育在这水盆里面，这正是我们之间联系的开始，而这与我和主人的关系不同，这是你主动选择的结果。"

"是的。"他点头。

"你所憎恨的，不过是你对于感情误解之后的期望罢了。你当然可以憎恨，愤怒，但是这于你无益，也没有任何必要。联系即是联系本身，你将看透它，一切就变得稀松平常，你的疑虑也将迎刃而解。"

"我可怜的孩子，在我们的联系终止之前，你完全可以毫无疑虑地向我倾诉，因为我们已经站在同一岸边……"他感觉到窗外的旋转停止了下来，风停雨住，一切在一瞬间寂静了下来，黑暗像一片叶子从眼前移开，越来越宽阔的光亮像被子一样将他包围了起来。

早晨醒来的时候，他感觉到像是有一样沉重的东西从他的身上卸了下来。他破天荒地起来为父母做了早餐。骑上自行车，在河岸边兜了一个圈子，黏糊糊的汗水糊了一背，一下坡，微风把衬衣吹得鼓了起来，汗意瞬间被吹得干干净净。他顶着酷热往家里骑去，想着回家如何脱下这一身汗津津的衣服，冲一个冷水澡。等到晚上太阳落山之后，他要去拜访他的叔父，跟妹妹道歉，并且将那个被甩在地上、磨损严重的拨片送给她。

他回到家之后，发现父母已经出门了，他早上做好的早饭还是那样放在桌子上，一口也没有动。他有些不满，但还是按照计划冲了个澡，洗了身上的汗水，把脏衣服扔进了洗衣机。他正打算将洗衣机旋转起来，电话响了。是母亲，她急躁地命令他赶紧来医院一趟，他想问出什么事了，但是没等他问出口，母亲那边已经挂掉了电话。

走进了医院病房，他才发现亲戚们都已经站在里面了。他的腿刚一迈入，所有的人都转过头来，用一种陌生的、警惕的、恐惧而又厌恶的眼神看着他，这眼神逼得他不敢前行，就好像一道一道的冰柱子向他直刺过来。他在这群眼神的缝隙之处，看到了躺在病床上，面色铁青紧闭着双眼的叔父。

"叔父怎么了？"他颤抖着问道。

没人回答他，他们仍旧直勾勾地盯着他，像是要用这眼神将他怎么样似的。

你不应如此颤抖　　　　　　　　　　　　　　　　251

他被巨大的恐惧压制住了，禁不住吼了起来，"怎么了？怎么回事？为什么这么看着我？我做了什么？"

"叔父生了什么病了？！"

他的小妹妹突然说道，"我爸爸他被人……"但是一边的阿姨狠狠地拽了她一把，她的眼光立刻沉了下去，不再言语。

"不是我！"他喊道，虽然他不知道到底发生了什么，但是他没法控制地辩解着，从病房里面冲了出去。

他飞快地在街上狂奔着，烈日不断灼伤着他的眼睛，有泪水从里面汩汩地奔涌出来。他像一阵火一样奔进了家里，冲进房间，从床下拉出了盆子，里面的东西还在，看上去没什么变化的样子。

"你对他们说了什么？！"他疯狂地大吼道。

它纹丝不动，好像从来就不曾开口，沉静地睡在盆子中央，丝毫也不见有任何反应。

"一定是你，一定是你说了什么，你为什么这么做？"他吼道。

可是它还是没有任何反应，甚至浸泡着它的盐水也没有任何波动。他遏制不住地狂怒起来，从厨房里抄起一把菜刀，对着它狠狠地划了下去，一股黑乎乎的浓郁的液体从里面翻滚着涌了出来，他对着它疯狂地砍了起来。

"你到底说了什么？"他精疲力尽地问道。

他听到了一些"咕咚咕咚"的声音，一股奇异的味道飘了过来，他听到一个声音，从墙壁之中，他的头顶之上，一个绝不属于人类的声音传了过来，他听到那声音在说：

"你不应如此颤抖。"

香水蜡烛

他远远望见便利店的灯还亮着，这是一家二十四小时营业的便利店，就算他等到凌晨，它依然会等待他的光顾。

他终于走了进去，店里很冷清，只有女店员一人在柜台后面低着头忙活着什么，丝毫没有察觉到他的进入。

他掩着嘴咳了一声，低声说道，一盒万宝路，顿了顿，声音以不可察觉的幅度颤动了一下，继续说道，水果刀。

水果刀您需要哪一种呢？微胖的女店员热情地介绍道，这种白色的没有刀鞘的，红色这把是折叠的，黑色这把更适合削苹果，如果是切火龙果和蜜瓜之类的不建议，倒是那边那把黄色的宽柄刀更加合适。

他犹豫了一番，指了指红色的折叠刀。

四十七元。女店员一边打开折叠的刀子向他展示光亮平滑的刀面，一边问，需要手提袋吗？两角一个。

他迟钝地摇摇头，把零钱递过去，红色的折叠刀顺势滑进了衣兜。

走出店门没几步，他突然想到什么又返了回去，软包装的万宝路粗暴地撕开握在手里。女店员见是他，笑了笑，忘买打火机了吧？

他默默点头，一个钢镚儿无声无息地被按在柜台崭新的玻璃上，投下的阴影刚刚好遮住柜台里临期牛奶盒上女人俏丽得发假的脸。

他迈着和昨日并无差别的步子往家里走着，事实上他离家并不远，按照这样的步伐只消十分钟钥匙就插进防盗门的锁孔了。他不想刻意地放慢脚步来拉长时间，显得犹豫不决。于是他停在一个废弃的店面门口，这里以前是一个除了好奇的高中生和无处可去的流浪汉们，再无他人光顾的成人用品自助销售店。现在那些闪闪发光的机器已经陷入永久的长夜，身后的电线也被好事者剪走了。不过好在是个三面挡风的地方，好歹能够抵御十二月无孔不入的严寒。

他蹲下来，用牙齿咬出一根烟，在袖管里摸索着掏出一只打火机。呼的一下，意想不到，火焰腾了起来，差一点燎着他的睫毛。

操！他含含混混地骂道，狠狠地吸了一口烟。

烟雾在胸腔里沉淀了一部分，余下的从嘴边像一片破棉絮掉在冷风里，总算是冷静了一点。他死命盯着黑暗中烟头一闪一闪的红光，控制着大脑不去考虑那房间里的灯打开之后的场景，不去想她以什么样的姿态倒在房子正中央，通过微闭或瞪得突出的双眼验收他怎样才算合适的反应，才慢慢悠悠地像童话故事里被施诅咒的公主一样醒来。

我必须杀了她，就是今晚。

我必须要做一个了断，就在今晚。若非如此，今晚之后的时间再也不堪忍受。

她或者我，今晚必须死掉一个。

红色的折叠刀已然做出选择。他想，她死了总比我死了好，这当然不是我苟且偷生，或者贪恋人世。倘若我死掉的话，她定然也会在痛苦挣扎一番之后死去，或者更加痛苦地活着，那我何不干脆利落做一个了断呢？

就在她还倒在房间的某个角落的时候，不给她反应或是挣扎的机会。这不是空如宇宙一般的激流岛，拿着刀环岛追杀的场面又太过不忍，不如就趁她佯装之际，把那新买的刀子直接插入她的心脏。

至于尸体如何处置，他会得到什么样的下场，这一切全然没有考虑过。或者说，他压根就没有想到这些问题，他的脑子里就只有一件事，他得杀了她。

他站起身来把抽完的烟蒂丢在地上，犹豫了一下，用脚使劲蹭了蹭，火星在黑暗中迅速红起来流走了。

他仍旧用惯常的步子往家的方向走着。说是家，其实只不过是个五十平方米的粗装修出租屋，类似于中转站的地方。不过地方虽小，房租却不便宜，大约需要他月工资的三分之一。倘若不是有她，他定然不会租住这样的地方。倒不是因为贵，只是觉得不值，但是地方一开始是她选的，他也没再说什么。

这个空当是断然不能去想过去的那些事情的，他想，怕是会淡了那好不容易腾起的杀意和决心。但是思维这玩意儿也不像是自动售货机或是拉杆箱那么任人摆布。他虽那么叮嘱自己，脑子里仍旧思索起过去的一些事。

同班同学，一个教室里上课，难免会打几个照面，每次见了都会打招呼也未必。因同在一个课题小组，得以多说几句话，再无别的交集。

毕业前夕，他本想约她同宿舍的一个女孩去市里建成不久的动物园，却被对方一口回绝。他在失望之余试探性地问了她一句，她根本不推辞一下，欣然答应。一路上她话极少，只一味地将他们带来的廉价饼干和水果扔给狐狸、野驴、矮脚马和鸵鸟。他们不可思议地看着动物们在笼子里疯狂地争食，相视无言。终

香水蜡烛

于，她被这原始生命的快乐所感染，一路小跑着把手里的饼干一把一把投进动物们的牢笼里。有个不被注意的角落里单独圈养的黑色瘦弱的狐狸，在蹦跳了一圈却没有得到投食之后，低低呜咽起来。她赶忙跑过去把一整袋饼干都倒在笼子角上，狐狸发了疯一样埋头吞食起来，她竟伸出手试图去摸黑色狐狸的头。

小心！他赶紧喝住她，她这才把手缩回来，对着他笑了起来。

转过一个路口，他们发现本来冷冷清清的动物园热闹起来，一群人围着前面的一个大笼子快乐得又是喊又是拍手，围观的一张张脸也涨得红肿。又有大批的人不断加入狂欢之中，一圈一圈围着中间的笼子有如过年时桌上夹心的年轮蛋糕。

他们终于忍不住好奇地走上去，透过人群的缝隙看见中间有几个人拿着长长的竹竿，竹竿顶上用尖锐的铁丝挂着手掌大一片破破烂烂的生肉，随着执竿人的手不停飞翔着。

快看啊，钓熊呢！旁边的一位父亲将自己的小女儿高高举起来。

那执竿的更加得意洋洋，不停地甩动着竿子，笼子里的狗熊跟随着竿子的节奏亦步亦趋。执竿的女青年灵机一动，将竿子尽往高来举，笼子里毛色脏乱的狗熊眼睛死死地盯着肉块，两只爪子紧紧扒着铁栏杆往上爬。其间几次差点摇摇晃晃地跌落，幸而用牙齿奋力咬住了栏杆，才不至于滑下去。残缺的黄牙齿紧紧卡住栏杆，眼睛却始终不离那灰红色的肉块，黏稠的涎水顺着栏杆滴滴答答落在地上。执竿人挑逗般地将肉伸到它嘴边，它几次试图松开栏杆去咬垂在眼前的肉块，但是只要牙齿一离开栏杆，那笨重的身体马上就失去平衡。执竿人又得意洋洋地将肉送到它嘴边，它突然猛张开嘴，一口咬住了肉。同时因为太过迅速地松开栏杆，从笼子顶上重重地摔了下去，人群爆发出一阵热烈的笑。

他看见她的脸在熊落地之后变得苍白，一旁穿紧身衣的动物饲养员拿起喇叭大喊，来，喂熊了喂熊了，超值体验十元一次，走过路过不要错过啊……

她突然像一根焯过水的金针菇软绵绵地往地上滑，他一把抓住她的胳膊，可她仍然不可阻挠地往地上掉。他跟着也蹲下来，看见她布满红色的眼睛里，充满模糊而热的液体，正以一发不可收拾的势态向外奔涌。他慌忙抱住了她。那一瞬间，他感到四周的一切甚至他的呼吸声都沉默了，只听那汩汩的流水声带着刺痛感不住地往他心里流去。

毕业之后，他在本地找到一份薪酬不高的工作，她也随之留了下来，两人顺理成章地住在了一起。她没有工作，而且一副断然不愿意去找的架势，他心里暗暗苦恼着，该如何解决高昂的房租和两人的花费问题？可没想到，到了月中，她竟然主动提出要分摊一部分房租。他深知她和家里因为某些缘故早就断绝了来往，一口回绝。

她直接把钱打进了他的银行卡里，说，你别担心，我有钱。

他不信，你又没工作，你哪来的钱？

她如同仙人掌一般沉默了几周。他也猜到了几分，但只是问，那钱是谁给的？

她说，我的卡号一直没变。

这是他们欠我的。说完，她变得像一条剥了皮的蛇颓丧下来，陷入长久的沉默。

他感到脖子上的筋脉突突地跳起来，他想起她沉默的缝隙中突然阴森森地透出一句话，你会嫌弃我吗？她背对着他，绿色的毛衣在腿上隆起一堆，像是裹满一圈青柠檬的皱皮，一路酸到他的心尖。他看不清她的脸，看不清她的表情，但还是像抱住一件厚实的新衣服那样抱住她。空荡的房间里响起他低沉的声音，我会对你好的，我爱你，我会一直爱你……

香水蜡烛

黑暗中的声音撞击着房间四壁，她终于乖顺地把头埋进他的肩膀。

白天他去上班，她一个人待在家里。他不知道她一整天在家里做些什么，打过电话去问，她很快地接起，毫无明灭的声音，总是答没做什么。下班回到家时也只见她像一丛灌木堆在床边，似乎一整天都保持着不变的姿态，他给她买的食物也消耗得很少很少，她甚至连手机也不怎么打开。

没事可以出去转转啊，楼下有沃尔玛和零食店，你可以给咱们买一些回来吃呀，还有可以试戴的假发店呢，真想看看你长发的样子。他说道。

她只是微笑，我不喜欢吃零食。

不然，你看看有没有什么喜欢做的事？他试探性地问。

她只是一味摇头。

他也只好跟着无奈地摇头，任由她去了。

日子稍长一些，她仍旧不出门，只是偶尔在他下班之后做一些简易的饭食给他吃。他也渐渐习惯了她这样，只是那件事一直困扰着他，就像黄米饭里的沙石，时不时硌上他两口。

她不愿与他交合，不，不仅仅是不愿，可以说是深恶痛绝。他也不是故意违背她的意愿，只是有时候自然而然地走到了那一步，一切都是出于情不自禁。可他的动作每深入一步，她颤抖的频率就增高一次，她逃避着，骨头发出皱巴巴的响声。他看到她这个样子，立刻情致全无，败下兴来。

想到这里，他禁不住颤抖起来，不由自主地想到她那长头发之中透出的两道眼神。她就那样看着他，你就是为了这件事和我在一起的吧，是吧？

他的心就像是被一只手狠狠地捺住，有点喘不上气来，他慌忙解释，不是的，怎么可能呢？

男人都一样。她冷冰冰地说。

不是的，他慌忙抱住她。腿由于用力过分，狠狠地撞在床沿上，他的脸也皱成一团，却还是紧紧抱着她，说不是这样的，我想照顾你。你不想做的事都告诉我，以后我再也不会提起，好吗？

她没有回答。

他心里突然涌起一股巨大的冲动来，左手紧紧攥住右手，像给自己施咒一般喃喃自语。她很可怜，她受过很大的伤害，这不怪她。既然她选择了我，哪怕这辈子就这样，自己也绝不会再让她受到伤害了。

他使劲攥了一下拳头。是的，就是现在他站在电梯口，他的初心也一直没有变……

幸而还有他那堆积如山的工作，每个公司都遵循着相同的丛林法则，最苦最繁杂的工作永远都是交给资历最浅的那一位，他刚好在公司里荣担此位。疲倦磨去他每一丝时间缝里透出的冲动，常常回到家里时，瞳孔里只看满满的一张床。他入睡得极迅速，并且睡得极沉，甚至模模糊糊如坠入幻境一般，月亮透过二十三层的楼顶明晃晃地照着他，明晃晃地又一丝儿一丝儿渗出水来。水哗哗流着，直浸着他的脸，他感觉喘不上气来，下半身沉得像被人沉沉地压着打着旋儿往下坠。他猛然睁开眼睛，月光陡然消失。不，他不是在做梦，他的的确确是被一个人那么压着，头发丝儿已然垂在他的眼前。

啊！他惊叫一声，把身上那人影重重地摔到地上，地板闷闷地响了一声，好像一只老南瓜被摔得四分五裂。他终于清醒过来，慌忙往床下看，她像一片叶子枯枯地蜷在地上，一动不动。他慌了，伸出手去捞她，却怎么也捞不起来。他把她抱回床上，

香水蜡烛

她也姿态丝毫不改地枯萎在那里，他无可奈何地叹一口气，背过身睡去了。

第二天，直到他上班前的最后一刻，她仍旧蜷缩着身子熟睡，他几次开门的碰撞声都不能将她惊醒。上班的时候他一直心不在焉，只想着回去她会怎样解释昨晚的事情，他觉得她应该给他一个解释。他甚至没有任何怪异的感觉，竟然隐隐地有几分欣喜，至少知道她是正常的，只不过是由于种种不为他所知的原因而已。他感觉自己的脖子似乎松动了一圈，连平日里令人厌烦的工作也让他有了几分干劲。

下班后他特意绕远路去买了她爱吃的百合花饼，他单纯地想，吃完饼她也许就会对他敞开心扉，他甚至神经质地花了两百多块买了一支香水蜡烛，莓果味儿，甜得发腻。

一开门，他惊讶地发现房间竟然是黑的，弥漫着一股奇异的清凉油味儿，空气也似乎绿莹莹的。他以为她还在睡，打开灯却看见她背对着他坐在床上，似乎在涂抹什么东西。

你在涂什么？什么味道？他问。

是青草膏，她闷闷地回答，我头痛。

我给你买了百合饼。他抖动着手里的包装袋。

我不想吃。她转过头轻飘飘地说。

他只好把盒子放在床头柜上，连同那支昂贵的香水蜡烛。她问，那是什么？他神神秘秘地关掉灯，背对着她点燃蜡烛，甜腻腻的莓果味顷刻充满房间。

好香，她说，我喜欢这个味道。

他靠着她坐在床上，期待在这甜腻之中她能说出更多配合的话来，然而她的言语却戛然而止。他试探性地触碰她的脖子，她却始终无动于衷。

他终于忍耐不住，问道，你不记得昨晚的事了？

什么事？她冷冰冰地用眼瞧着他，又问了一遍，什么事？

他感觉那黏腻腻的香味满当当地塞了他一喉，噎得他喘不过气来，混合着青草膏的诡异的清凉味，横亘在他喉头，再也说不出一句话。她又用指甲尖在一个玻璃瓶里挖出一点绿莹莹的膏体，含含糊糊地重复了一句，我头痛。

他不再向她询问那晚的事情。他甚至一度怀疑，那只不过是他一袭阴冷的春梦而已，她从来都是像猫一样浅浅地安眠在他身边，怎么会在深夜里醒来呢？直到他又一次在压力的窒息中醒来，这一次他终于冷静而清醒地看到，伏在他上空游移的无疑是她了，她竟能如此熟练地驾驭他的身体。她背对着清亮的月光，使他看不清她的脸，只看到她的碎发像蝙蝠一样上下翻飞。他忍受着周身的不快，屏住呼吸静静地看着她，看她沉默的动作，停滞，像一只李子滚落在一旁，陷入永久的沉默。

他知道询问和旁敲侧击不会有任何结果，只会徒增他们的嫌隙，索性就由着她的性子。她伏上来时，他只一味地沉默，任由她摆弄，任由她的动作越来越大。她终于停下来，像一株死去的向日葵重重跌落在他胸口。他听到她小声的抽泣声，她的身体颤抖的幅度越来越大。他终于忍不住从佯装中醒来，紧紧抱住她。

怎么了？你怎么了？

他听到在颤动之中传来断断续续变形的声音，我好痛，我难受⋯⋯

哪里痛？他问。

她混着青草膏味冰冷的眼泪冷刺刺地穿过他的肋骨，他听见她哽哽咽咽的声音，好痛，我要死了，好痛。

第二天早上，他请了一早上的假，坐在床边安静地等着她醒来。他看着她睡醒之后蒙眬的眼神，温和地说道，我带你去医院看看吧？

香水蜡烛　　　　　　　　　　　　　　　　　　261

她不说话，又合上了眼睛。

我们只是去检查一下而已，没别的意思。

她好像死去一般直挺挺地躺着，他忍不住想伸手去探一探她的鼻息。他按捺住跃跃欲试的手指，看着一动不动的她，叹了口气，穿上外套。

她开始大把地吞食布洛芬，他劝她不应当自作主张胡乱服药，她答应着，却仍旧往嘴里送服橙色的药囊。她不再喊头痛，也不再在深夜里醒来了。只是他明显地感到她在日益怠惰下去，整日整日赖在床上，有时候一整天连姿态都不变，甚至上厕所的次数也明显减少了。他有几次周末好不容易闲下来，想带她出去散散步，却怎么也不能把镶进床板里的她拖起来。她的食量越来越少，他眼看着她一天天消瘦下去而无可奈何，奇怪的是她的重量却似乎增加了，四肢如同灌了铅一般难以移动。

有几次她突然在沉默中莫名其妙地蹦出一句，你爱我吗？

他被实实在在唬了一跳，这样的问题她以前从未问过啊。

他回答，爱你。

她摇头，我不信。

他说，真的，真的爱你。

她不再言语，仍旧以不变的姿态像软体动物趴在床上。

她的睡眠越来越多，也越来越沉。有时他坐在旁边看着沉睡中的她，突然觉得一阵心悸，好像她已经躺在这里死去多时了。他把脸贴近她的嘴唇，听到她微弱的呼吸声轻轻抖落在他耳边，这才放下心来，好像他真的担心她会这样在沉睡中死去。他终于还是落单了，她把他残忍地隔绝到梦的外面，每次她醒来他都会问她，梦到了什么？她总是摇摇头，忘记了。

他记起有一次，他在上班时突然接到她的电话，听筒那边传来她含混的声音，像是刚刚睡醒之状。她告诉他，她刚刚做了一个梦，梦到小学的一只脏兮兮的熊，打着一把黑色的伞领着她穿过阳光，带着她走过河流纵横的走廊，忽然消失了。到处都是说话声，可我怎么都听不清他们在说些什么……

你害怕吗？他问。

我不害怕，只是觉得奇怪，我要继续睡了。说罢便挂掉电话。

那晚回到家，如往常一样灯黑着，她还在睡吧，他想。他站在门口，忽然嗅到空气里有一股腥甜味，他奇怪地发现那支香水蜡烛竟然点着，发出暗红的微光。借着微光他看到她似乎歪着脑袋斜靠在床上，他突然有了不祥之感，顾不得开灯就扔下包跑过去。心脏在胸腔里轰然炸成碎块，脑袋像漏了电的洗衣机剧烈颤动起来。借着烛光，他看见她靠在床脚倒着，手腕处黑乎乎的一片，从腿一直交错纵横到地上，都是黑红黏腻的一片，被烛光照得血亮亮的。房间湿冷得像溶洞一样，似乎还有液体滴答的声音。你这是干什么？他嘶哑着吼道，泪水噼啪地砸在她脸上。他慌忙从衣兜里掏出手机，可手颤抖得怎么也拨不出号码，他终于输入急救中心的号码，她却慢悠悠地从他怀里坐起来。

手机啪的一声掉在地上。

他有些喘不过气来，身体沉沉地往地上滑，她慌忙抱住了他。他问，到底怎么回事，让我看看你的手？

她把手腕伸到他面前展示给他看。是假的，她说，不信你摸。

那血呢？

也是假的，都是在楼下的玩具店买的，很逼真吧？

为什么要这样？他有点生气了。

玩一下而已，你别生气呀，我只不过是想吓你一跳嘛。她一反常态地撒起娇来。他哭笑不得，不好再和她置气。

那天晚上她心情似乎出奇地好，竟然主动喊饿，一口气吃下一整份饺子。吃完饭她躺在他腿上说，你这么紧张我啊？

他说，当然了。

她又问，你爱我吗？

他说，爱你，很爱你。

她没再说话，往他的腿中间靠了靠，很快就睡着了。

没过几天，他回到家又看到她鲜血淋漓地倒在房间中央，他想不到她会再骗他一次，他又一次上了当。她浑身是血，却又看不清伤口在哪，似乎浑身都是。在他惊慌失措手忙脚乱的时候，她又一次若无其事地从地上爬起来。

你疯了！你到底要干什么？你要逼疯我吗？他把手机狠狠地往墙上摔去。

她有点慌了，赶紧去捡那摔得四分五裂的手机。

他一脚将手机的残片踹得老远。

她发出一声尖厉的声音，慢慢地蹲下去，泪水一片一片洇湿床单。

别哭了，他不耐烦地说。

她的哭声却变得愈发响亮。

好了好了，他蹲下去抱住哭得颤抖的她，好了，别哭了，我不生气了，别哭了。

他隐隐约约地感到她似乎很满意他的反应，他心里虽不快，却不再言语。

他想，她不过是闷，以后这样的事情再重复，自己就权当游戏而已，由她玩去吧，她喜欢这样，他就配合她玩玩好了。

可纵使这样想，他在下班时没有在房间里看到她的身影仍旧让他心神不宁。他知道在这个时候，她断然不会独自出门的。他着急起来，晕头转向地在房间和厕所里寻找，最后终于在大衣柜里找到了用领带吊在晾衣竿上的她。她还故意伸着滑稽的长舌头，脸上擦得白白一片。奔波了一整天的他终于失去耐心，没有伸手去抱她，而是转身重重地坐在床上，冷冷地说，行了，玩笑开一两次就得了。放羊娃的故事没听过吗？行了行了，你还不把自己解下来，瞧那模样好看是吗？

一阵死寂之后，他听见衣柜里传出喊喊嗟嗟的声音，他只觉得疲倦极了，好像不眠不休整整工作了三天。他闭着眼，听见她默默地爬上床，像只猫一样缩在床角。他伸过手去拉她，她却远远躲开了，他也就不再坚持。

他想，也许冷落她一下，她就不会再如此热衷这个无聊的游戏，他已经无心再陪她胆战心惊地玩闹了。

然而，他第二天回去的时候，她又如马拉一般颓然倒在沙发上，左手的手腕处殷红的液滴凝成了一股。房间里没有点蜡烛，却仍旧弥漫着一股甜丝丝的气息。

他感觉胸腔里的火苗顿时腾起来，把包重重地甩在椅子上，你还没玩够吗？一点也不好玩，你赶紧收起来吧，我真是受够了！

沙发上却没有一点动静。他余怒未消，走过去推了她一把，她像一尾死去多时的鱼从沙发上滑溜溜地滚下去。他突然产生一种不祥的预感，便扶起她下垂的手臂，冷气骤然从肩胛骨一直渗进后背。

这次不是游戏，这次是真的，伤口是真的，血也是真的。他像挨了沉沉的一闷棍，顾不上想别的，抱起她就往楼下冲去。六点半，正值下班高峰期，司机见状，一路横冲直撞地到了医院。

听医生说她没有生命危险，只是需要缝合伤口，他稍稍松了一口气。

在医院的病床上，她终于同睡美人一般缓缓醒来，他抱着她的手泣不成声，你为什么，为什么这样啊？

她把头转向一边，半晌才冷冷地说，你根本不爱我。

他声嘶力竭地吼道，我怎么不爱你，说呀？

她说，你根本不关心我的死活。

说完，又恶狠狠地补上一句，你就是希望我死掉！

你怎么会这么想呢？

你不就是这么做的吗？就是我死了，你也表现得毫不在意。

可你那不是装的吗？

你怎么知道是装的？她斜着眼看他，你就不怕是真的吗？既然你不在乎，那我干脆就和你来真的好了。

他握着她的手像一尾鱼一样滑进白色的被单里。

他哽咽着央求她，我们好好在一起，不好吗？我爱你，我是真的爱你，你相信我吧，我不能没有你。

一切仍旧没有停止，甚至从以往几天一次的频率换成每天一次。每天下午，他拖着疲倦的身体回到家中，她总是以不同的姿态倒在房间的某个角落，他就以最快的速度表现出惊慌失措和几近昏厥的担忧，她才会从佯装之中缓缓醒来。

他劝她出去找一份工作，他想她只是太寂寞了，也许有点事做就不会把所有的精力放在这件事上面。

我不想去。她说，我很累，什么事都不想做。

你嫌弃我了吗？她突然转过头来直勾勾地盯着他。

怎么会呢？他赶忙解释，我只是怕你无聊。

我不会无聊的。她又转过头去，风微微吹得窗帘鼓胀起来，外面的夕阳血红一片。

他想，算了，既然她只不过是满足于观看我对她的担忧和需要，那我就只能演给她看好了，把自己当作是一个业余演员好了，只不过每天晚上演一出戏给她看而已。

可不这样又能怎样啊？

有一天晚上他回家之后，房间里又是空空荡荡的。他在衣柜、洗手间、鞋柜甚至储物箱里疯狂地寻找却一无所获，他颓然坐在地上不知所措。突然他望见临街的窗户阴森森地大开着，外面的冷空气刺生生侵袭着他的鼻腔，心不由得缩紧了。他扒着窗框奋力地往下探着头，她果然在那里，穿着灰粉色的睡衣，蜷缩在窗户下的一个废弃的小阳台上。

她到底是怎么下去的？

他抓着窗框跳到了阳台上，她听到他跳下来的扑通声，却还闭着眼睛佯装着，他只好装出惊慌失措的样子使劲摇晃她，出乎意料的是，她很快就睁开了眼睛。

她盯着他的脸说，你在假装，你根本不在乎我。

我怎么不在乎你？我快吓死了，你还要我怎么样？

她不顾他几近崩溃的叫喊，你不爱我，她平静地说道，你觉得我不会死是吗？你觉得我不想死是吗？你觉得我不敢死是吗？

你就是不在乎我，觉得我的死是假的，那么明天它就会变成真的。

这是威胁，没错，赤裸裸的威胁。

他明白了，在她面前他的一切演技都会瞬间被秒杀。他在进门之前就应该抱着这样的想法，她真的可能会死去，她就在那么一刻奄奄一息，命悬一线之时他就要怀着恐惧奔赴她身旁，如不这样，她就会以死相敬。

他撞进了一张黏腻的网，陷入其中无法挣脱。可是他不能离开，她只有他了，他是她浮在水面上的最后一根稻草，他一旦离开，她就会立刻坠入漆黑的水底。

这当然不是唯一的理由，更让他恐惧的是，他已然离不开她。

他只能选择接受，只能选择在忧虑与痛苦之中疲惫不堪地打开那扇门去检阅她的死亡，再在她满意的验收之后见证她的重生。但只要他稍微表现出怀疑，就会被她灵敏的雷达精准地捕捉到，结果就会重新颠倒。

他开始向同事们索取多余的工作，一开始大家都认为他疯了。可看到他是真的狂热于工作后，又讶异他的变化，就连一贯不看好他的领导也打算给他升职，只有他自己清楚，自己在逃避什么。

那扇门之后的场景远比繁冗沉闷的工作更使人绝望，他时常莫名其妙地心悸不已，几次怀疑自己患上了心脏病。可医生只是告诉他，你太累了，压力太大了，你需要休息。他想，我何尝不想休息呢？

元旦那天，公司所有的人都放假回家，没有再多余的工作可以做了。锁门的大爷催促他快点离开，他只好从空空荡荡的办公室里起身，一个人在清冷的大街上游荡，今天正是所谓的跨年夜，人们都聚集起来去了哪里？他看见一对情侣牵着手走过，女孩另一只手里牵着一只缠绕着霓虹灯的气球，他探头去想看清楚电源到底装在哪里，那两人用怪异的眼光看了他一眼快步离去，气球呆头呆脑地被拖曳在身后。他叹了一口气，他的内心抗拒回家，可是又没有别的地方可去。

他漫无目的地跟着人群来到了步行街，似乎全世界的人都聚集于此，广告招牌和发光气球把街上照得亮闪闪的，他跟着前面的一对情侣走进 KFC，又跟在他们后面点了同样口味的冰激凌。他坐在罐头盒子一般拥挤的 KFC 里，默默吃着手里的抹茶冰激凌。他突然觉得一股轰然的倦意袭来，可是他宁愿时间就这样停滞，宁愿这根抹茶味的冰激凌无论如何也不要吃完。

他听到隔壁桌的一家三口在讨论新上映的儿童电影，羊和狼的闹剧，他竟也跟着他们买了一张电影票。

等待电影开场的时候，她终于打来了电话。

你在哪？声音就像是从远古的山洞里传出来的。

　　　　　　　　　　　　微风吹起黑色帷幕　|

在加班。他撒谎。

你是不是很讨厌我，不想见到我？她幽幽地问。

不是，真的在加班。

她像没听见他的话一样，如果你不待见我，那我就消失好了。

他握着被拦腰截断的听筒，电影票上的字被捏得影影绰绰，斑驳不清。突然一个念头闪过他的脑海，我得杀了她。这个念头一经出现在脑海，他就再也无法抹去。

我必须杀了她！这是对我们两个人唯一的交代，也是让他和她同时得道的唯一途径，他必须这样做。

电影票被揉成一团丢进垃圾箱，他随手拦了一辆出租车。这是对我们彼此的救赎，他没有被自己的念头吓到，反而愈发坚定起来，甚至一点也没有考虑到之后的事情。

电梯缓缓地上升，他吸了最后一口烟，把烟蒂摁在电梯门上。

她今天会选择什么样的自杀方式呢？他想。

是割腕吗？那他就一把将刀刺进她的胸口，这样的方式会不会太过惨烈？可是如果不这样决绝的话，她若是挣扎起来，事情就变得麻烦了。

还是吊在衣柜里？那他就直接把刀插进她喉管，一刀毙命，完全不需要第二次出手。

若是吞食药物的死法，那就更容易不过了，连用刀的机会都免去，他只需用枕头使劲闷几下就了了。

电梯的门徐徐打开，他把手伸进衣兜里，握住那红色的硬硬的东西，塑料壳上的花纹温顺地疏导着他的指纹。他告诉自己，不能犹豫，动作一定要迅猛。

他一只手掏出钥匙，另一只手仍紧紧地握着那红色的物体，好像握着一颗鲜活的血红色心脏。

门开了。屋子里像原始森林一样幽深漆黑，他小心翼翼地打开灯，在房间里搜寻她的身影。床上整洁无比，连一件多余的衣服都没有，沙发上也空空如也，灰白的罩子似乎比平日里要干净得多。他打开衣柜，里面除了挂得满满当当的衣服外，再无任何悬挂的物体。洗手间的门锁着，他哆嗦着用钥匙打开门，里面依然空空如也，干燥无比，好像很长时间没被使用过了。

　　窗子大开着，空气里似乎有一股来苏水的味道，他感到有点莫名其妙。她又在窗户下面的阳台上吗？这是他最不愿看到的，他不想翻越窗户把她扛进房间再实施计划，然而在屋子外面一切都会变得不可控制。

　　他扒着窗户往下看，外面黑沉沉的，什么也看不见。他终于放开刀子，打开手机的手电筒往外照去。

　　光束顺着黑暗像椰子一样沉沉落下去，周围一片寂静，照得那一小片只有亮闪闪的灰尘不断涌动。他使劲把身子往出探了探，刀子从他探出的衣兜里悄然滑落，混着光束一起滑到地上，一切的声音都被黑暗吞并，只有香水蜡烛暗红的光芒在身后摇曳……

家　教

老张来电话的时候，程因正坐在教室里上课，教室里拉着窗帘在放幻灯片，黑得压抑。手机在桌子下面一闪一闪的，映着程因的脸也一蓝一蓝的。程因盯着那闪烁的来电急得直跺脚，又不敢在课堂上接电话。趁着讲台上的老师一转脸在黑板上写字的空当，她猫着腰从后排座位的缝隙里偷偷溜了出去。

程因拿着手机走到了教学楼外面，瞳孔因为不适应突然的强光剧烈地收缩了一下。她靠着一棵树赶紧给老张把电话回了过去。没响两声对方就接了，老张在那边喊，程因你刚刚怎么不接我电话啊，打了两个呢。

程因赶紧说，刚刚在上课呢，咱们班这一节有课的。程因知道老张没事是不会给自己打电话的，电话一过来，指定是有什么事告诉她。

果不其然，老张也不磨蹭，在电话那边直截了当地说，程因，告诉你一个好消息。上次你不是让我帮你留意一下合适的兼职吗，正好这几天办公室有个老师在替熟人找家教，给小孩子上课的，比别的那些工作都要轻松。价格我也自作主张帮你谈好了，一天一百。怎么样，这可以吗？

太可以了！程因在电话这头喊道。她知道老张对她格外关心和照顾，可没有想到老张把她的事情看得这么上心。她心里一颤，眼睛就酸了。

她说，张老师，真的太谢谢你了，我都不知道怎么感谢才好。

老张在电话那边听出了她的情绪，她沉默了片刻，叹了口气说道，这没什么好谢的，以后有什么问题尽管来找我吧，我也只能帮上你这些了。

程因抹了抹眼睛，又用另一只手抹开手背上那些蜗牛黏液一般的痕迹。她想说，这些真的已经够了。她还想说，老张，你真的太好了。

她不知道老张像帮她这样到底帮过多少个学生，她知道，每一届学生里，像她这样的或者比她更难更苦更惨的数不胜数。和老张熟起来，还是因为程因去办公室的次数多。每次去，都是为了家里的事请假。有几次实在去得太过频繁，老张疑心她是请了假出去玩，黑着脸不批假。

老张说，程因，你不觉得自己请假请得太过频繁了吗？你到底每天都有什么事要忙？

程因看了老张一眼，垂着头站在屋子中央不说话。

老张更恼了，说程因你要是不给我一个解释我以后都不会给你批假了。

程因使劲咬着嘴唇，还是不说话。她揪着书包的带子，半天才从包里掏出来一沓用回形针别起来的纸递给老张，那是医院刚开没几天的病历本，母亲的，还有父亲的。

程因看着老张拿着那沓病历，一页一页地翻。每翻一页，眉毛就往下吊一吊。翻完了一沓病历，眉毛就快要耷拉到了眼皮上面。她把那沓纸递还给了程因，轻轻地叹了一口气，在请假条上签了字。

她说，程因，以后有什么需要帮助的，尽管来办公室找我。

后来，有一次老张和女儿逛街的时候又遇到了程因。她在人来人往的步行街里看见程因在向过路的行人派发着传单，接传单的人很少，有好几个人甚至看都不看她向前跨一步迎上去的笑脸，厌恶地绕到一边走开了。老张感觉有点心酸，她走上去接住了程因的传单。

程因愣了一下，有点不好意思地打招呼，张老师好。

老张看见程因手里拿着一捧传单，脚下还放着一沓。有人快速走过，掀起一阵风带起了脚下的传单，程因慌忙拿手去按。

老张说，这工作挺辛苦。

程因笑了笑说，别的更好的工作也找不到了，这份工作还是别的同学帮我介绍来的呢。现在大学生找兼职的也挺多，不好找。

老张想了想说道，办公室倒是总有学生家长跑来要我们介绍学生去做家教，回头我帮你留意留意。虽然给的钱也不多，但是也能轻松一点，不必风吹雨淋地跑。

程因对着老张感激地笑了笑，那就劳您费心了。

程因以为老张就只是那么一说，没承想没过几天老张就来了电话。程因想，以后等自己工作还清了债务，一定要回学校来好好感谢老张。

回到寝室之后，程因便立刻给对方家长打了电话。接电话的是个声音绵软细声细气的女子。她在电话那边简单地询问了程因几个问题，双方便约定好了周四早晨九点过去试讲。女子说明了自己家里的位置，程因用手机查了查，离学校有五六公里远，地名她之前也压根没有听过。

周四的前一天晚上，她定了个六点半的闹钟。她想，第一次要去得稍微早一点，给对方家长留一个好印象。

周四一大早，程因就坐上了头班公交车。清晨的车上只有几个拎着菜篮子的老年人在大着嗓子聊着最近的菜价。程因找了一个靠窗户的位置坐了下来，伸出手用力拉开了有点老化的玻璃窗户，一阵凉风立刻顺着窗户的缝隙吹了进来。街上的商店大都还没有开门，公交车沿着洒水车经过的痕迹默默地向城市边缘驶去。隔着玻璃窗，她看见楼房和商铺渐渐变得稀疏，树却陡然多了起来，密密压压地罩在车顶上面，使她突然有了一种离开了城市很远的感觉。她在这城市生活了两年，却对这城市仍旧是一知半解。毕业那年，一定要好好看看这城市，她想。

公交车把她放在了一个空旷无人的地方，四处一望，竟然连个公交站牌也没有，荒凉得有些失真。她往前走了几步，才看见了女子在电话里所说的那个地址。是个高层小区，方圆几里之内除此之外只有稀稀落落的几个村子，中间的这几栋高楼像是凭空从地底冒出来的一样，显得极其突兀。程因顾不上多看，径直往小区里面走去。走到门口她伸出手就去拉墙上的玻璃门，可任凭她怎么使劲那门依然纹丝不动。旁边站着的保安走过来狐疑地看着她说，你不是这个小区里的人吧？

程因说，不是，我是 × 大的学生，来给一个孩子做家教。

保安又问，你找的人住在几单元。

程因拿出手机看了看说，住在一单元 606 号，房主人姓凌。

保安从兜里掏出一个小本看了看，觉得没错，才对程因笑了一下，用胸前的一块蓝色的塑料片在门把手上刷了刷，门啪的一声打开了。

程因这才恍然大悟，原来这门是要刷了卡才能打开的。她对保安道了声谢，赶紧拉开门走了进去。亏得她早晨起来得早，这样一阵紧赶慢赶，走到学生家门口却已经九点了。

来给程因开门的是接电话女子，看起来不过刚三十岁，长相和声音一样的温柔。程因想了想，称呼她凌姐，女子微笑着欣然接受。她拿出一双花格纹的拖鞋说，小程，你就穿我的拖鞋吧，可以吗？

程因忙说，可以的都可以的。

换了鞋，凌姐把程因领进了里面的一个贴着花哨墙纸的小房间，椅子上坐着一个四五岁的小男孩，趴在桌子上专心致志地捏着什么。有人进来了，也不抬头，只自顾自地摆弄着手里的东西。

凌姐对着小男孩说，孟孟，妙妙姐姐今天不来了，是小程姐姐给你上课哦。

叫孟孟的男孩子抬起头看着程因，好像不是第一次见面似的嗔怪说，姐姐，你怎么才来呀，我都等你好半天了。

程因赶紧微笑着说，对不起啊孟孟，姐姐今天第一次来，对路还不是很熟悉，下次一定按时到。

凌姐在一旁说，那你们今天早上聊一聊，先熟悉一下。便带上门出去了。

程因走过去柔着声音对小男孩说，孟孟，你今年多大了。

孟孟说，四岁了呀。

程因又问，那你为什么不上幼儿园呢？

孟孟把手里的东西往桌上一扔，程因这才看见那是一块绿色的塑料橡皮泥，被孟孟捏成了一块肥皂的形状。孟孟翻着眼睛说道，我最讨厌幼儿园了。

程因说，为什么呢？

因为幼儿园的老师太烦了，太讨厌了，总是让我做这做那，还喜欢教训人，幼儿园老师是我第二讨厌的人了。

程因心里一惊，说那第一讨厌的人是谁啊？

孟孟把头往外探了探，才附在程因耳朵边上说，是爸爸，爸爸最讨厌了。

程因哭笑不得。

这时凌姐拿着一大摞书走了进来。她把书放在桌子上，指着

家 教　　　　　　　　　　　　　　　　　　　　275

墙上的一张表对程因和气地说，这是孟孟的作息和学习时间表，你就按照这个给孟孟辅导吧。这个时间表一定要严格执行，给孟孟养成一个好的习惯。

程因抬起头看着墙上的那张表，准确来说那是一个粉色的塑料板，上面印着孟孟的作息时间。事无巨细地罗列着何时做算术何时读英语何时写拼音何时吃饭何时休息，后面还画着三个不同表情的娃娃脸。程因知道那代表着今天孟孟的表现情况。

凌姐指着桌子上的书对程因说，这些是英文书，按时间表上的时间，每天读两页就差不多。

她又指指脚下的一个小箱子说，这里面是算术，拼音，还有一些故事书；墙那边还有一个大箱子，里面放的都是手工材料，你们也可以做做手工什么的。

程因对现在的父母对儿女的上心程度早有耳闻，可今天这样一见也着实有点吃惊了。自己小的时候，除了学校里的课本，故事书都寥寥无几，更别说英文画册了。她记起小时候有次在玩具店看到了一本手工书，是给书上的小姑娘用随书附赠的彩色胶纸做衣服。这本书她哭闹着跟父母要了几次，终究还是没有要到。母亲说，角落里那么多废纸，你画几个娃娃用胶条给她粘上去不就行了嘛，有必要买吗？

写完了算术又念过了英文，程因从墙边的大箱子里拿出来一盒橡皮泥和孟孟一起捏。捏的空当程因问孟孟，妙妙姐姐是谁呢？

孟孟回答道，妙妙姐姐是周四和周五来给我上课的姐姐啊，只不过妈妈说她要毕业了，所以才不来了。

程因又问，除了妙妙姐姐还有别的姐姐吗？

孟孟噘着嘴想了想，有啊，周一和周二是小纳姐姐，周三是一个高个子的大哥哥，周四和周五是妙妙姐姐，现在又多了一个小程姐姐。

　　　　　　　　　　　微风吹起黑色帷幕　|

原来不去幼儿园是每天请私人家教啊。程因在心里算了算，这样下来，一周请家教的钱就要六百块，比她之前一个月的生活费还要多呢。单不说钱的问题，对孩子的教育也是煞费苦心啊。程因想，要是自己的话，不想去幼儿园是断不能的，被胖揍一顿也说不定呢。

　　回到学校之后，凌姐给程因发了信息，她说对程因非常满意，希望她此后每周都可以过去。程因自然是满口答应。

　　第二次去的时候就轻车熟路多了。保安大哥远远地看见程因过来就给她开了门，程因赶紧说，谢谢、谢谢。

　　保安大哥说，你们学生娃也辛苦哩，每天起这么早。

　　程因笑了笑，没有回答。

　　程因到的时候凌姐一家人刚刚吃完早饭，孟孟手里端着半碗麦片粥磨磨蹭蹭不肯吃。孟孟的爸爸在一旁呵斥着，不想吃就放着去，要喝就快点喝完。

　　程因看着心里禁不住想，怪不得孟孟说讨厌爸爸呢，肯定是因为总是呵斥他的缘故。孟孟的爸爸看见了程因，对着她略微点了点头，便提着包出了门。

　　按着作息表上的安排上完了课。凌姐说，中午就在我们家里吃吧，我也不会做什么饭，煮了点粥，外卖上叫了两个菜，凑合着吃吧。

　　在饭桌上闲聊的时候，凌姐问她，你之前带过家教吗？

　　程因说，带过啊，还不止一个。她说起自己带过的第一份家教，是个五年级的小女孩。女孩的母亲性格急躁，一看见女儿算错了题，也不管作为老师站在一旁的程因，胳膊抡圆了就往孩子背上劈，小女孩顿时就眼泪汪汪的。程因站在一旁想，难怪孩子总看起来阴沉沉的，这样教育出来的孩子能不阴沉吗？

　　这份工作做了没过几个星期程因就被辞退了。女孩的家长对程因说，孩子觉得自己太累了。程因这才知道，周六周日女孩除了上自己的课，还有小提琴、昆曲和新概念英语。程因不禁在心里为小女孩暗暗叫苦。

凌姐在一旁若有所思地说，其实这也很正常，现在很多家长都是这样的，恨不得一天就把孩子培养成爱因斯坦。

程因夹了一筷子菜附和道，是啊，孩子负担也太重了。她夹菜的时候，发现孟孟目光灼灼地在盯着她看，好像她脸上长了什么奇怪的东西似的。

程因使劲摸了摸脸，什么也没有。她转过脸对孟孟说，孟孟，怎么了，怎么不吃饭。

孟孟睁着天真无邪的大眼睛仍旧盯着程因看，突然冷不丁冒出一句，小程老师，你给我上一天课多少钱啊？

程因愣住了，她没想到四岁的孟孟会这么问。一旁的凌姐说道，孟孟你问姐姐这个干什么，快点好好吃饭。

孟孟不看凌姐，仍旧睁着圆溜溜的天真无邪的大眼睛，说道，姐姐，我知道，我妈妈一天给你一百块钱，对吗？他突然转变了语气，用一种近乎冷漠却又娇嗔无比的语调说，老师，我觉得太贵了，你能不能便宜一点啊，九十行不行啊？

程因的脸唰的一下涨得通红，刚刚吞咽进去的米饭像一堆玻璃碴子扎了满喉。这个四岁孩子小市民一般的讨价还价让她手足无措，这的确是个不谙世事的小孩子啊，可是这像是个孩子说出来的话吗？

凌姐有点生气了，但声音还是柔的。她抬高了声音说，快吃你的饭，这些事情和你有什么关系。

孟孟不高兴地低着头嘀咕了一句，把饭碗一推，噔噔噔跑回了房间。凌姐对着程因无奈又不好意思地笑了笑，这孩子……

程因强笑着说，没关系的，没关系的。她假装好像真的不在意似的抄了一大筷子菜塞进了嘴里。

没过一会儿孟孟就从房间走了出来，手里攥着一卷粉色的东西。走近了，直把那粉色的一卷往程因的碗边一塞，说，好吧，姐，既然不能便宜就算了吧，这个够今天的了吧。

孟孟说完，程因也没用眼睛瞟那东西一眼，只觉得那粉色的一卷立刻就在她的手边烧了起来，点燃了她的手，她的胳膊，火势顺势一路蔓延，立刻就攀上了她的头发她的脸。她咬着嘴唇，她想喊，你这是干什么？但她只是咬着嘴唇，一句话也说不出。

孟孟，你干什么，坐下来好好吃你的饭！凌姐看出了程因的尴尬，一把把孟孟拉过去摁在了座位上，孟孟不高兴地哼叫了一声，在凳子上扭动起来。

程因低头扒着饭，那红的一卷好像变成了一堆灼灼而凶恶的红眼睛，都朝着程因的方向看来。她努力躲避着那红热的眼光，眼睛尽力瞟着桌边落着的一只灰色苍蝇，搓着两只肮脏的前腿，它将要飞起来了！

一个下午，程因的心情都处于极度低落当中，还掺杂着一点愤怒。但她努力打起精神，皱着脸努力挤出笑意。

做完时间表上的功课，孟孟说，姐姐我想看故事书。程因拿出一堆故事书让孟孟选。孟孟又说，姐姐你读给我听。

程因心情沉郁，喉头黏结，嗓子也一阵发痒，一万个不愿意。但她多么希望留下这份工作啊，这份工资不低又力所能及来之不易的工作，更何况还是老张介绍的。

想到这儿，程因只好努力地挤出笑脸，捧着那本鲜艳得刺眼的故事书读了起来。

读完了一本，程因松了一口气，心想，终于可以休息一下了。没承想孟孟又把另一本拍在了她的眼前。

读吧，孟孟站在一边，斜着眼睛居高临下地说道。

家 教

程因没抬头，说，老师有点累，今天不读了吧。

可是我想听。孟孟操着一种奇怪的腔调说着。

程因打了个寒战，她感觉到孟孟和她之间被那红色的一卷以一种奇异的姿态扭曲了，她需要为那红色发挥到她该有的热度，却没想到这信息却是一个孩子传递给她的。她一抬头，看见的却是孟孟那带着娇嗔和赖皮的笑脸，完全是个任性的小孩子的模样。她一个恍惚，转念就在心里责怪自己，孟孟就是个小孩子，你怎么会心眼那样的多，你怎么能把一个四岁的小孩子想象得那么坏，他只是个四岁的孩子啊。

程因觉得羞愧极了，她强打起精神来微笑着说，孟孟，你想听哪一本，姐姐读给你听。

从凌姐家出来的时候，天已经几乎要黑下来了。凌姐和孟孟把她送到了楼下，趁孟孟不注意，凌姐塞给了程因一百块钱。

凌姐笑着说，这还是孟孟今天拿的那张，程因你别生气，孟孟也不知道是和谁学的这些坏毛病，回去我好好说说他，今天你也辛苦了。说着，她又在包里翻找起来，掏出来一个洗得干干净净的大苹果，递给程因说，这个你走在路上吃吧。

程因收下钱，接了苹果，和凌姐、孟孟道了别。走之前凌姐还再三叮嘱她下星期一定要来。

这个地方偏远，末班公交车也没有了。程因顺着林子旁边的路慢慢往回走着，她左手攥着那张纸币，现在它安静地躺在程因的手心，不再红热滚烫。右手举着那个光洁饱满的大苹果。她咬了一口苹果，眼泪就掉了下来。明亮皎洁的月光从树林的缝隙里射出来，一丝一丝落在她的脸上，她的脸颊也光亮亮的。她一直向前走着，向城市的方向走去。

在林荫路一拐出去，灯光兀地亮了起来，刺着她的眼睛。她听见了车的鸣笛声，人的大笑、争吵和哭泣声，机器的运转声在

微风吹起黑色帷幕 |

同一时间响起，仿佛拉开了舞台的幕布。她默默地注视着这城市，从前的她以为这城市是她的，就算现在不是，那么将来也一定是属于她的。她会熟悉这城市，就像熟悉自己的头发一样。她会热爱这城市，而作为回报这城市也会同样地热爱她。她会站立在这城市的肩膀抑或是扑倒在它的脚下，她会是这城市里的风，是电，是泥，是糖。

而现在，她站在这黑漆漆的林荫道的拐角，远远地望着它，是那么复杂，陌生。像一只巨兽，又像一个小丑。她不再渴望，她觉得自己不会再渴望。

周末的时候，她买了药回了家。父亲看见她很高兴，却只能无可奈何地躺在床上，对着女儿咧着嘴笑一笑。母亲照旧坐在那张藤编的古老椅子上失神。她摇了摇母亲，说，妈妈我回来了。母亲露出恍然大悟的神色，嘴里却胡乱叫着，妈，妈。

她坐在一张塑料板凳上，深深地叹了一口气。所有的这一切都源于高三那年，母亲和姥姥因为一件小事吵了架。姥姥一赌气提了几件衣服就独自回去乡下的老家。母亲回来看见姥姥不见了，还赌气说，最好以后也别回来了。虽是这样说，母亲却背过身赶紧给老家打了个电话。可一连好几天也没有姥姥回去的消息，母亲着急得上火，开着车到亲戚朋友家一家一家地找，还是没有姥姥的消息。几天之间，母亲的头发掉了一大半，肿得像海蜇一样的眼睛里不时流出悔恨的泪水来。母亲开着车，在回老家的路上一寸土地一寸土地地找，在枯黄和银白的田野里大声呼唤，泪水滴在黄土地上，久久渗不下去。

后来，母亲终于在路旁的一个沟渠里找到了姥姥。她的身躯却已经僵硬，眼睛和嘴唇都紧闭着，是青紫色的。指甲深深地嵌进胳膊的肉里，也是青紫的。母亲把姥姥从沟渠里抱了出来，叫了一声妈，就昏倒在地。一旁的父亲赶紧把母亲搀扶起来，但是母亲却四肢又冰又软，紧闭的眼里源源不断地渗出泪水，就像是一个裂了缝的熟椰子。

父亲把母亲和姥姥送进了医院里。在病床上，母亲在朦胧之中听见医生对父亲说，姥姥是在回老家的路上被石头绊倒了掉进了沟渠里，当时可能只是短暂性的昏迷，并不致死。姥姥不是被磕死的，也不是失血过多而死的，姥姥是被冻死的。掉进了沟渠的姥姥，一下子昏了过去，她在昏睡之中几次被冻醒，却手脚僵硬动弹不得。终于，她在这寒冷之中越缩越小，她睡熟了……

母亲醒来的时候，一缕阳光不偏不倚地打在她的脸上，她不紧不慢地睁开双眼，用一种新奇的眼光看着四周，仿佛刚刚做完一场大梦。她笑了，她对着床边的程因，露出了久违的笑脸，她叫道，妈啊……

医生诊断母亲患上了精神分裂症，她常常听见姥姥在她的耳边说话，她听见姥姥说，妮儿呀，回家呀。她听见姥姥说，妮儿呀，冷呀。她止不住地大笑，止不住地大叫，止不住地沉默。

母亲病得很重，每天要吃很多很贵的药来控制病情。父亲把银行里所有的存款都取了出来，悉数交给了医院。父亲想，自己拼命工作肯定能负担得起这些费用，程因也不至于在学校过得太紧巴。

可是灾祸永远是不单行的。精神恍惚的母亲趁着医生不注意跑出了病房，父亲怕母亲重蹈姥姥的覆辙，心急火燎地满世界去找，情急之中也顾不上红绿灯，被一辆重型货车撞翻。父亲被送进医院的时候才知道，母亲根本没有出医院的大门，她在水房里对着不断滴水的水龙头端详了一个下午。

想起这些事情的时候，程因觉得它们仿佛已经过去了很远很远，远到她的记忆已经变得依稀，远到当年那些表示同情可怜冷漠快意的人们早就有了新的谈资，可那生活的鞭子却还高举在她的头上。三年以来，为了治疗父母的病，家里花光了所有的积蓄，家里稍微值钱一点的家当也都悉数送进了典当行，程因也觍着脸，借遍了所有可以借钱的亲戚朋友，搞得最后几个亲戚在路上远远地看见了她也视而不见。大学上了两年，学费是贷款来的，生活费就靠自己有一搭没一搭在外面挣，有时候自己没吃饭，也要给母亲买药。

她还记得有一年冬天，大家都在披红挂绿地和自己的家人朋友过圣诞节，程因却饿着一天都没有吃饭在一家商场门口戴着一个发光的鹿角兜售苹果和鲜花。当深夜的时候街上的热闹慢慢冷却下去，她才在旁边的便利店里买了一碗热气腾腾的速食面。当她把一筷子面吸进嘴里的时候，她的眼泪和鼻涕一起流了下来。

周四的早晨她按时敲开了凌姐家的门，开门来的却不是凌姐而是孟孟。孟孟一见程因亲热地叫了一句，小程姐姐，你终于来了。没等程因开口问，孟孟就压低声音神秘地说，小程姐姐我跟你说，我妈妈发烧了，是昨天晚上被我爸爸打的。

这时候凌姐一脸疲倦地从房间里走了出来，显然她听见了孟孟的话。她对着程因笑了笑说，小程呀，今天我生病了，你就按照日程表来带孟孟吧，不要让他总是玩 iPad，如果他想出去，你就带他到楼下玩一玩。我头痛得厉害，先回房间睡一会。

程因一面答应着，一面叮嘱凌姐要好好休息一定要照顾好身体。凌姐回了房间，程因就带着孟孟按着时间表上的安排开始学习。孟孟却总是动不动往凌姐房间跑，程因让孟孟画画，孟孟却跑去问凌姐可以不可以。凌姐说小程老师让你做什么你就做什么。可是往凌姐房间里跑。

程因想，是不是我太没有老师的样子了，搞得孟孟都不拿我的话当一回事，我是不是该对他严格一些。程因转念又一想，现在的孩子可都金贵得很呢，父母都说不得更何况我这个外人呢。

万一孟孟不要我做他的老师了，我这份工作也丢了，外面找兼职的大学生也多得很呢。

从房间出来的时候，孟孟又一副神秘的样子附在程因的耳边说，姐姐我告诉你一个秘密。

程因问，什么秘密啊？

孟孟眨着眼睛说，你知道吗？我就要有小弟弟了。

程因思索了一下孟孟话里的意思，恍然大悟，心里不禁对凌姐暗暗佩服起来。几个月之前刚刚放开了二胎政策，凌姐这里可就怀上了，真是快捷高效狠抓落实啊。

程因笑着说，恭喜你啊，那孟孟想要弟弟还是妹妹呢。

孟孟歪着脑袋想了一会儿说道，都可以啊，弟弟妹妹我都喜欢啊。

两个人正说着话，凌姐从房间里走了出来，凌姐摆弄着手机说道，咱们叫个外卖吧，你们想吃什么菜。

程因忙说，凌姐，别叫了，我们三个就在家里随便做点东西吃吧。

凌姐不好意思地笑了笑，耸耸肩膀说，可是我不会做饭啊。

程因说，那我做吧，我会做饭。

凌姐惊讶地看着程因说，真的吗，那太好了，那我和孟孟今天能吃个现成了。

程因腼腆地笑了笑。她进了厨房轻车熟路地焖了米饭，炒了一碟醋熘瓜片，一碟干煸豆角，顺手捎带着烧了一个汤。这些事情程因在家里做过不下几百遍。母亲生病后，只要是她在家里的时候，饭菜都是由她来做。菜谱都是网上看来的，自己照猫画虎也学得有模有样，就连神志不清的母亲也几次夸合她胃口。

菜端出来，凌姐夹了一口便大加夸赞起来，说比外卖上的饭好吃多了。

程因有些感动，她知道自己做的饭并没有凌姐夸的那么好，凌姐是给她面子呢。

　　凌姐吃了没几口，脸色就蓦然苍白了起来，程因知道这是怀孕正常的反应，立刻起身过去扶住了凌姐。凌姐对着程因不好意思地笑笑，又怕她多想似的说道，你做的饭很好吃，可惜我最近不太舒服，没有这个口福了。

　　程因赶紧说，没事的我都知道的。她想，凌姐真的是太好了太温柔了，明明自己不舒服心里还替程因想着，怕她是认为她做的饭不好吃。凌姐真是太善良了。

　　程因扶着凌姐坐到沙发上，给凌姐倒了一杯水。她看着凌姐虚弱的样子忍不住问道，为什么又打算要一个孩子呢？现在养一个孩子成本那么高，不辛苦吗？

　　凌姐抿了一口水，看着她说道，现在生活越来越不容易了，独生子女多孤单多苦啊。不管这个孩子是男孩还是女孩，以后他和孟孟总可以互相扶持，互相照顾啊。以后就算我和他爸爸有了什么意外，他们也不至于落得太孤单太凄苦。

　　程因听着心里一酸，禁不住想道，我也曾经是有哥哥的啊，要是哥哥还在该多好啊。程因的父母在有程因之前是有过孩子的，是个男孩子，却因为是个虚弱的早产儿，在月子里就早早地夭折了。后来夫妻俩说起来总是感叹，要是那个孩子活下来的话程因也有个大哥了。

　　其实程因知道，要是哥哥活下来，那就不会有程因了。那个时候正是计划生育严抓严打的时候，有的家庭就因为超生二胎被罚得倾家荡产。那个时候不是有部叫作《超生游击队》的小品吗，一家几口人拖着超生的孩子们在城市里左躲右藏，滑稽之中更多的却是浓浓的凄凉之感。就算是这样，程因还是忍不住幻想，要是哥哥在就好了，就算他不能够赚钱养家糊口，给父母治病，那难过的时候扑在他的怀里哭一哭也是可以的吧。就算不能解决眼前的这些麻烦事，两个人还是可以互相依靠的呀。

小程，你怎么了？看到她一时间失了神，凌姐关切地问。

没什么没什么。程因这才意识到自己的失态，她对着凌姐尴尬地笑了笑，掩饰般地随口说道，凌姐，我听孟孟说你昨天晚上发烧了，现在好些了吗？烧退了没有。

凌姐说，没事，就是低烧而已，可能是因为着凉了吧，现在差不多已经好了。

程因想起孟孟说凌姐和她的丈夫吵架了，她很想关切地问一问发生了什么，但是转念一想，这毕竟是别人的家务事，自己一个外人擅自询问也不太礼貌，就把刚刚张开的嘴又合上了。

凌姐仿佛看出了她的疑问，显然今天早上程因和孟孟的对话她都听见了。她说，昨天晚上我和孟孟的爸爸起了一点争执，孟孟今天早上和你说了吧。

程因点了点头，说，到底是因为什么呢？

凌姐端起桌子上的水杯又抿了一口，才说，我和孟孟的爸爸是在国外认识的，加拿大。我在那里读教育学的硕士，他当时在读博士。我们在加拿大结了婚，又在香港生下了孟孟。但是他还是想回家乡发展，于是我就跟着他到了太原。我们家可不在这边呐，我们家还在浙江呢，但是他想回来，我就跟着他过来了。我们两个一起在 S 大学找了工作，现在他已经是博导了。但是一年之前孟孟不想去幼儿园上学了，他就擅自去学校给我把工作辞了，让我在家里好好带孟孟。请家教也是近几个月之间的事，可能是因为年龄稍微大了点，这次怀孕反应特别大，动不动就头晕，才想着给孟孟请家教的。

之前为了让孟孟的学习更生动一点，我在太原组织过一个英文夏令营，反响很好，结束了好久还有家长来问什么时候办第二

　　　　　　　微风吹起黑色帷幕　|

期。前几天又有一个小学校长来找我，想和我合作办一所中学。昨晚我刚把这个想法告诉孟孟的爸爸，他就发火了，说什么也不同意。他让我在家里好好带孟孟，挣钱的事情交给他来做。我告诉他这和钱没有关系，可他什么也不听。

说这些话的时候，凌姐的语气十分平静，看不出有丝毫的埋怨。

程因问，为什么他不让你工作呢？

我得在家好好照顾孟孟呀，再说现在又有了个孩子，我得在家里好好教育他们，外面幼儿园里的老师我也不放心。

程因听着，苦笑了一下。有什么不放心的呢？多少孩子不都是这样长大的呢？程因记起自己小的时候，除了在幼儿园的时候，都是一个人被锁在家里的。小小的程因就在家里一个人玩，她和墙说话和被子捉迷藏，两只小手在痰盂里抓来抓去，最后总是躺在某一个角落里静悄悄地睡着了。在上小学之前，她最好的玩伴就是她自己。可是你看，就是这样程因也好好地长大了呀。她比别的孩子都要独立，都要坚强。

于是程因替凌姐打抱不平，孩子的事情是夫妻双方的事情，凭什么让你一个人照顾孩子呀。你也需要有自己的生活自己的事业啊！这样对你太不公平了。你因为他远离自己的家人来到了这里已经够为难了，难道不该争取自己的权利和自由吗？

凌姐笑了，她在笑程因幼稚，她在笑程因被现在这些在社会上广泛流传的所谓女权思想冲昏了头脑，她笑程因那掷地有声的口号，生硬无知飘浮在生活和家庭之上。

她对程因说，小程啊，你还小。我告诉你，女人结了婚就是要退一步的，一个家庭若总是女人出头，那么这个家庭里的男人必然是被压制的。他要么碌碌无为，要么怨声载道，可这哪一样都对这个家庭没有一丝一毫的好处。如果说家庭是一个庭院的话，那么男人就是这院里的一棵果树，你要给他养料，你要让他出脱，你要让他为这个庭院挡着风雨，你就要退一步。这样，这个果树结出果实才会落在庭院里，滋养它。这个家庭才会永葆青春。

程因迷惑地看着凌姐，她想问，那么女人就不应该有自己喜爱的事业吗？

她还想问，既然这些道理凌姐都明白，那还何苦和孟孟的爸爸吵架呢？

她更想问，家庭，真的可以让两个人甚至几代人幸福吗？

她感到迷惑。

晚上回去她躺在宿舍的床上，对着黑洞洞的天花板不住地想。家庭，事业，教育，这三样东西放在同一个篮子里明明就是悖论，怎么可能每一样都兼顾呢？她觉得过去的人对这些东西都不那么看重的时候，仿佛一切都井然有序，根本看不出丝毫问题来。可是到了当代，这些东西却被一样又一样地送上了手术台，被剖开，又用这样那样不同的线缝合，最终却更是伤痕累累。这到底是怎么一回事呢？

她躺在床上翻来覆去地想，却始终得不到答案。最后索性被子一蒙，管他呢，先睡觉吧。

后来程因又陆陆续续去教了孟孟好几次。凌姐对她一直很好，也总对她说一些掏心掏肺的话，程因很感动，觉得凌姐真的是一个好女人。她觉得凌姐真的是太孤独了，在太原连一个像样的朋友都没有，生活永远围绕着孩子，丈夫，孩子。一点关于自己的事情都没有，她甚至都不喜欢买衣服和做指甲。

所以有一天凌姐家来了客人时，程因大吃了一惊。来人是一对夫妻，领着一个小男孩，年纪看起来比孟孟稍微大着那么一些。

凌姐给程因介绍道，他们是在凌姐办的夏令营里认识的。转过脸去又对那对夫妻介绍道，这个女孩是我给孟孟找的家教，脾气特别好的一个小女孩。

那对夫妻远远地对着程因点了点头，对着凌姐叮嘱了几句什么，就拉上门走了出去，唯独把小男孩留了下来。

凌姐对程因说，这两夫妻今天有点事情，恰逢嘉嘉，也就是这个小男孩，今天学校放假，没有办法照顾。又因为之前在夏令营里和凌姐有过一点交情，就把他送过来希望凌姐能教他一点英语。

程因做出恍然大悟的样子，原来是这样啊。

吃过饭之后，凌姐提议让孟孟和嘉嘉做一场英文数字比赛，说是比赛呢，其实就是一个小游戏。凌姐从房间里抱出了一个大的牛皮纸盒，里面都是一些塑料做的数字模具。

凌姐对孟孟和嘉嘉说，好，我们现在开始比赛，我从箱子里拿出一个数字，谁能最快最准确地用英文把它说出来，我就给他一个奖励。小程，你拿一张纸写下孟孟和嘉嘉的名字，谁答对了，你就在他的名字后面画一个1，好吗？

好的。程因答应着，从一个本子上撕下一张纸来。

开始两个孩子还玩得很开心，你追我赶，争先恐后地回答，毫不示弱。可是孟孟隔几分钟就跑到程因这边伸长了脑袋往纸上瞧，一看到嘉嘉名字后面长长的一串超过了自己，嘴巴一扭，跑到房间哭了起来，还反锁上了门。

凌姐用眼神示意程因去哄一哄孟孟。程因轻轻地敲着门，柔声细语地说，孟孟，开开门啊，我是姐姐，咱们不做游戏了，我把奖品直接给你好吗？

程因听见孟孟小猫一般的哭声隔着门缝传出来，她听见孟孟上气不接下气地抽搭着说道，你走开，我不要，我什么都不要。

程因只好在门口好声好气地劝着，但孟孟还是在里面抽泣着，一点儿也不搭理门外的程因。嘉嘉也在外面说道，孟孟我把我的分数都给你，你出来好不好。可孟孟就是不搭腔。

凌姐走了过来，对着门缝说道，孟孟，快出来吧，姐姐刚才搞错了，是她把你们俩的得分写错了。

程因惊讶地看了凌姐一眼，凌姐对着程因使劲眨了眨眼睛。程因知道凌姐这是什么意思，但是她没有想到凌姐会这样说，虽然是为了哄孟孟，可她还是感觉到一阵不适。

孟孟听到凌姐的话，这才打开了门，脸上还挂着残留的泪水。他扭着头问程因，是真的吗？

程因点点头说，是的。

孟孟愤愤地在程因的腿上推了一把，不高兴地说道，你还是姐姐呢，连算术都算不好。

程因感觉喉咙里有个东西跳了跳，她使劲地咽了一口唾沫，嘴角不自然地牵动了一下。她想说什么，但是她忍住了。

凌姐没有看见程因的神情，她转过身去对孟孟和嘉嘉说道，好啦，那咱们不做这个游戏了，让姐姐带着你们到楼下去玩吧。

孟孟和嘉嘉都举起双手表示赞同，程因只好带着他们往楼下走。关门之前门缝里才飘出来一句话，照顾好两个孩子的安全。

知道了。程因有气无力地回答。

把孟孟和嘉嘉带到了楼下，程因说，你们两个去玩吧，等要回去的时候我过来叫你们。

孟孟和嘉嘉不走，却相视使了个眼色。嘉嘉突然蹿过来夺过了程因的手机，扔进了假山后面的杂草丛里。程因慌忙跑过去捡。她低下头寻找的时候却感觉到小腿一阵疼痛，转过身才看见是孟孟和嘉嘉捡拾了排水道里的鹅卵石，正嬉笑着一个接一个地向她投来。有一块正中她的小腿，顿时间凝起了一块青紫。

程因有点生气了，她想发火，想像呵斥自己的弟弟一样呵斥

　　　　　　　　微风吹起黑色帷幕　|

他们，她想扭身拂袖而去，把这两个调皮的小东西扔在这里，她实在是想哭！

可是这些她通通都不能做，她能做的只有摆出一副难看的笑脸，委屈而又无奈地说，你们不可以这样，这样是不礼貌的。

把两个孩子带回家之后，程因没有告诉凌姐刚刚在楼下发生的事情。她知道这些话说了也不会有什么用，孟孟不是她的弟弟，也不是她的儿子，她不想做于她无益的事情，她仍旧装出一副若无其事的样子。

两个孩子都饿了，在饭桌上狼吞虎咽，吃得极其认真。凌姐趁他们不注意，突然把一卷钞票塞到了程因手里。程因半握着钞票，就像握着一双湿答答的鞋子，她惊讶地看着凌姐，说，凌姐这个月不是还没到……

凌姐有点不好意思地笑着，说道，我马上要到待产期了，婆婆让我搬到她那边去住好照顾我。我给孟孟找到了一所新的幼儿园，是我的朋友办的，相信他会照顾好孟孟的。小程，这些天真的辛苦你了，孟孟说你是他最喜欢的老师，他很舍不得你走。希望以后有时间你还能来找孟孟玩。

小程，以后有什么事情尽管来找我，能帮的我一定尽量帮你，你一个人在这个城市不容易。凌姐握着程因的手真挚地说道。

一定会的。程因喃喃地说道。

吃过饭，凌姐和孟孟把程因一直送到小区门口。孟孟一直拉着凌姐要去便利店门口的游戏机上打地鼠，他对程因挥着手，不住地说，姐姐再见。对于孟孟来说，程因只不过是他为数众多的家教中的其中一个，她的或走或留，对于他来说并没有什么影响。

凌姐只好也对程因挥着手说道，小程，再见啦。

程因也挥手，她的胳膊在仅存的一点夕阳之中被照耀得格外纤细。她挥动着胳膊说，再见，再见。

那声音很快消失在残留的光亮之中。那残存的红色光亮把熟悉的林荫道拉得很长很长，长到看不见边际，仿佛一辈子也走不完。

可她却踏上了，她必须踏上，无论这路是否有光明，有出口，有尽头。她必须踏上，她必须沿着这被扭曲了的暗红色林荫道一直一直地向前走。

图书在版编目（CIP）数据

微风吹起黑色帷幕 / 舒吾著 . -- 北京：作家出版社，
2023.5

（21 世纪文学之星丛书·2021 年卷）

ISBN 978 - 7 - 5212 - 2221 - 0

Ⅰ . ①微… Ⅱ . ①舒… Ⅲ . ①中篇小说 – 小说集 – 中
国 – 当代 ②短篇小说 – 小说集 – 中国 – 当代 Ⅳ . ①I247.7

中国国家版本馆 CIP 数据核字（2023）第 041517 号

微风吹起黑色帷幕

作　　者：舒　吾
责任编辑：李亚梓
特约编辑：赵　蓉
装帧设计：守义盛创·段领君
出版发行：作家出版社有限公司
社　　址：北京农展馆南里 10 号　　　邮　　编：100125
电话传真：86 - 10 - 65067186（发行中心及邮购部）
　　　　　 86 - 10 - 65004079（总编室）
E - mail: zuojia@zuojia. net. cn
http: // www. zuojiachubanshe. com
印　　刷：唐山玺诚印务有限公司
成品尺寸：142 × 210
字　　数：229 千
印　　张：9.625
版　　次：2023 年 5 月第 1 版
印　　次：2023 年 5 月第 1 次印刷
ISBN 978 - 7 - 5212 - 2221 - 0
定　　价：49.00 元